Tamna noć duše

Tamna noć duše

Aldivan Torres

CONTENTS

Tamna noć duše

Aldivan Torres

Tamna noć duše

Objavio: Aldivan Torres
2020- Aldivan Torres
Sva prava pridržana.

Ova knjiga, uključujući sve njezine dijelove, zaštićena je autorskim pravima i ne može se reproducirati bez dopuštenja autora, preprodavati ili prenijeti.

Aldivan Torres- Vidovnjak, pisac je konsolidiran u nekoliko žanrova. Do sada su naslovi objavljeni na desecima jezika. Od malih nogu oduvijek je bio ljubitelj umjetnosti pisanja, a profesionalnu karijeru učvrstio je od druge polovice 2013. godine. Nada se da će svojim djelima doprinijeti međunarodnoj kulturi, probudivši zadovoljstvo čitanja kod onih koji nemaju naviku. Vaša misija je osvojiti srca svakog od vaših čitatelja. Osim književnosti, njegove glavne zabave su glazba, putovanja, prijatelji, obitelj i užitak samog života. " Za književnost, jednakost, bratstvo, pravdu, dostojanstvo.

"Tamna noć duše" nastavak je "Vidovnjaka". Glavni lik vratio se na planinu u potrazi za odgovorima za nemirno razdoblje svog života, trenutke koji su zaboravili na Boga, na njegove principe, gubeći se u grijesima. U planini je "Vidovnjak" imao kontakt s dva "velika bića", koja su ga vodila do znanja.

Ova knjiga je odlomak pun opasnosti, gusara, velike avanture u moru, donosi nam razmišljanja i pitanja, za koja se pitamo: Je li moguće da se zločinac oporavi i doista pronađe mir za svoje zločine? Naći će oprost. On će pronaći sreću. Ili bi to bila samo iluzija?"

Posveta

Ovu drugu knjigu iz serije "Vidovnjak" posvećujem svim onim ljudima, koji su me izravno ili neizravno potaknuli na ostvarenje mojih snova, posebno objavljivanju moje prve knjige pod naslovom "Suprotstavljene sile: Misterij špilje". Osim toga, moram se sjetiti stvoritelja koji mi je dao darove i moje obitelji koja me iako me nije ohrabrivala na početku karijere, uvijek je bila uz mene u dobrim i teškim vremenima. Upustimo se zajedno u novu avanturu!

Dva sina

Bio je čovjek koji je imao dva sina; Mlađi reče ocu:
"Oče, daj mi moj dio imanja"
Dakle, podijelio je imovinu između njih. Nedugo nakon toga, mladi sin skupio je sve što je imao i krenuo u daleku zemlju i tamo protraćio svoje bogatstvo u divljini. Nakon što je sve potrošio, u cijeloj je zemlji zavladala teška glad i on je počeo biti u potrebi. Otišao je i unajmio se jednom građaninu te zemlje, koji ga je poslao na svoja polja da hrani svinje. Čeznuo je napuniti želudac mahunama koje su svinje jele, ali nitko mu ništa nije dao. Kad je došao k sebi, rekao je:
"Koliko je najamnika moga oca imalo hrane na pretek, a ja umirem od gladi! Krenut ću, vratit ću se svome ocu i reći mu:

Oče, sagriješio sam protiv neba i protiv tebe. Nisam više dostojan zvati se tvojim sinom; učini me jednim od svojih najamnika." Ustao je i otišao ocu.

Ali još je bio daleko, otac ga je vidio i bio ispunjen suosjećanjem prema njemu; otrčao je do sina, zagrlio ga i poljubio.

Sin mu reče: "Oče, sagriješio sam protiv neba i protiv tebe." Nisam više dostojan da me zovu tvoj sin.

Ali otac reče svojim slugama: "Brzo!" Donesi najbolji ogrtač i obuci ga. Stavite mu prsten na prst, a sandale na noge. Dovedite ugojenu kravu i ubijte je. Priredimo gozbu i slavimo. Jer ovaj sin moj bijaše mrtav i opet je živ; Bio je izgubljen i pronađen je. Tako su počeli slaviti.

Luka 15,11-24

Tamna noć duše

Tamna noć duše

Posveta

Dva sina

Uvod

Post-špilja

Taksi

Put do planine

Prvi dan na planini

Mračna noć duše

Prvi susret s damom čuvaricom

Čekanje na izazov

Ponos

Još jedan dan

Pohlepa

Razmišljanja o izazovu

Požuda

Natrag u kabinu

Susret s hinduistima

Usavršavanju

Ljutnja

Učenje o ljutnji
Zavist
Učenje o zavisti
Važna razmišljanja
Proždrljivost i ljenjivac
Zbogom hinduistima
Putovanje
Prvi dan putovanja
Kapetanove priče
Sirene
Otkriće
Oluja
Sukob
Dan bez nade
Konačno, svjetlo
Otok
Palača
Priprema
Krađa
Silovanje
Terorizam
Eldorado
Zatvor
Vjenčanje
Prvi dan nakon vjenčanja
Inspirativni san
Rutina i lutrija
Povratak u normalu
Rezultat lutrije i odluka
Putovanje i dolazak u Pesqueiru
Aukcija
Sastanak
Odgovor

Početak uzgoja rajčice
Prva prijateljstva
Puno kiše i sunca
Razdoblja trudnoće
Rođenje
Teška odluka
Petnaest godina kasnije
Stranka i neslaganje
Otkrivenje
Nakon objave
Nekoliko mjeseci kasnije
Nova faza
Izlet u Recife
Pripremni tečaj
Dan na plaži
Stranka
Sljedeći dan
Novi sastanak
Park
Kazalište
Razdoblje od godinu dana
Prijemni ispit
Neuspjeh i pobjeda
Napuštanje
Život na ulici
Zločini se nastavljaju
Provizorno ubojstvo
Sastanak
Predgrađe
Uključenost
Odlučujuća činjenica
Promocija
Živjeti "tamnu noć"

Nova važna činjenica
Nova prilagodba
Psiholog
Sklonište
Prva sesija
Odrazi života
Druga sjednica
Odvajanje od materijalnih stvari
Treća sjednica
Otkriće nove ljubavi
Zatvor
Osuda
Trideset godina osamljenosti
Kraj vizije
Izlaz s otoka
Povratna putovanja
Zbogom
Ponovno susret sa čuvaricom i hinduistom
Zaključak.

Uvod

"Tamna noć duše" može se definirati kao kritički pogled na iznimno tešku fazu kroz koju ćemo svi na kraju proći. Riječ je o razdoblju pogodnom za osudu ili, nevjerojatno, može se činiti neobičnim spasenjem osobe.

Da bismo postigli potonje, potrebno je odrediti točan trenutak za djelovanje u suočavanju s krizom kako bismo se oslobodili tame i ušli u krilo dobrote. Uz ovu knjigu bit će prikazani ključni elementi za to i uspjeh. Osim ovih karakteristika, tekst će također pokazati kako koegzistirati s dvije postojeće sile Univerzuma i biti u stanju upravljati njima.

Također bih želio istaknuti da je knjiga namijenjena svim ljudima koji iz ovog ili onog razloga još uvijek nisu pronašli svoj put u životu, ali nisu izgubili nadu u promjenu i tko zna dobiti željeni mir koji svi tražimo. Nadalje, nadam se da ću ovom knjigom doprinijeti moralnoj i duhovnoj evoluciji ljudskog bića. Uživajte u stručnom čitanju i do sljedećeg puta, ako Bog da.

Post-špilja

Zdravo, čitatelju, koliko je prošlo! Prošlo je otprilike godinu dana otkako sam ušao u špilju očaja i ispunio svoj san o početku karijere pisca i prema zadanim postavkama postao vidovnjak, super nadareno biće. Sada se osjećam spremnim slijediti svoje snove. Prije toga, ipak, ukratko ću reći što mi se dogodilo u razdoblju nakon špilje. Negdje nakon penjanja na planinu Ororubá, susreta s čuvarom, mladima i dječačićem i još uvijek suočavanja s duhom i izazovima, vratila sam se u roditeljski dom, samouvjerena, pobjednička, sretna i voljna nastaviti prošli život. Upravo sam to učinio i predano u radu i studiju završio sam fakultet i dobio inovativne ideje za nastavak karijere. Ovo je bio nužan i važan trenutak, koji mi je pružio neizmjerno zadovoljstvo, jer su moji napori nagrađeni. Međutim, još uvijek nisam bio potpuno ispunjen, jer još uvijek nisam dosegao ostvarenje većeg sna: vidjeti svoju seriju "Vidovnjak" na vrhu svijeta književnosti. Vrlo sam pretenciozan, ali ovako se osjećam, na kraju, ja sam vidovnjak transformiran čudesnim moćima špilje očaja, najopasnije špilje na svijetu. Neka sudbina odluči.

S uspjehom prvog zadatka koji je bio ponovno ujediniti "Suprotstavljene snage", kontrolirati ih i pomoći nekome da se nađe, mogu reći da se osjećam spremnim za sljedeću avanturu. Razmišljajući o tome, donio sam sljedeću odluku: vratiti se na sveto tlo planine Ororubá i upoznati čuvara kako bi mi mogla pomoći s najvećim ciljem ove knjige, a to je razumjeti opasnu i tajanstvenu "Mračnu noć duše".

Donesena odluka, počinjem pakirati kofere, odvajajući najpotrebnije predmete: nešto odjeće, moje raspelo, bibliju, džepni sat, bilježnicu, osnovne toaletne potrepštine i knjige kako bih bio zauzet tijekom i nakon putovanja. Nakon što sam sve to organizirao, odlazim u kuhinju s namjerom da se oprostim od obitelji. Pronalazeći svoju majku, grlim je i započinjem težak dijalog:

"Draga majko, došla sam ti reći da sam se odlučila vratiti u selo Mimoso s ciljem postizanja druge faze mog kritičkog, duhovnog, moralnog i ljudskog poboljšanja. To je strogo nužno putovanje tako da konačno mogu razumjeti što mi se dogodilo prije nekog vremena, moja mračna noć duše, a to je uobičajena situacija sa svim smrtnicima.

"Još jedno putovanje u Mimoso? Je li moguće da ne vidiš koliko je ovo ludo, sine moj? Tvoje mjesto je uz mene. Zašto je ova mračna noć toliko važna do te mjere da me želiš napustiti?

"Idem u Mimoso tražiti svoje snove. Prva faza je ostvarena, ali to je prošlost i sada tražim nove izazove. Odgovor leži u planinama i zato idem tamo. Mame pokušavaju shvatiti, odgojili ste me za svijet, a ne za vas. Zapamtite da sam ja vidovnjak, jedino ljudsko biće koje je preživjelo špilju očaja, i imam svoje odgovornosti prema čitateljima i svijetu. Umjesto da me pokušavaš uvjeriti da ne idem, trebao bi me ohrabriti, jer sam se odlučio. Na bilo koji način, želio sam te pronaći da te zagrlim.

Rekavši to, otišao sam majci i zagrlili smo se. Ova gesta, nježna i snažna, oporavila je moju energiju i to je bilo upravo ono što mi je trebalo da se suočim sa sljedećim izazovima, uključujući i ovaj. Nakon što sam je zagrlio, napokon sam se oprostio od majke i hodao do vrata sa suzama u očima. U međuvremenu, mentalno analiziram svoje planove za put. Što će me čekati? Nisam imao ni najmanju ideju. Bio sam siguran samo da će revitalizirati i poticati iskustva. Čitatelj nas je pustio da nastavimo zajedno.

Taksi

Nakon nekog vremena, konačno sam napustio kuću. Odmah počinjem tražiti udobno prijevozno sredstvo, tiho i ekonomično kako bih došao do Mimoso. Analiziram sve mogućnosti i na kraju odlučujem da je najodrživiji taksi, jer udaljenost nije bila do sada (24 Km). Donesena odluka; Koristim svoje resurse da uhvatim prvog koji prolazi. Nakon nekih pokušaja, konačno sam uhvatio jednog. Auto stane, uđem, zatvorim vrata i udobno se smjestim. U ovom trenutku, osjećam da me vozač proučava, čak i prije nego što me pita:

"Gdje, gospodine?

Pogledam ga i jednostavno odgovorim:

"Idemo u Mimoso, mjesto u blizini planine Ororubá, svete planine.

Rekavši to, pogledao me s prezirom, govoreći:

"Pa, dobro znam gdje je Mimoso, pustite nas. Međutim, nisam znao da je planina Ororubá sveta. Recite mi odmah o ovoj priči.

Ne želeći izgubiti previše vremena u toj fazi, obećavam:

"To je usputna priča. Ispričat ću to tijekom putovanja. Možemo li ići? Nestrpljiv sam da stignem na odredište.

Slaže se sa mnom, iako nije sretan, a onda automobil odlazi srednjom brzinom. U međuvremenu, tu i tamo, vozač me pogleda. Što će misliti o meni? Mislim neko vrijeme i zaključujem da je njegova reakcija prirodna, uostalom malo tko zna za tajnu špilje. Međutim, nisam nikakva budala kako bi me mogao tretirati na takav način. Kao rezultat toga, odlučio sam reći istinu.

"Vozaču, spreman sam objasniti. Kako se zoveš?

"Moje ime je Aurelio i tvoje?

"Moje ime je Aldivan, ali možete me zvati vidovnjak ili sin Božji. Ja ću elaborirati tako da možete vjerovati u izjavu sam dao prije nekog vremena.

"Spreman sam. Možete mi reći.

"Prije jednog stoljeća, plemena Xukuru bila su u ratu zbog varka čarobnjaka po imenu Kualopu. Dugo su se vodile mnoge bitke i tako je nacija Xukuru bila u opasnosti da nestane. Razmišljajući o tome, ljubazni čarobnjak odlučuje intervenirati. Sklopio je pakt sa silama svemira, nudeći svoj život u zamjenu za kraj rata. Nakon tog pakta dogodilo se čudo. Čarobnjak je ubijen i rat je završio. Čarobnjak je platio cijenu i mir je obnovljen. Od tog dana na planini Ororubá postala je sveta i špilja očaja, smještena na njenom vrhu, dobila je čudesne moći sposobne pretvoriti svaki san u stvarnost, pod uvjetom da snovi nisu sebični. Ovo je drugi put da imam zadovoljstvo živjeti na planini.

"Vrlo zanimljivo. Kažeš da je ovo drugi put da ideš tamo. Kako je bilo prvi put?

"To je bilo prije godinu dana. Bio sam siromašan sanjar u potrazi za znanjem i kontrolom svojih "suprotstavljenih snaga". S tim ciljem popeo sam se na planinu, došao do vrha, upoznao čuvara (čudesno biće koje poznaje duboke misterije), ostvario izazove, upoznao duha, mladost i dječaka i na kraju sam ušao u špilju. Ovo posljednje iskustvo potpuno mi je promijenilo život jer sam postao vidovnjak, biće koje je moglo nadvladati vremenske i svemirske barijere i sveznanje kroz njegove vizije. Sa svojim novim moćima, mogao sam razumjeti najdublje osjećaje i namjere drugih ljudi. U međuvremenu, još uvijek ne mogu reći da sam spreman. Život je vječno učenje u kojem je špilja bila samo faza. Sada sam spreman za nove izazove i zato mi se život vratio. Ovaj put želim razumjeti svoju mračnu noć duše, značaj svega što sam proživio prije dvije godine. Vjerujem da ću naći odgovore u planini ili ću barem započeti novo putovanje.

"Tvoja priča je stvarno impresivna. Vjerujem ti jer sam mogao osjetiti tvoju iskrenost. Nisam razumio samo jednu stvar, što znači ovaj izraz, mračna noć duše?

"U ovom trenutku, ne znam potpuno značenje mračne noći. Ali mogu dati osnovnu ideju, to je trenutak kada se odvojimo od univerzumi dobroćudnih sila da mislimo samo na naše taštine. Ovaj trenutak je kritičan, biti u stanju uništiti ili spasiti dušu ljudskog bića, ovisno o slučaju.

"Razumijem. Već sam prošao kroz mračnu noć kada sam bio nevjeran svojoj ženi s damama noći. Kad me ostavila, shvatio sam pravu vrijednost, pokajao sam se i uspjeli smo se pomiriti. Od tada, bio sam novi čovjek.

"Ono što ti se dogodilo mogu garantirati da je to bio propust. Doista, mračna noć je dublja nego što možemo zamisliti. Nadam se da ću naći odgovore koji su mi toliko potrebni.

"Sretno s potragom. Vidim vas obrazovano dijete, inteligentno i odlučno. Odlučni ljudi uvijek postižu svoje ciljeve.

"Hvala vam. Sada moram meditirati i odmoriti se. Ne budi me dok ne stignemo na odredište.

Aurelio me uvjerava i onda se koncentriram na svoju unutrašnjost, zaboravljajući sve preokupacije. Postupno se tijelo opušta, a iz vanosjetilna osjetila se bude. Uskoro počinjem vidjeti iskrivljene i zbunjujuće slike. Nešto kasnije, potresen snagom misli, vidim se u ogromnoj ravnici sa svih strana. Ja sam točno u sredini ovog mjesta. S desne strane izlazi užareno i snažno sunce. Čisti sve moje nečistoće i daje mi osjećaj mira i slobode. U isto vrijeme, s lijeve strane pojavljuje se gust i taman oblak, donoseći tešku atmosferu, punu negativnih osjećaja i misli. Ova sila može osuditi sve one u blizini, one koje apsorbira njezina sjena. Pored njega se osjećam krivim, čak i bez poštene prosudbe. Dvije snage se stalno približavaju, proizvodeći u meni sastanak dviju "Suprotstavljenih snaga", za koje se prije nekog vremena činilo da sam ih kontrolirao. Ubrzo nakon toga, između dviju sila, pojavljuje se anđeo i nosi na licu znak izbora riječi. Pozivam se na to, a šok između dviju suprotstavljenih sila prestaje, barem privremeno, ostavljajući me malo opuštenijim. Unatoč tome, nisam oslobođen mogućih interakcija mračne noći, koja je dio svakog pojedinca. Nakon zaziva, anđeo, sunce, tamni oblak, krajolik, sve nestaje i postupno postajem savjestan. Konačno se probudim. Ja sam na istom mjestu, u taksiju u pokretu. Što će sve ovo značiti? Da bih pronašao odgovore, pogledam kroz prozor i vidim da sam na odredištu. Sretan sam, bliže sam da dobijem neke odgovore.

Put do planine

Konačno, automobil stiže na odredište i zaustavlja se. Odmah uzmem kofer i izađem s uvjerenjem. Odlazeći, počinjem zamišljati sve aspekte centra sela. Na prvi pogled, čini se nevjerojatno tiho i ugodno baš kao i prošli put. Počeo sam ići naprijed i neki poznati ljudi dolaze da mi upoznaju, pokušavajući pomoći. Zahvaljujem im i odmah počinjemo čavrljati. Nakon kratkog vremena opraštam se, koristeći kao izgovor važan i hitan posao na planini. Šetnja se ponovno pokreće, noseći teški kovčeg i nepoželjne preokupacije. Što će me čekati nakon što se po drugi put popnem na planinu? Kakva bi bila draga dama čuvarica? To su bila neka pitanja koja su mi ispunjavala mozak.

Nastavljam hodati i po prvi put se osjećam umorno. Okolnosti me tjeraju da stanem na neko vrijeme i opet tjeskoba potpuno napadne moje biće. Što mi se događalo? Gdje je bio duh, vjera i energija avanturista, koji je započeo svoj san prije godinu dana? U tom trenutku, sve me uvjerilo da više nisam ista osoba. Prije potpunog očaja, odlučio sam nepristrano analizirati situaciju. U kratkom i intenzivnom razdoblju nakon špilje dogodile su se prilično nepovoljne situacije, što me natjeralo da razmislim o tome tko sam. Međutim, u tom trenutku zaključujem da je bilo potrebno vratiti se sebi, sanjaru. Bez nje se sigurno ne bih mogao suočiti sa svim preprekama koje su me dijelile od potpunog razumijevanja mračne noći duše. Razmišljajući o tome, udišem i izdišem duboko tražeći energiju koja me može voditi, a kad vjerujem da sam je dosegla, ponovno hodam. U ovom trenutku osjećam se već opuštenije i utješnije, iako sam tek u podnožju planine.

Hodam malo dalje od dna i glasovi planine počinju djelovati. Osjećam se zbunjeno i vrti mi se jer su jaki. Kao i drugi put, pokušavaju me uvjeriti da odustanem. Osim glasova, moje šesto čulo je podvrgnuto nizu slika. U njima vidim vatru, bol, nehumane postupke, izdaje, susret suprotstavljenih sila i mračnu noć duše. Na trenutak sam izgubio savjest i vidim se u brazilskim kolonijalnim vremenima. Vidim početak, sredinu i kraj svega. U ovoj retrospektivnoj viziji vidim prvi kontakt nevinih vlasnika Brazila, Indijanaca, sa strancima koji iza svog prijateljskog izgleda skrivaju svoje druge namjere. Dobrodošli su, a bez sumnje domaćina, pokušavaju na svaki način pronaći bogatstvo. U prvom pokušaju ne pronalaze ono što traže i povlače se. Kasnije se vraćaju i brutalno porobljavaju Indijance, istražuju njihove prirodne resurse i to uzrokuje jedan od najvećih etničkih pokolja svih vremena. To predstavlja vatru mračne noći duše, vatru koja je uništila živote, snove i nade.

U drugom trenutku vidim sebe u nacističkim koncentracijskim logorima, u Drugom svjetskom ratu. U ovoj viziji vrlo je dobro jasan aspekt mračne noći tlačitelja, jer djeluju s neistinom, lukavošću, hladnoćom i zlom bez granica. Izložen sam izuzetno jakim scenama kršenja ljudskih prava, i to me tjera da briznem u plač. Kako njihova ljudska bića, slika Stvoritelja, mogu biti sposobna za takva zlodjela i s takvom mržnjom? Takvi ljudi, nacionalisti i predrasude, zbog kojih Sotona doista izgleda kao anđeo. To predstavlja bol mračne noći duše i put je bez povratka.

Trenutak kasnije, odnesen sam u eksploziju vegetacije, točnije amazonske šume. Letim iznad područja i u određeno vrijeme vidim veliku čistinu u šumi. Odlučio sam sletjeti da istražim. Uz malo iznenađenja, susrećem ljude s raznim vrstama alata, s ciljem sječe najvećeg mogućeg broja stabala, na području koje bi trebalo biti za očuvanje okoliša. Situacija me opet rasplače i proklinjem izvor moći i bogatstva koji su uzrok svega ovoga. Na drugom mjestu, ne predaleko, mračna noć završava neselektivnim ubijanjem faune. Razbjesnio sam se situacijom i zapitao se: Kakvo pravo čovječanstvo ima da djeluje na ovaj način? Mi nismo vlasnici ovog svijeta, već samo gosti u prolazu koji bi ga trebali poštovati i čuvati. Ovim tempom nećemo imati budućnost ni za sljedeće generacije. Ovo predstavlja nehumano djelovanje mračne noći.

Malo kasnije vidim sebe u Jeruzalemu, svetom gradu. Vidim jednostavnog čovjeka, sina stolara, kako poučava, opominje, uzvisuje, provodi iscjeljenja i čuda i otvara vrata neba svim grešnicima. U isto vrijeme, vidim zavist moćne manjine koja planira zamku za gospodara. Da bi postigli svoj cilj, pridružuju se neprijatelju, Sotoni, personificiranom u Judi. Uz njegovu pomoć mogu uhititi stručnjaka i iskoristiti situaciju da ga muče, ponize i na kraju ubiju. Međutim, čak ni smrt ne može pobijediti ili uništiti onu koja je s ocem stvorila život. Nakon tri dana, uskrsnuo je slavno iz grobnice dok je izdajnik mrtav i dan mukama koje mu je pružila mračna noć. Nakon uskrsnuća, Isus se ukazuje svojim sljedbenicima i daje neke preporuke. Među njima je primjetno jasno da ne dovodi do predrasuda, kakve god to bile. Svatko bez iznimke ima pravo na puni život i spasenje od mračne noći duše moguće je za one koji vjeruju u njega. Ovo predstavlja izdaju mračne noći duše i tko je izdaje.

U drugom trenutku vidim sebe u borbi koja je suprotstavljena sila i pojavi sumnji koje se odnose na mračnu noć duše. Konačna bitka prethodne knjige pokazala mi je koliko je dobrota moćna i kako može promijeniti živote. Jedini uvjet da se takvo što dogodi je da se oslobodimo svih osjećaja koji su zli, kao što su mržnja, zavist, škrtost, egoizam, sebičnost među drugima. Nakon što sam vidio sve te situacije, vrtlog slika u mom umu počinje postupno nestajati. Nešto kasnije postajem svjestan i osjećam se dobro. Odmah odlučim ponovno hodati jer je samit još uvijek daleko od puta. Glasovi s planinskog stajališta i tako se počinjem penjati na planinu opuštenije. Strah, sramota i nemir su ostavljeni. Mislim na vizije kojima sam bio podvrgnut i to obnavlja moju želju za istraživanjem. Što me čeka? Iskreno, nisam znao. Kako god, već sam spreman suočiti se i prevladati izazove. Ja sam bio vidovnjak, super nadareno biće koje je bilo jedino što se suočilo sa špiljom očaja i osvojilo je.

S ciljem pronalaženja odgovora na moje duboke tjeskobe, nastavljam i uspijevam dovršiti trećinu šetnje. U tom trenutku, opet se zaustavljam da se odmorim. Koristim priliku da rehidriram svoje tijelo i um. Uskoro mi pada na pamet borba prethodnog penjanja i kako sam se osjećao usamljeno i neiskusno na kraju svijeta. Bio sam samo sanjar koji je tražio posljednji niz nade da ostvarim svoje snove kroz čudesnu špilju i koja je uspjela preživjeti strmo penjanje. Nakon penjanja, prisjećam se trenutaka koje sam tamo proveo, uključujući čuvara, duha, mladost, malog Renata, izazove i ulazak u najopasniju špilju na svijetu. Djelomično sam ostvario svoje snove pobjedom koju sam postigao, ali stvarna situacija je drugačija. Ja sam sada vidovnjak koji traži drugu fazu evolucije. Prvi je postignut, ujedinio sam suprotstavljene snage i pomogao nekome da pronađe sebe. Bio sam na drugom koji je trebao otkriti mračnu noć duše, iste noći koju je dama čuvarica spomenula na našem posljednjem sastanku. Noć koja je uspjela spasiti ili osuditi pojedinca. Ponovno počinjem polako hodati, s namjerom da uštedim energiju, jer je još bilo jutro i imao sam svo vrijeme svijeta da se pripremim za ponovni susret s damom čuvaricom, onom čudnom damom koju još uvijek nisam dobro poznavao. Tko je ona bila? Čak ni ja nisam znao, unatoč tome što sam živio s njom više od sedam dana. Sve u što sam bio siguran je da mi je bila neizmjerna pomoć da shvatim svoje suprotstavljene snage i spojim ih kao što sam ja. Ovaj put nisam vjerovao da će biti drugačije i osjećao sam se spremnim za nove izazove i objave, čak i ako se moram žrtvovati. Na kraju znanje ima svoju cijenu i bio sam spreman platiti ga u cijelosti.

Nastavljam hodati sporim, ali postojanim tempom, nakon što sam prešao polovicu udaljenosti. Odjednom sam pogledao dolje i tamo je bilo moje drago selo zvano Mimoso. Gledajući ga i analizirajući dolazim do zaključka da mi je to posebno važno, jer sam upravo na tom mjestu doživio svoju prvu avanturu: putujući kroz vrijeme, ispravio sam nepravdu, sastavio suprotstavljene sile i pomogao nekome da pronađe sebe. Trenuci koje sam tamo proveo bili su trenuci kritičkog rasta, ljudskog i duhovnog koje nikada neću zaboraviti. Sjećam se svih prošlih činjenica i jednostavno sam bio bolje pripremljen zbog toga. Nakon nekog vremena ekstaze, ponovno se koncentriram na svoj cilj, buljeći u način koji daje pristup vrhu planine. U ovom trenutku, kamenje se kreće kao da želi nešto reći. Hoće li biti da sam krenuo prema padu? Hoće li biti da ova mračna noć nije preopasna? Pa, to je ono što sam pokušavao saznati i bio sam prilično blizu toga, jer sam već prešao 3/4 puta. To me usrećilo, a ovo je bilo osvajanje moje posljednje avanture, jer sam se upravo u špilji suočio s troja vrata koja predstavljaju sreću, neuspjeh i strah. Razmišljajući o tome, sjećam se da je moje znanje bilo presudno u odabiru vrata sreće, zanemarujući ostale. Ovaj put se nadam da ću imati istu inspiraciju.

Ponovno hodam i nakon nekoliko koraka blizu sam vrha, tog istog gostoljubivog vrha gdje sam zadnji put ostvario izazove. Bilo ih je ukupno tri, a oni su procijenili moju sposobnost i kompetenciju. Tek nakon što sam prošao životne testove, mogao sam ući u svetu špilju i započeti avanturu koja je kulminirala okupljanjem suprotstavljenih sila.

Ovaj put neće biti drugačije, ali nemam pojma što me čeka. Na kraju, znam izuzetno malo o toj temi.

    Skupljam preostale energije kako bih nastavio hodati i pokušao otkriti nezamislivo. Još nekoliko koraka i konačno dolazim do vrha. Došavši tamo, osjećam kako sunce sja jače, puše blagi povjetarac i mogu jasno slušati izmijenjene glasove. Ono što otkrivaju je apsolutna tajna koju ne mogu otkriti. Za pristup njegovom razumijevanju i sadržaju potrebno je popeti se na svetu planinu kao što sam i ja.

    Pokrenut je novi izazov. Nastavimo zajedno, čitatelju.

Prvi dan na planini

    Upravo sam stigao, i to me čini opuštenijim. Pogledam džepni sat i shvatim da je vrijeme ručka blizu i ravno otvorim slučaj da nešto pojedem. Među nekoliko dostupnih putova odabrao sam istu od posljednjih avantura koje već poznajem i stoga ne riskiram da se izgubim na ekspanzivnom i zagonetnom vrhu. Nekoliko minuta kasnije, uspio sam vidjeti stablo banane i kokosovo drvo. Siguran sam, barem za sada.

    Približavam se i kad stignem točno na mjesto, penjem se na bananu i kokosovo drveće s istom vjerom i kandžama koje sam dobio na planinu; Berem plodove, spuštam se, jedem i malo se odmaram. U međuvremenu, ne gubim previše vremena, jer još uvijek moram pronaći drvo za izgradnju svoje kabine. To je bilo nužno za zaštitu od divljih životinja. Nakon što sam dobio što sam trebao, vratio sam se.

    Po povratku počinjem graditi svoje prebivalište, ali vrijeme prolazi i nema traga dami čuvarici. Što joj se moglo dogoditi? Hoće li biti da ona više ne postoji? Pa, da je to slučaj, bio bih stvarno izgubljen, jer ona je ključ ili barem strelica koja me upućuje na željeni način mračne noći duše. Trudim se ne razmišljati o najgorem i nastaviti graditi svoj privremeni krov i kako već imam iskustva bit će prilično jak za moju sigurnost tijekom noći. S puno predanosti s moje strane, konačno je moj krov spreman. Odlučio sam se malo odmoriti jer je bila gotovo noć.

Nešto kasnije puše prohladan vjetar i imam loš predosjećaj. Što će se dogoditi? Skeniram okolinu i to mi daje više znakova da će planina reagirati na moju prisutnost. Očekivalo se, na kraju, hodao sam po svetom tlu, a da nisam ni tražio dopuštenje. Sa svim osim i ako, odlučim se zaključati u kabinu i čekati sljedeći dan, noć je već padala. Laku noć, čitatelji. Do sljedećeg poglavlja.

Mračna noć duše

Sretan sam i opušten na vrhu svete planine što mi je olakšalo ciljeve. Vrijeme je dobro, sam sam, ali me to ne plaši, jer sam naučio kontrolirati tu slabost u suprotstavljenim silama. Odjednom se izgled planine počinje naglo mijenjati: Tlo nestaje pod mojim nogama, počinjem plutati u zraku, tamni oblaci na nebu se približavaju i svake minute mi tajanstvena tjeskoba guši prsa. Istodobno, sa sjeverne strane pojavljuje se skupina Indijanaca predvođena Kualopu, čarobnjakom tame. Kako se približavaju, tamni oblaci na nebu skupljaju se još jače, potpuno prekrivajući sunce, ostavljajući dan kao noć. Gledajući krajolik, čujem Kualopu kako izgovara nerazumljive riječi, dok pokušava izbaciti svoje okultne sile. Kad to učini, tamni oblaci koji se kreću brzo obavijaju cijelo moje tijelo. U isto vrijeme, krug svjetlosti me okružuje, držeći me beznadno. Sljedećeg trenutka tresu se gravitacijske sile i formira se neka vrsta vremenskog tunela. Odmah sam gurnut uz tunel, a kada ga dodirnem podvrgnut sam nizu vizija. U njima putujem u svijet duhova, točnije radi susreta najrazvijenijih duhova. Na spomenutom sastanku, oni su smješteni, govore demokratski, posebno o podjeli suprotstavljenih snaga. Na kraju, dogovorena je izvedba svakog od njih i aspekti izbora u odnosu na mračnu noć duše. Potrebno je istaknuti da ništa nije primjetno jasno jer se te misterije ne daju ljudskom biću. Nakon završetka sastanka čula se beba koja je plakala i život je počeo.

Djetinjstvo je razdoblje otkrića i pronalaženja sebe. U ovom razdoblju obitelj ima iskonsku ulogu u formiranju svih. Roditelji imaju dužnost biti moralni temelj potreban za stvaranje pravednih i dobrih osoba. Još uvijek govorimo o djetinjstvu, također je u ovoj fazi ekstraosjetilni fenomen najoštriji. Posebno, moje vizije otkrivaju neke od tih trenutaka: vampir uklete kuće, žena koja se uzdiže iz zemlje kako bi se uplašila, mrtva osoba koja traži pomoć kako bi pronašla tako željeno svjetlo, između ostalih trenutaka. U svakoj od tih situacija pojavljuje se očaj neobjašnjivog i pitanja koja kao da nikada ne prestaju. Jesmo li sami u svemiru? Vrata između dva svijeta su li stvarno zatvorena? Tko je imao odgovore na ova pitanja može sastaviti čudesne knjige?

Ipak, adolescencija i faza odraslih najadekvatnija su vremena za učvršćivanje pojmova stečenih u djetinjstvu. U mom slučaju, to je također faza sumnji i nade, općenito i. Pojavljuje se san: Cilj je biti pisac. Počinje jednostavnom zbirkom biblijskih odlomaka knjiga Propovjednika, znanja i poslovica. Nešto kasnije dolazi kriza i pojavljuje se vizija medija. Ubrzo nakon toga došla je nezaposlenost i početak mračne noći duše. U ovom trenutku, krug se raspada i susrećem sve što je bilo loše za mene i zbog čega sam vjerovao da nisam dostojno biće. Sjene mračne noći postale su jače, a glasovi me osuđuju za nešto što nisam imao kontrolu, i to nije bila moja krivica. Bunim se i vičem: I ja sam sin Božji! S takvim stavom nestaje vizija mračne noći i osjećam se bolje.

Tada počinjem uviđati svoju putanju koja me vodi do danas. Odlazim od kuće, zadovoljan posljednjim nizom nade da ću vidjeti kako mi se san ostvaruje. U potrazi za snom, dolazim u Mimoso, penjem se na planinu Ororubá i dolazim do vrha, upoznajem damu čuvaricu, duha, mladost i dječaka; Ostvarujem izazove i konačno ulazim u opasnu špilju očaja, špilju sposobnu ostvariti najdublje snove. Unutar nje, izbjegavajući zamke i prolazeći prizore, konačno stižem, s herojskim naporom u tajnu sobu, gdje sam postao vidovnjak, posebno i super nadareno biće, sposobno razumjeti najproblematičnija srca. Gotovo spreman, napuštam špilju i tamo počinje nezamisliva avantura na vremenskoj crti. Moj cilj na putu je bio ispraviti nepravde, pomoći nekome da pronađe sebe i okupiti suprotstavljene snage. Rezultat svega toga je knjiga s istim imenom. Nakon što sam sve to vidio, slijed vizija se raspada i opet se mračna noć približava, a time se krug svjetlosti ponovno pojavljuje u meni i vodi me da trčim kroz budućnost, a da je ne vidim jasno. Brzo, dođem do kraja linije, umrem, odem na prosudbu, i mračna noć ostaje oko mene. U publici, noć tvrdi da me posjeduje zbog svih mojih prošlih postupaka. Sudac sluša argumente, a ja ostajem u očekivanju. Trenutak kasnije, ponor mi se otvara pod nogama i žestoko sam uvučen u njega. Počinjem nevjerojatno brzo padati u vremenskom intervalu koji se čini kao vječnost. Kad sam na dnu, uhvate me jake ruke i ruke. Brzo gledam na biće koje me spasilo, a to je anđeo s prekrasnim krilima. Na njegovom licu piše Pokajanje. Vraćamo se istim putem, i mračna noć više nema nikakvu moć nad mnom. Nešto kasnije dolazim na Nebo i živjet ću u društvu najrazvijenijih bića svemira, surađujući s njima kako bih održao čudo života. I tako počinje nova faza.

Prvi susret s damom čuvaricom

Pojavljuje se novi dan: ptice pjevaju, pojavljuje se sunce, a jutarnji povjetarac obavija cijelo moje tijelo i budi me u toj mističnoj atmosferi koja je sveta planina. Upravo u ovom trenutku, mislim na noć prije, zaključivši da je to bila noć za zaborav, jer nije probudila lijepe uspomene, jer je tlo bilo tvrdo i neobičan san koji sam imao. Što je planina očekivala od mene? Nemilosrdna je volja pobijediti na temu koju sam predložio kako bih saznao više o njoj i tako evoluirao. Pokušavajući skupiti potrebnu snagu za to, ustajem, rastegnem se, doručkujem i ne vidim ništa više od čuvarice planine. Oči nam se susreću i u brzoj procjeni shvaćam da izgleda mlađe nego zadnji put kad smo se sreli. Tada odlučim započeti razgovor.

"Dama čuvarica?! Jesi li to stvarno ti, moja damo? Očajnički sam te tražio.

"Znao sam, ali ne znam razlog. Kojoj časti dugujem sanjarev posjet, sine Božji, kojeg nisam vidio tako dugo?

Čak i prije nego što sam pokušao odgovoriti, odmah se grlimo, a to me ostavlja opuštenijim i samopouzdanijim. U tom trenutku bio sam siguran da mogu računati na njezinu pomoć da razotkrije tajne i odgovori na moje najdublje tjeskobe. Nakon trenutka euforije, odvajamo se jedni od drugih, sjedili smo okrenuti jedan prema drugome i ponovno pokrenuli razgovor.

"Došao sam tražiti odgovore o mračnoj noći duše, trenutku koji sam već živio prije otprilike dvije godine, ali to mi još uvijek ostavlja mnoge sumnje i tjeskobe. Tada sam neko vrijeme razmišljao i došao do zaključka da mi je planina donijela toliko sreće u prošlosti da bi to mogao biti nastavak novog putovanja, vatrenog i opasnog.

"Razumijem. Ali možete li mi dati ideju za ono što vi zovete mračna noć duše?

"Pa, unatoč činjenici da nisam dovoljno evoluirao, mogu vam dati osnovnu ideju. Mračna noć je upravo onaj trenutak kada se odvajamo od svetog, od Boga i razmišljamo samo o vlastitim taštinama. To je trenutak u kojem je tama intenzivna, a to može osuditi ili čak spasiti osobu.

"Odgovarajuća definicija, ali nepotpuna. Naučite mladu, mračna noć je mnogo dublja da je ono što zamišljamo i samo razvijeniji duhovi mogu kontrolirati i razumjeti. Jeste li spremni riskirati još jednom? Ako jesi, mislim da ti mogu pomoći na tvom putovanju. Međutim, moram vas upozoriti da ovdje nećete pronaći točno sve odgovore koji su vam potrebni. Bit će potrebno puno hrabrosti i odlučnosti s vaše strane da se suočite s novim i nepredviđenim izazovima.

"Učinit ću sve što mi ljubavnik naredi. Možete vjerovati da sam spreman ići pravo na dno problema, čak i ako moram napraviti teške i komplicirane žrtve. Pa, što će biti prvi korak ovaj put?

"Prvo, morat ćete duboko spoznati sedam kardinalnih grijeha, jer obično otvaraju zavjese tame. Sa mnom ćete imati tri izazova, a ako ih prođete ići ćete u drugu fazu. Ukupno postoje tri faze prije nego što netko konačno shvati značenje mračne noći. Budite spremni jer neće biti lako. Osim toga, moram vam reći da se oni koji hodaju ovim putem suočavaju s toliko rizika da su mnogi već izgubili živote u njemu. Želite li nastaviti? Ako pristanete, imajte na umu da je vaš prvi izazov zakazan za večeras.

"Da. Spreman sam platiti cijenu za mukotrpno znanje. Spreman sam.

"Provedi dan dobro. Vratit ću se večeras.

Tim riječima, dama čuvarica se rado oprostila. Počinjem se spremati za noć. Što će me čekati? Nastavimo zajedno, čitatelju.

Čekanje na izazov

Nastavljam se pripremati, ne primjećujući da vrijeme prolazi i podne je. Od tada se koncentriram na ručak, jer sam već osjećao glad. Uzmem hranu koju sam donio iz grma i počnem je pripremati. U početku, nakratko, mala briga remeti moje osjećaje i pitam se: Što je dama čuvarica mislila s izrazom "Mnogi su već izgubili živote tražeći odgovore"? Je li moguće da je njegovo značenje doslovno? Pa, na bilo koji način bio sam savršeno spreman pokrenuti potrebne rizike kako bih došao do tako napornog znanja i odgovarajućeg uspjeha u avanturi. Razmišljajući o tome, zaključujem da sam od prvog dolaska na planinu pokazao dovoljno hrabrosti, snage i vjere da ostvarim izazove i suočim se s preprekama dok konačno ne dobijem dozvolu za ulazak u svetu špilju očaja koja je u tom trenutku bila moja posljednja nada za uspjeh. Analizirajući bolje ovaj dio svog cilja, na kraju zaključujem da sam zaista imao šanse postići uspjeh. Na kraju sam postao vidovnjak, nadareno biće, sposobno nadići vrijeme i udaljenost u potrazi za ciljevima.

Nakon kratke analize, odlučujem se usredotočiti samo na ručak i hranjenje. Odmah nakon toga odlučujem leći na improvizirani krevet koji sam napravio, jer mi je trebalo neko vrijeme da se oporavim i skupim energiju za noćni izazov. Nakon nekog vremena mi se spava, a osvježavajući san me potpuno obuzme. Tijekom odmora imao sam otkrivajuće, ali nerazumljive snove. Nakon previranja jednog od njih, probudim se i gledam u džepni sat shvaćam da je to gotovo noć. Užurbano ustajem s ciljem da promatram noć i čekam da me kontaktira dama čuvarica.

Ponos

Izlazak, noćni pad čini me tjeskobnijim i nervoznijim. S čime bih se suočio? Od čega bi se sastojao prvi izazov? To su bila neka od pitanja koja su lebdjela u mom zabrinutom umu. Nešto kasnije, pokušavam se kontrolirati i potvrditi svoju odluku sebi, da ću se suočiti sa svim preprekama, kakve god one bile. Strategija se čini ispravnom, a ja se osjećam sigurnije i odlučnije, s tim avanturističkim izviđačkim instinktom iz prethodne misije. Sretan sam i obećavam sebi da ću otkriti sve fascinantne aspekte mračne noći duše, tako opasne i tmurne. Dakle, odlučujem ući u kuhinju kabine s namjerom da pripremim večeru prikladnu za damu čuvaricu, unatoč svim poteškoćama. Sjećam se njenog ukusa i odlučio sam napraviti juhu kao zadnji put kad smo se sreli. Potrebno je ne riskirati.

Nakon nekoliko minuta, napokon je juha spremna, a kušajući je, sretan sam, jer je bila ukusna, koliko je to bilo moguće. Unatoč tome što sam gladan ne jedem, ponovno izlazim tražeći tragove na tom zvjezdanom nebu, fasciniran pogledom zvijezda, i na trenutak sjaje još svjetlije, kao da mi žele nešto reći. Što bi to moglo biti? Zamišljam nekoliko situacija, dok ne osjetim nježan dodir na ramenima. Gledajući iza, nailazim na damu čuvaricu blistaviju i živopisniju nego ikad. U iščekivanju započinje razgovor.

"Sanjar, jesi li spreman? Danas ćete imati priliku znati početak svega, stvaranje mračne noći duše. Budite svjesni da je ovo poseban trenutak i rezerviran samo za nekoliko.

"Spreman sam, ali prije toga bih vas pozvao da popijete juhu sa mnom.

"Da, naravno. Iskoristit ću priliku da vam dam potrebne upute kako biste se mogli suočiti s izazovom s mogućnošću uspjeha.

Nakon što je dama čuvarica pristala, odmah ulazimo u skromno prebivalište, a na putu je ostala nemirna tišina, čini se da predviđa opasnosti s kojima ću se suočiti. Što će biti sa mnom ovaj put? Pitao sam se to jer sam počeo koračati potpuno nepoznatim i nepredvidivim putem. Razmišljajući o svom slučaju, pokušavam ponovno pokrenuti svoje povjerenje, jer je bilo važno postići uspjeh. Sjećam se da sam vidovnjak, da se nemam čega bojati, unatoč svemu, i nastaviti hodati pored dame čuvarice. Naši redoviti i sigurni koraci vode nas do našeg cilja, male i improvizirane kuhinje drvene kolibe. Po dolasku, nudim dami čuvarici jedinu dostupnu stolicu i počinjem joj služiti. Sjedimo jedan ispred drugoga, a ja ponovno otvaram razgovor prekinut prije nekog vremena. Odlučio sam odmah prijeći na stvar.

"Pa, damo čuvarice, kakav će točno biti ovaj izazov?

"Uskoro ćete morati napustiti kabinu i lutati preko vrha špilje u potrazi za tragom. Kada dođe trenutak, imat ćete četiri mogućnosti: čisto svjetlo, pasivnost, pokajanje i mračnu noć duše. Ako odaberete najprikladniji put, tada biste dobili potrebne odgovore na potpuno razumijevanje pojave mračne noći duše. To je znanje posebno važno za vaš razvoj kao vidioca i kao osobe. Međutim, trebali biste ostati oprezni, kao da slučajno odaberete pogrešan put, naći ćete ludilo, patnju ili čak smrt. Budite mudri kao što ste uvijek bili i odlučite otkriti veo najdubljih misterija svemira. Znajte da je malo njih imalo pristup tom znanju.

"Kako se trebam pripremiti za prevladavanje ovog prvog izazova?

"Prvo, molite puno da dobijete nebesku zaštitu. Nakon toga koristite svoj dobar osjećaj i znanje, kao kad ste se suočili s izborom staze na prethodnoj avanturi. Tada su postojale dvije mogućnosti: put s desne strane, put svjetlosti, koji je ujedno i najteži predstavljajući odricanje i teške izbore. Na tom se putu pojedinac suočava s mnogim poteškoćama, ali se može osloniti na nebesku zaštitu i svakako je to najprikladniji put u smjeru evolucije, koji je konačni cilj doći do oca. Međutim, put s lijeve strane, put tame, najlakši je put, širok i pripada svima onima koji se bune protiv očeva poziva, protiv njegove misije. To je također put za učenje, koji se mora znati, ali ne prakticirati. Drugi put ste napravili pravi izbor i uspjeli kontrolirati suprotstavljene snage i to vam ovaj put može pomoći. Znajte da oni koji mogu kontrolirati suprotstavljene sile mogu činiti čuda.

"Razumijem. U slučaju da odaberem pogrešan put, mogu li me posljedice stvarno pogoditi?

"Ne brinite. Ništa se neće dogoditi ako slijedite moje upute. Međutim, morate biti nevjerojatno oprezni, jer većina ljudi radije ignorira postojanje mračne noći u tom trenutku i pretpostavlja lažni ego, savršen i nedostižan. Općenito, ljudi koji se tako ponašaju vjeruju da su bolji od drugih, pogrešno misle da su bliži Bogu i nemaju dobar osjećaj samokritike i pokušavaju postati bolja ljudska bića. Znajte da je mračna noć ove vrste osobe najopasnija od svih. Postoje i drugi koji gaze mračnu noć, a da toga nisu svjesni i ne brinu o posljedicama. Za svaku učinjenu pogrešku udaljavaju se od svjetla i ako im netko ne pomogne, na kraju konačno padnu u propast. To su sve oni koji se drogiraju u porocima tijela i duha. Još uvijek postoji treći tip koji gazi mračnom noći određeno vrijeme, sve dok nešto ne promijeni njihove živote. Ta činjenica može biti neki savjet, odraz ili ležerno događanje sudbine. Činjenica donosi pokajanje koje je jedan od ključeva da se spasite od tako opasne noći. Osim ovih, postoje i druge vrste tamne noći, ali koje ne prevladavaju. Imajte strpljenja i vodite računa da biste mogli nadmašiti svoja ograničenja i ići naprijed putem znanja i ne padati u zamke sudbine.

"Hvala vam. Nakon tog objašnjenja mogu zaključiti da je moja mračna noć bila trećeg tipa. U njemu sam bio podvrgnut nekoliko iskustava izvan mog shvaćanja. Zbog toga sam se vratio ovdje želeći steći znanje koje će me natjerati da razumijem i analiziram razne mračne noći duše. To je potrebno za moj osobni razvoj i moju karijeru.

"Pa, samo što mi sada ostaje želim sreću na vašem putu. Vi ste predano dijete i zaslužujete biti uspješni. Znajte da će mnoga srca od vas naučiti tajne boljih i sretnijih ljudi. Svakako, vaš doprinos će biti važan i ogroman.

Nakon što je to rekla, dama čuvarica završava s jelom, gleda vani i okreće se prema meni.

"Vrijeme je za izazov. Na putu sam i ne zaboravite na svoje preporuke.

Odmah ustaje i nestaje u noći, ostavljajući me samu sa svojim tjeskobama. U ovom trenutku pogledam svoj džepni sat, shvativši da je kasno navečer i da se počinje pojavljivati lagani san. Mislim da ću se nakratko žrtvovati u korist svojih ciljeva. Donoseći ovu odluku, zgrabim baklju iz mog slučaja i izađem iz kabine. Odlazeći, shvaćam da njegova svjetlost nije dovoljna da mi pruži sigurnost na vrhu svete i opasne planine. Unatoč tome, ne odustajem i ne vjerujem u svoje sposobnosti. Napravim nekoliko koraka i donesem još jednu odluku: počeo bih hodati zapadnom stranom vrha, gdje se nalazi veličanstvena špilja. Učinio sam to jer sam imao unutarnju sumnju.

Odlučan, idem najbližim putem. Na pola puta počinjem čuti zvukove divljih životinja. A sada? Kako ću se zaštititi? Bojeći se, počinjem ponavljati tihu molitvu i zvukovi se odmah smanjuju kao čudom. Osjećam se opuštenije i opuštenije hodanje, koncentrirajući se na izazov. Opet, sumnje se neprestano pojavljuju i pitam: Hoće li biti moguće da prevladam ovaj tako težak prvi izazov? Pa, s moje strane bih se trudio dati sve od sebe da počnem ostvarivati svoje ciljeve: potragu za odgovorima o mračnoj noći i mojoj želji za znanjem.

Nastavljam hodati, a intenzivnim buka insekata gubim koncentraciju. Kao alternativu, odlučujem se kockati sa svojim instinktima i iskustvom kako se ne bih izgubio na putu. Nakon nekog vremena, svojim stalnim i brzim koracima približavam se špilji očaja, mjestu gdje sam postao vidovnjak knjiga. Hodajući naprijed i stojeći ispred njega, sjećanja od zadnjeg puta kada sam bio ovdje vratila su mi se. Sjećam se svih detalja, uključujući i to da sam bio samo sanjar koji se popeo na planinu u potrazi za nepoznatom sudbinom. Penjući se u potpunosti, imao sam zadovoljstvo poznavati damu čuvaricu, čudesan duh sposoban razumjeti najdublje tajne ljudskog bića. Uz njezinu pomoć ostvario sam tri izazova, jedan teži od drugog. Još uvijek na planini, suočio sam se s duhom i mladima s ciljem da potvrdim ono što želim za sebe. Nakon svih tih faza, konačno sam mogao ući u špilju očaja, špilju koja bi mogla učiniti nemoguće mogućim. Ulazim, svladavam sve prepreke, prolazio sam kroz scene dok nisam došao do tajne odaje. Tamo su moji prirodni darovi ojačani i na kraju postali vidovnjak, biće sposobno činiti čuda u vremenu i prostoru. Sa svime što sam shvatio napustio sam špilju i putovao kroz vrijeme, ispravio sam nepravde, pomogao nekome da pronađe sebe i na kraju sam okupio svoje suprotstavljene snage kao i one iz posljednjeg puta. Uspio sam u svojoj misiji i sada sam se osjećao spremnim za novu avanturu, prodrijeti u gustu mračnu noć duše, nešto što nitko nikada nije učinio. Pun entuzijazma, hodam dalje, stojim na ulazu u špilju čekajući znak nadnaravnog, ali ništa se nije dogodilo. Kako je vrijeme prolazilo, uvjerio sam se da špilja nema nikakve veze sa stvarnim izazovom i otišao sam od nje i potražio drugi put, prema sjevernoj strani planine. Odmah ga pronalazim, potpomognut svjetlom baklje i nošenjem hodanja.

Preuzimajući novi put, osjećam obnovljenu vjeru i nadu, jer ću ostvariti planove i pronaći tako željeni uspjeh. Siguran i slijedeći razvijene instinkte vidioca, u određenom trenutku odlučujem napustiti put i ući u šikaru. Čak i suočavajući se s poteškoćama, poput trnja koje su me povrijedile, nastavljam hodati u istom smjeru, jer sam imao unutarnje jamstvo. Nastavljam ovim tempom oko deset minuta, sve dok se niotkuda nije pojavila čistina. Ispred mene su bila četiri različita puta, i moram odabrati jedan od njih. Pod pritiskom počinjem analizirati sve mogućnosti. U ovom slučaju to nije samo sreća ili sudbina, već samo znanje. Među stazama je put svjetlosti, put pasivnosti, put pokajanja i put mračne noći duše. Prvi pripada svima onima koji se predaju na Očev poziv, njegovo poslanje. Svakako, to je najteži put, jer zahtijeva odricanja i izbore koje većina nije spremna donijeti. Međutim, drugi, put pasivnosti, predstavlja sve one koji ustraju u svojim pogreškama bez brige za posljedice, kao što je bol drugih. U slučaju da izaberem ovaj put, možda dosegnem ludilo. U odnosu na put pokajanja, ovaj pripada svima i svakom ljudskom biću koje je spremno promijeniti život, oprostiti i pokušati razumjeti drugu stranu. Međutim, većina ljudi ne može ga gaziti iznimno dugo, uglavnom zbog ponosa, upravo kardinalnog grijeha koji ću pokušati razumjeti do dna u ovom izazovu. U slučaju da se odlučim za ovaj put, promatrat ću i osjećati puno patnje. Napokon, postoji put mračne noći duše koji predstavlja znanje i mistično iskustvo tame kroz koju svatko prolazi u određenom trenutku života. Nakon što sam neko vrijeme razmišljao, na kraju sam odlučio da je put mračne noći duše najprikladniji slijediti u tom trenutku. Međutim, prije nego što nastavim putovanje, prisjećam se svojih prošlih izazova posebno kada sam u posljednjoj avanturi morao birati između dviju suprotstavljenih sila. U tom slučaju, put s desne strane bio je najtočniji, jer je predstavljao put svjetlosti, dok je onaj s lijeve strane predstavljao put tame. Sada je situacija bila drugačija, jer su postojala četiri puta i samo je jedan bio najprikladniji izbor. Razmišljam još neko vrijeme; Odlučujem preokrenuti uloge i prožimati put do krajnjeg lijevog onog od čistih svjetala i onog pored njega jednog od pokajanja. Dakle, put na ekstremnoj desnici, opisujem ga kao jednu od mračnih noći duše i onu pored nje onu pasivnosti. Da bih potvrdio svoje predosjećaje, stvaram auru oko staza i ovaj plan mi daje željeni rezultat. Onda slijedim put na ekstremnoj desnici tražeći istinu koju malo tko zna. Nakon što sam još neko vrijeme hodao, moj stalan tempo vodi me na ravno mjesto, bujno i ogromno, s jezerom u sredini. Na obalama, žena mi maše, zove me. Radoznalošću se odazivam na njezin poziv i približavam se. Kad dođem do nje, započinjem razgovor:

"Jeste li vi vlasnik misterije nastanka mračne noći duše?

"Ne, draga moja. Ali ja mogu pomoći.

Rekavši to, žena se brzo kreće i za nekoliko sekundi stavlja se iza mene, gurajući me u jezero. Bespomoćan, idem u vodu. U ovom trenutku, planina se trese, gravitacijske sile su pogođene, nebo potamni, a moje tijelo se uzdiže ogromnom brzinom. Postupno gubim razum i onda se pojave vizije. Koncentriram se na jednog od njih, i kao da putuje kroz vrijeme, vidim veliku eksploziju i njene posljedice. U toj viziji svjestan sam stvaranja Sunčevih sustava i svih njihovih sastavnih elemenata, koji predstavljaju stvaranje materije. Osim ovog, pojavljuju se istovremeno i duhovno stvaranje svih ljudskih bića. U ovoj gledam vojsku anđela pod zapovjedništvom jedinog gospodara, uz pomoć sluge Lucifera, anđela korisnog i učinkovitog. Sve je išlo dobro u duhovnom planu, sve dok jednog dana Gospodar vojski nije morao otići s ciljem stvaranja novih galaksija u dalekim svemirima i tako ostavio Lucifera na čelu neba. Ubrzo nakon što je Učitelj otišao, Lucifer je rastao u važnosti i moć mu je udarila u glavu. U trenutku je odlučio da više neće biti sluga i pobunio se s nekim drugim anđelima. Dobio je pristaše iz svih hijerarhija: prijestolja, moći, ikiririsa, arkanđela, anđela itd. Međutim, Luciferove planove otkrio je na vrijeme drugi sluga: Michael. Ovaj se nije slagao s ambicijama svog brata Lucifera i s drugim anđelima organizirao je protunapad. Dakle, rat je počeo. S jedne strane, oni koji su podržavali Mihaela i Jahvu kao svog jedinog gospodara. S druge strane, oni koji su podržavali Lucifera kao vrhovnog. Ovaj trenutak bio je najdelikatniji od cijelog svemira jer su mnogi životi izgubljeni (milijarde) radi moći, odnosno besmislenog uzroka. Nakon brojnih bitaka, Mihael i njegovi anđeli uspjeli su okružiti Lucifera i njegove sljedbenike, porazivši ih i zaključavši ih u strahovali Zemljin ponor, u nepremostive sobe. Tako je završio rat i Učitelj se vratio s putovanja, zauzimajući svoje zasluženo i zasluženo mjesto. Po povratku, pobrinuo se nagraditi Mihaela i njegove sljedbenike za njihovu hrabrost u borbi i dao im je viša mjesta u upravi Kraljevstva nebeskog. Što se tiče Lucifera, za kaznu, napravljen je u obliku groznog zmaja i vatra ponora je zapaljena, spaljujući malo po malo one unutra. Upravo u tom trenutku pojavljuje se strašna mračna noć duše, a sjedište moći i ponosa njezini su primitivni uzroci. Nakon što sam svjedočio svim tim činjenicama, vizije nestaju iz mog uma i u tren oka, vratio sam se, na svoje iznenađenje na obalama jezera. Pogledam okolo i ne vidim nikoga. Odlučio sam se odmah vratiti u kabinu, jer je veći dio noći prošao. U žurbi, pokrivam put natrag u tren oka i za nekoliko koraka, vraćam se u kabinu. Idem ravno u krevet u potrazi za osvježavajućim snom. Približavajući se, odmah padam na njega. Sutra će biti drugi dan i nastavit ću hodati strašnim putem tame tražeći tako mukotrpno znanje.

Još jedan dan

Dan napokon svane, i prve zrake sunca su me pogodile u lice, probudivši me. Buđenje skupljam energiju i polako ustajem, istežući se odlučujem na jutarnju kupku. Dakle, brzo odem u improviziranu kupaonicu. Nakon nekoliko koraka počinjem se spremati za kupanje.

Brzo se skinem, obučem sapun i poprskam hladnu vodu po tijelu. Hladan osjećaj me podsjeća na prošlu noć. Pažljivo analizirajući posljednji izazov, na kraju zaključujem da me otkriće podrijetla mračne noći duše i točno značenje ponosa natjeralo da puno razumijem, jer ljudi tonu i ostaju u ovom tamnom oblaku. Većina ljudi povezana je sa sobom i materijalnim svijetom. Kao rezultat toga, oni ne vide pogreške koje svakodnevno čine u potrazi za moći, bogatstvom, društvenim izopćenjem i taštinom. Kako vrijeme prolazi, duhovna situacija ove vrste osobe postaje još složenija jer i dalje griješe i nisu sposobni pokajati se i opraštati. I posljedice tu ne prestaju. Postupno, oblak tamne noći postaje deblji, a njegov utjecaj utječe na druge osjećaje osobe. Još jedan korak i ljudi dolaze do ruba ponora bez povratka: marginalnost, sramotna djela, okrutnost i nedostatak etike, između ostalog. U ovom trenutku, ako ne postoji božanska ili anđeoska (Bića predana dobru) intervencija, mračna noć može čak i osuditi. Međutim, još uvijek postoji tračak nade dok postoji život, jer već je bilo slučajeva otvrdnutih srca koja su spašena u posljednjem trenutku. Jedan od njih je onaj razapet pored Krista, koji je prije mučeništva tražio oproštenje i kojeg ga se Isus sjeća kada je dolazio u svoje kraljevstvo. U to vrijeme, na iznenađenje svih, Isus je obećao: Jamčim vam, danas ćete biti sa mnom u Raju. Taj stav stručnjaka pokazuje Božju grandioznost i silu oprosta suočavaju se s utjecajem mračne noći.

Zaboravljam na sve tjeskobe i preokupacije, koncentriram se samo na kupku. Potpuno uklanjam nečistoće, ponovno stavljam sapun i bacam više hladne vode preko tijela. Kad budem spreman, zgrabite ručnik, osušite se, obucite čistu odjeću i na kraju napustite kupaonicu. Odlazim licem u lice s ni više ni manje ni više nego dama čuvarica. Ona započinje razgovor.

"Dobro jutro, sine Božji. Pozivaš li me na doručak? Prolazio sam i odlučio te posjetiti da saznam kako je prošla noć.

"Svakako. Pomozite sebi. Hoćete li me pratiti?

Dama čuvarica klima glavom u dogovoru i brzo idemo prema improviziranoj kuhinji. U nekoliko koraka smo tamo, a ja joj nudim stolicu. Počnem joj služiti, ona sjedne i nastavimo naš razgovor.

"Dama čuvarica, je li drugi izazov u blizini?

"To je. To će biti danas popodne. Prije toga, međutim, recite mi o svom iskustvu na posljednjem izazovu. Želim biti siguran da ste razumjeli dovoljno da priječete u sljedeću fazu.

"Isprva sam otišao na zapad misleći da možda izazov ima veze s čudesnom špiljom u kojoj sam postao vidovnjak. Međutim, kad sam stigao tamo, shvatio sam da sam pogriješio i pa sam otišao u drugom smjeru. Ovaj put sam krenuo prema sjevernoj strani planinskog vrha, i nešto kasnije, napuštajući put, postojala su četiri puta kako me vaše gospodstvo upozorilo. Staze su predstavljale čisto svjetlo, pokajanje, pasivnost i mračnu noć duše. S još jednim testom u životu, skupio sam svoju energiju i mudrost da otkrijem tajne svakog od njih. Na kraju sam to postigao i došao do nekih zaključaka. Mogu reći da put čistog svjetla pripada svima onima koji se pokoravaju očevoj volji i pokušavaju vjerno ispuniti misiju za koju su određeni. Međutim, ovaj put je najteži od svih, jer svijet nudi sve lakše i ugodnije alternative za tijelo i dušu, zbog čega mnogi odustaju. Ukratko, to je put otkaza i izbora. Što se tiče puta pokajanja je za sve one s dovoljno poniznosti za prepoznavanje svojih pogrešaka, čak i kada je situacija blizu točke bez povratka. Tamo se događa čudo ponovnog rođenja i nakon toga ljudi mogu imati ispunjen i sretan život. U odnosu na put pasivnosti, ovaj predstavlja ravnodušnost svih onih koji su počinili zločine, ali se ne osjećaju krivima. Mračna noć ove vrste osobe općenito je fatalna. Iz vlastitog iskustva mogu reći da je teže uvjeriti pasivnu osobu nego stvoriti nove svjetove. Konačno, put mračne noći duše predstavlja trenutak kada se odvajamo od Boga samo razmišljajući o svojim interesima i taštinama. Ovisno o svakom slučaju, tama može osuditi pojedinca. To je put znanja i objave. Odlučio sam se za ovu, jer je to bio pravi izbor u tom trenutku. Nakon što sam izabrao, našao sam ženu na obali jezera. Mahnula mi je, prišao sam i približila se, gurnula me u vodu. Sastanak je potaknuo putovanje u prošlim vremenima, kada ljudsko biće nije bilo svjesno svog postojanja, otkrivajući misteriju za koju malo tko zna. S objavom, moja su osjetila bila uzbuđena da razumiju primitivni uzrok tame: ponos i sjedište moći. Naime, ponos čini čovjeka automobilom dovoljnim, svojevrsnom propasti. Budući da je samodostatan čovjek misli da mu više nije potreban Bog da bi ostvario svoje planove i ciljeve i smatrao se gospodarom, glavom vlastite sudbine. Osim tih karakteristika, ponos inicira niz grijeha koji na kraju kontaminiraju u potpunosti ljudsku dušu. Time mračna noć postaje još jača.

"Sjajno. Znao sam da možeš razumjeti dubinu pitanja. Međutim, imajte na umu da je to samo početak, jer mračna noć duše obuhvaća mnoge druge aspekte koje još uvijek ne savladavate. Budite mudri u svim situacijama i zapamtite da ga do sada nitko nije tako razumio osim majstora. Čuo sam, sposobni ste ići u drugu fazu onih koje ćete morati hodati.

"A što je sa sljedećim izazovom? Kako će djelovati da ponovno uspije?

"Morate potražiti mjesto na vrhu koje se zove "Bezdan pokajanja". Ako djelujete oprezno i mudro, možete ponovno pobijediti i pronaći spoznaju drugog kardinalnog grijeha. Ali budite oprezni: Samo čista srca neće biti dosegnuta ponorom vatre. Ako ne uspijete, znajte da će vaša duša biti nepopravljivo zarobljena i nitko vas neće moći spasiti.

"Hvala vam na savjetu, ali vjerujem u sebe. Uvjeren sam da ću uspjeti i stoga ću preuzeti sve potrebne rizike.

"Odlično. Vidim da ste spremni. Divim se vašoj odlučnosti u potrazi za znanjem. Međutim, moram vam reći da postoji cijena koju treba platiti i da se ništa ne događa slučajno. Ako uspijete u svim fazama, misterij mračne noći puno će vam pomoći u karijeri. Želim ti sreću dok se opet ne sretnemo.

Rekavši to, dama čuvarica je rekla posljednje zbogom, i, u tren oka, nestala mi je iz vida kao dim. Od tada, tišina je vladala u mojoj skromnoj kabini stavljajući me u raspoloženje. Kako prevladati ovaj novi izazov? Može li biti opasnije od prvog? Kako se točno to mjesto zvalo ponor pokajanja? Toliko je pitanja bez odgovora da su mi malo zavrtjeli u glavi. Završavam doručak i proveo bih većinu jutra analizirajući koja bi bila najbolja strategija za usvajanje u ovom slučaju. Nakon što odlučim, odmorio bih se neko vrijeme prije nego što započnem tu novu fazu.

Pohlepa

Konačno, popodne počinje, a sparina me budi iz osvježavajućeg sna. U ovom trenutku pogledam svoj džepni sat i shvatim da je vrijeme izazova izuzetno blizu i ustao sam s namjerom da ga ostvarim. Napuštam kabinu dugim koracima i pokušavam pronaći najbolji put do mračnog ponora pokajanja. Zadnji put sam već prošao kroz zapad i sjever. Te se mogućnosti mogu odbaciti. Razmišljajući malo više, odlučio sam, ovaj put ići u južnom smjeru. Definirani smjer, nastavljam hodati i počinjem se psihički pripremati za neizbježan utjecaj, jer sam morao održavati srce i dušu čistima s obzirom na prevladavanje takvog izazova. Što bih točno nalazio na tako opasnom mjestu? Pa, nisam imao ni najmanju ideju. Jedino u što sam bio siguran je da ću uložiti sve napore da upijem potrebno znanje kako bih pokušao bolje razumjeti ogromnu složenost mračne noći duše. A to nije bio lak zadatak.

Nastavljam hodati neko vrijeme u odabranom smjeru, ali još uvijek ne nalazim ništa. Je li moguće da sam bio na pravom putu? Pa, morao sam njegovati svoje strpljenje. Čuvam se na putu, ali stanem na neko vrijeme da se odmorim. Koristim priliku da sjednem na to tvrdo i suho tlo i odmah se sjetim savjeta svoje ljubavnice, čuvarice: onih iz prošlosti i stvarnih. Analizirajući svaku od njih, zaključujem da sam stvarno bio na pravom putu i ponovno oživljavam svoje povjerenje u svoje moći i instinkte. Dakle, ustajem i nastavljam hodati u naznačenom smjeru. Nakon nekoliko koraka pojavljuje se znak: Strelica koja pokazuje na moju desnu stranu s imenom mjesta koje sam tražio: "Ponor pokajanja". Utjecaj vijesti o robi ostavlja vrtoglavicu, jer nisam očekivao da ću tako lako pronaći željeno mjesto. Odlučio sam odmah slijediti put označen strelicom.

Što se događa? Je li moguće da sam prevaren? Dobar dio vremena je već prošao otkad sam krenuo putem s desne strane i još ništa nisam pronašao. Nastavljam hodati besciljno i s još nekoliko koraka dolazim do ruba vrha gdje postoji samo praznina. Bez druge alternative, odlučim sjesti i razmisliti o novoj strategiji. Kako početi iznova? U tom trenutku uopće nisam imao pojma, jer sam se osjećao izgubljeno, pusto i napušteno. Čak i protiv moje volje, samokontrola naučena u prošlosti potpuno nestaje i tjeskoba i strah se pojavljuju, unatoč mojoj nedavnoj evoluciji. Na nekoliko trenutaka ostajem u istom položaju, sve dok se ne dogodi nešto sasvim novo: planinsko tlo se trese; Gravitacijske sile su ponovno poremećene, a u trenu se ponovno pojavljuje žena od prvog izazova. Odmah započinje dijalog.

"Želite li otkriti tajne ponora pokajanja? Znam da ti još jednom mogu pomoći.

"Kako? Ne vidim nikakav ponor ovdje.

"Ne budite blesavi. Da bi smrtnik ušao u ponor, prvo se mora inkarnirati.

"Misliš li umrijeti? To ne dolazi u obzir, jer sam još uvijek premlad i imam život ispred sebe.

"Ništa slično. Tvoje tijelo neće umrijeti. Samo će ga vaša duša ostaviti na nekoliko trenutaka kako biste mogli razmišljati o ponoru i dobiti potrebne informacije. Zar ne želiš znanje? Onda plati cijenu za to.

"U redu. Učinite ono što je potrebno.

Nježno, čudna žena me natjerala da legnem i drhtava jeza mi je prešla preko cijelog tijela. U tom trenutku pokušavam ostati miran, unatoč sumnjama koje sam osjećao u srcu. Bez brige, žena započinje ritual i stavlja moju glavu iz prve ruke. Kao rezultat toga, osjećam valove energije po cijelom tijelu i polako se osjećam pospano. Još nekoliko sekundi, potpuno sam opušten i moj duh s trzajem odvaja se od mesa. Napuštajući tijelo, počinjem plutati i letjeti bez granica. Proizvedeni osjećaj toliko je dobar da se pitam vrijedi li nastaviti živjeti. Ostajem još neko vrijeme iskorištavajući slobodu, dok se ispod mene ne pojavi tunel i žestoko me usisa. Ne mogavši odoljeti, padam u duboku rupu, neko vrijeme ne mogu izmjeriti, a na kraju dolazim do velike komore usred koje se nalaze tajanstvena vrata. Otvara se odmah kad stignem, a anđeo izlazi i otima me bez ikakve šanse za obranu. Brzo putovanje odvija se završavajući u sobi. Uđem u sobu i nađem osobu koja me već čeka. Anđeo nas je ostavio na miru i sa pogledom sažaljenja moli:

"Dodirnite me i znat ćete sve što vam treba.

Puna suosjećanja, odgovaram na očajnički zahtjev i u trenutku kada ga dodirnem počinju se pojavljivati vizije koje remete moja akutna osjetila. U određenom trenutku vidim tamu, sunce, svjetla i guste dimne zavjese. Malo po malo sve postaje jasno i onda sam dobio viziju odgovarajuće priče.

"Ryan je bio fenomenalno uspješan poslovni čovjek u tekstilnoj industriji, oženjen s troje divne djece, Christianom, Andrelom i Martom. Obiteljski odnos bio je normalan, ali njegovi etički aspekti nisu zadovoljili sve. Primjeri za to su beskompromisan stav kao šefa, njegova ekstremna netolerancija prema etničkim i rasnim manjinama i odvratno ponašanje prema prosjacima i uličnoj djeci. Uz sav taj eksplozivni temperament, nije iznenađujuće kako se ponašao određenog dana. Ovom prilikom Anđeo kuca na vrata, objašnjava tešku situaciju u svom životu i konačno traži nešto novca za kupnju hrane ili čak večeru kako bi zasitio svoju veliku glad. Kao odgovor, Ryan se nervira i navodi da ni na koji način nije otac siromašnih i zalupi vratima bez prijateljske riječi tom čovjeku u potrebi. Anđeo se buni protiv bogataša i u trenutku očaja stavlja kletvu na Ryana. Godinama kasnije, Ryan je još uvijek u istom stanju uma i određeni dan kada se ozbiljno razbolio, pa čak i boreći se sa svim svojim ogromnim resursima ne može izbjeći tako uplašenu smrt. Po dolasku u duhovni svijet sudi mu se i bez ikakve mogućnosti obrane nepopravljivo ga osuđuje njegova mračna noć. Bez nade, spušta se u ponor gdje će patiti dan i noć (bez predaha) zbog pogrešaka koje je napravio u životu, dok je Anđeo bio na nebu utješen.

Odgovarajuća vizija završava i odmah je moje tijelo ispunjeno potrebnim znanjem. Kad sam spreman, osoba se oprašta i moli me za uslugu: želim da širite moju priču svijetom, jer ne želim da moja djeca dođu na mjesto patnje gdje sam ja. Obećavam da ću se pokoriti i konačno on odlazi. Anđeo se ponovno pojavio u sobi i oteo me po drugi put. Putujemo brzo, a on me ostavlja u sobi blizu vrata. U isto vrijeme sila me gura prema gore i kad dođem k sebi, vraćam se u svoje tijelo, na vrhu planine Ororubá.

Razmišljanja o izazovu

Pokušavam ustati, ali nadljudski napor koji sam prethodno uložio sprječava me u tome. Pun znatiželje, tražim nepoznatu ženu koja mi je pomogla u izazovima, ali ne može pronaći trag o njoj. Tko bi ona zapravo mogla biti? Koje je moći posjedovala? Jedino u što sam bio siguran je da je pokazala da je divno oruđe sudbine, s ciljem da mi pomogne u potrazi za tako mukotrpnim znanjem. Nešto kasnije, na trenutak zaboravim na ženu i pokušam ustati po drugi put. Tijelo se pokušava oduprijeti, ali uz malo dodatnog truda napokon uspijevam. Stojeći, mogao bih bolje razmišljati i potpuno asimilirati znanje otkriveno u ponoru. Kad se budem osjećao spremnim, počinjem se vraćati prema privremenom prebivalištu. Na pola puta, sjene tužne priče počinju me uznemiravati i onda odlučim hladno analizirati slučaj. Ryan je bio najadekvatniji primjer da bogati ljudi ozbiljno riskiraju što se tiče spasenja. To zato što bogatstvo i moć sa sobom donose udobnost i *status*, ali također zahtijevaju odgovornost i odvojenost od društvenih ciljeva. Drugi primjer, iz Biblije, pokazuje pohlepu bogatih i nehumane uvjete siromašnog Lazara. Njegov kraj je isti kao i priča o Ryanu i Anđeo. Analiziram dva slučaja zajedno i na kraju zaključim da je pohlepa snažan svrbež duše. Likovi se mijenjaju, situacije su različite, ali za one koji njeguju pohlepu događa se isti tragičan kraj: Mračna noć osuđuje drugu žrtvu da propadne u vanjskoj tami. Kako promijeniti tu veliku stvarnost? Odgovor je možda lakši nego što zamišljamo. Sve je to povezano s praćenjem evolucijskog puta, puta prema ocu. Što zahtijeva odbijanja i teške odluke koje je malo tko spreman donijeti.

Mislim da bi svijet bio puno bolji kada biste slijedili dobre primjere koje nam je povijest dala: Isusa Krista, Francisa Asisa, Martina Luthera Kinga, Therese od Kolkate, sestru Dulce i Francisca Xaviera, između ostalih. Naravno, mračna noć ne bi imala više utjecaja na nas. To je samo san. Stvarnost je potpuno drugačija. Uglavnom se ljudi pokazuju materijalističkim, sebičnim i punim taština. Možda se čini pesimistično, ali svijet će se nastaviti pod carstvom mračne noći i da bih ga potpuno razumio morat ću provesti nove izazove i ostvariti avanture na koje sam sumnjičav. Od faza, već sam postigao dvije. Nastavimo zajedno, čitatelju, u potrazi za znanjem. Prilazim kabini koju sam sagradio s takvom pažnjom. Čeka me dama čuvarica. Dođem na njenu stranu, a ona započne dijalog:

"Čestitam, vidim da ste u jednom komadu. Možete li razgovarati o svom iskustvu danas popodne? Što ste naučili?

"U početku odlučujem krenuti s juga, jer sam već prošao kroz zapad i sjever. Hodao sam dugo vremena, u tom smjeru, dok nisam uspio pronaći neki znak koji bi me mogao usmjeriti. Jednom režiran, nastavio sam intenzivno hodati, a nešto kasnije našao sam se licem u lice s istom ženom iz prethodnog izazova koji mi je odmah pomogao da pronađem svoje odredište, ponor pokajanja. Otišao sam naprijed i stigao točno do točke koja mi je trebala, kontaktirao sam objavu drugog kardinalnog grijeha: Pohlepe. Priča kojoj sam bio podvrgnut pomogla mi je razumjeti produžetak ovog grijeha, stvarnu sudbinu svih onih koji ga slijede i na kraju donijela neke zaključke: Pohlepa je ključ kojim mračna noć duše otima vjernike. Ona se nalazi u ljudskom srcu i osjetilima, ometajući odgovarajuću evoluciju pojedinca. Osim toga, uzrokuje sekundarna zla kao što su ravnodušnost, egoizam i netolerancija. Ovo izloženo, možemo zaključiti da su rezultati katastrofalni i mnogo puta dovode do osude. Alternativa borbi protiv ove vrste grijeha bio bi altruizam, koji osnažuje dušu i otvara putove evolucije.

"Vrlo dobro. Nakon onoga što vidim i čujem, dolazim do zaključka da ste bliže razumijevanju značenja i produžetka mračne noći, budući da su dvije faze već prevladane.

"A sada? Koji je sljedeći korak?

"Sljedeća faza bit će realizirana sutra i bavi se jednom od najvećih slabosti ljudskog bića: Požudom. Ovaj će biti posljednji pod mojim nadzorom, jer više ne mogu pomoći. U sljedećim fazama pomoći će vam hinduist, koji već živi ovdje u planini šest mjeseci. Opustite se: On je stručnjak za posljednja četiri kardinalna grijeha.

"Znači li to da će me moja dama napustiti? Molim vas, nemojte to raditi. Zar se ne sjećate? Zajedno smo u potrazi za znanjem od posljednje avanture.

"Ne shvaćaj moju odluku osobno. To nije slučaj. Moraš znati da ne posjedujem svo znanje koje misliš da imam. Čak i za mene, mračna noć je postala složena i nerazumljiva tema. Za vas su potrebne nove vrijednosti i učenja, koja nisam dobio, niti velika većina. Za ovo i još mnogo toga moramo se rastati u ovom trenutku, a kad više evoluirate, tko zna hoćemo li se više vidjeti.

"U svakom slučaju, hvala ti na svemu. Da nije bilo tvog savjeta, ne bih napredovao. Od sada, obećavam da ću uložiti još veći napor da podignem veo mračne noći duše. Sve u mogućem, naravno.

"Nemojte mi još zahvaljivati, jer ćemo se i dalje sresti drugi put u ovoj avanturi. U sljedećoj prilici, dat ću vam svoje posljednje preporuke.

"Razumijem. Posljednje pitanje. Vjeruje li vaše gospodstvo da sam dostojan znanja koje treba otkriti?

"Ono malo što te poznajem; Vi ste. Kada postignete najveći cilj, tako gorljivo znanje, imat ćete moć otvoriti svoj um istinama skrivenim stoljećima. Tamo ćete imati odgovarajuće odgovore.

"I tamo ću biti sretan radeći na onome što volim i raskošnoj sreći. Kako predivno. Nadam se da ovaj trenutak neće dugo trajati. Ima li još preporuka?

"Ne. Zasad ništa više. Sada, moram ići, jer je kasno. Sretno u sljedećem izazovu!

Rekavši to, dama čuvarica je nestala. Biti ostavljen na miru, ispunio me tjeskobom i preokupacijama. Hoće li biti da ću nastaviti napredovati na tako opasnom putu? Tko je zapravo bio taj novi gospodar, Hindus?

Ova pitanja bez neposrednog odgovora grizla su mi srce i spremao sam se postići još jedan izazov.

Požuda

Vrijeme brzo prolazi i zora novog dana. Njegov dolazak donosi nove i uznemirujuće preokupacije nepripremljenom sanjaru. Pitam se: Mogu li grijesi tijela biti tako opasni do te mjere da utječu na moju čistoću? Razmišljajući malo više, odlučujem nastaviti riskirati, čak i ako bi to moglo imati teške posljedice za mene. Snagom te nove odluke ustajem i odlazim u improviziranu kupaonicu kabine kako bih se okupao. Usput, pokušavam se smiriti kako bih uživao u tim trenucima slobodnog vremena. Uđem, zatvorim vrata, skinem se i zgrabim kantu hladne vode koju sam pripremio noć prije. Počinjem se kupati i bacivši prvu količinu ledene vode počinjem razmišljati o svetom mjestu gdje se nalazim. Mislim malo o planini i o njenoj važnosti u mom životu. Na kraju zaključujem da je sveta zbog svoje klime, čije sam povijesti bio dio, izazova, skrivenih misterija, pa čak i same špilje. Nastavljam zaključke i dolazim do zajedničkog nazivnika: Nitko to nikada neće znati u potpunosti osim ako ne evoluira do savršenstva. U njemu sam mogao pronaći svoje suprotstavljene snage i, postajući vidovnjak, mogao sam kontrolirati te snage. Tražio sam znanje i razumijevanje o mračnoj noći kroz koju svi prolazimo. Na tom sam putu ostvario dvije faze. Ali bilo ih je još sedam, nepredviđenih, o kojima nisam imao vremena razmišljati.

Pokušavam se koncentrirati na kadu i na trenutak zaboraviti preokupacije. Strategija je dobra, nastavljam s ritualom, stavljam sapun, bacam više vode preko tijela i pokušavam oduzeti sve nečistoće. Kad se osjećam čisto, zgrabim ručnik, osušim se i obučem čistu odjeću. Izlazim iz kupaonice i idem u kuhinju napraviti doručak. Kad stignem tamo, počinjem pržiti ukusna kokošja jaja koja sam dobio u šumi. Provodim neko vrijeme pripremajući hranu i kad je spremna, odmah je pojedem. Koristim priliku da sjednem neko vrijeme, a kad to učinim, žudim za domom, za majkom i dobrim životom. Sve se to događalo jer sam bio naviknut na dobar doručak i obiteljsku toplinu. Prođe još jedan trenutak i odmahnuo sam glavom: Sve bi to bilo puno lakše da me podrže u karijeri i snovima. Svakako bih imao još jedan razlog da se nastavim boriti i još više afirmiram dok se vidovnjak transformira u špilju. Ali odbijam te misli, jer su me sada samo povrijedile. Onda planiram strategiju za sljedeći izazov.

Sa svim setom, izlazim iz kabine i idem istočnim smjerom, jer još nisam otišao tim putem. Početak tog puta obavlja se na uobičajen način, bez žurbe, jer sam se ipak morao mentalno pripremiti za utjecaje koji mogu doći. U ovom trenutku treba biti oprezan, jer su prethodni izazovi dokazali da su kardinalni grijesi jači nego što sam zamišljao. I ova treća faza neće biti drugačija. Ojačan tim grijesima, dolazim do zaključka da bi mračna noć, u ovom slučaju, imala moć osuditi. Kako onda biti siguran? To je odgovor koji tražim. Nakon što prođem kroz sve faze svoje osobne evolucije, sigurno ću imati poziciju poštovanja. U međuvremenu, morao bih se pobrinuti za sadašnji izazov. Bez dodatnih preokupacija, nastavljam.

Dalje, u mom vidnom polju, pojavljuju se tri mladića obučena kao prostitutke. Iako sam još daleko shvatila da su iznimno lijepe i dodvoravajuće. Kad postanu svjesni moje prisutnosti, mahnu mi, a ja se odlučim približiti daljnjoj istrazi. Kako sam se približavao, mračna noć se pojačava, a udar me smrzava. U sljedećem trenutku predstavili su se i pozvali me da im se pridružim. Bez puno razmišljanja, odlučim prihvatiti i nastavljamo hodati. Na pola puta su me okružili formirajući krug tame. U ovom trenutku, mračna noć mi otima srce, i prisiljen sam se sjetiti iskustava zbog kojih sam patio. Uznemiren, pokušavam izaći iz kruga, ali prejako je čak i za mene koji sam pripremljen i evoluirao vidioče.

Nešto kasnije, niz vrata otvara ispred mene, i ja sam gurnuo protiv jednog od njih od strane prostitutki. Za nekoliko sekundi moj um i tijelo prolaze kroz tunele u kojima se uživa u tjelesnim užicima. Kako imam takvo iskustvo, drhtim od slika, jer ono što je sveto postaje čin čistog divljaštva. Da ne patim toliko, zatvorim oči, ali ipak sam nemirna. S vremenom se krug steže i putujući kroz tunel na kraju dolazim u veliku sobu, gdje me netko već čeka. Koncentriram se mentalno, pokušavajući očistiti srce i dušu, čak i nakon svega što sam vidio i čuo, i krug pukne. Na taj način, mračna noć nestaje na neko vrijeme, i osjećam se sigurnije. Tada odlučim prići osobi u sobi i dodirnuti je, objave i vizije se ponovno pojavljuju.

"Filip je javni dužnosnik visokog ranga i zbog svog posla vodi stabilan život zajedno s ostalim članovima svoje obitelji: suprugom Katherine i svoja dva sina, Lukom i Josipom. U obiteljskom životu Phillip je vrlo ljubazan i odgovoran. Međutim, o svom karakteru, on nije tako savršen, jer u nekim slučajevima djeluje na nesrazmjera način. Na primjer, voli zabave, većinu vremena u društvu bivših sveučilišnih kolega i u tim prilikama iskorištava puno pića kako bi izopačio osjetila i sprijateljio se s nekim ženama koje su uvijek prisutne. Upravo je taj put doveo do prvih izdaja. U početku je bio oprezan i izazivao je bilo kakve sumnje. Međutim, kako je vrijeme prolazilo, uvjerio se da je njegov stav normalan i da ga više nije briga za diskreciju. Jednog dana dogodilo se neizbježno: Njegova supruga saznala je za njegove nevjere i bila je potpuno razočarana svojim suprugom. Vjerovala je da je udana za pravu osobu i da je bračna ljubav zauvijek. Ljuta, bori se sa suprugom, ali se nije odvojila, jer je ljubav prema sinovima veća. Više ga nije briga da bude uhvaćen i nastavlja svoj put izdaje. Vrijeme prolazi, situacija se ne mijenja i donosi ozbiljnu bolest koja ga ubija. Sudi mu se, a mračna noć koristi ženinu bol da ga osudi. On je još jedan koji tama tvrdi za svoju šupu i ovo je svakako kraj za sve perverznjake.

Vizija završava, čovjek se oprašta, preporučujući da proširim njegovu priču po cijelom svijetu. Slažem se, i jak vjetar me nosi prema tunelu. Za nekoliko sekundi vraćam se na vrh planine, promijenjen spoznajom trećeg kardinalnog grijeha. Ostalo je još samo šest faza za potpuno razumijevanje mračne noći koja užasava sva srca.

Natrag u kabinu

Nakon završetka trećeg izazova, bio sam mentalno i fizički iscrpljen. Odlučio sam se odmah vratiti u kabinu da se odmorim. Imajući to na umu, poduzeo sam prve korake, a moje preokupacije okreću se sljedećem izazovu i tajanstvenom i inkognito liku hinduista kojeg još uvijek nisam poznavao. Je li moguće da mogu asimilirati njegovo znanje? Može li četvrti izazov biti opasniji od prethodnih? Pa, ja bih pokušati pronaći odgovore na ta pitanja kad upoznam spomenutu osobu. U međuvremenu, trebao bih u potpunosti asimilirati znanje stečeno na tri prošla izazova. Tempo hodanja je intenzivan, a već sam pokrio trećinu puta natrag. Tko sam ja bio u tom trenutku? Ne samo jednostavan sanjar koji se popeo na planinu u potrazi za nepoznatom sudbinom, već netko u potrazi za znanjem, potpunom kontrolom i razumijevanjem o aspektima mračne noći, iste mračne noći sposobne spasiti ili osuditi osobu. Ti aspekti su bili bitni u mojoj formaciji kao vidovnjaka i čovjeka. Tek tada sam mogao nastaviti svoju karijeru u potrazi za misterijama i istinama skrivenim stoljećima, s ciljem da mnoga srca sanjaju. Što je život bez snova? Velika praznina bez značenja i duše. Stoga, moj novi stav u potrazi za takvim gorljivim znanjem.

Šetnja malo duže i već sam prešao više od pola udaljenosti. U ovom trenutku osjećam se vrlo umorno, ali pokušajte zaboraviti i nastaviti hodanje. U špilji sam naučio da je čovjek dostojanstven samo kad pokaže dostojanstvo, a to uključuje ustrajnost, trud i predanost. To je upravo ono što sam pokušavao njegovati na putu susreta sa sudbinom, za kojom bih morao trčati, čak i ako bih želio doći do tako potrebne evolucije. To je bilo ključno u mojoj karijeri kako bih mogao nastaviti očaravati srca svih dobnih skupina. Bilo je to za njih i za predivan svemir, koji mi je darovao, koji je još jednom riskirao na planini. Putovanje je bilo vrijedno, jer sam već otkrio podrijetlo mračne noći i još dva važna aspekta. Za konačnu objavu potrebno je još šest faza. Približavam se svom privremenom stropu, mjestu gdje se odmaram od ove zamorne avanture. Odmah osjećam prisutnost dame čuvarice, koja mi je toliko pomogla na putu. Kako se približavam, ona pokreće dijalog:

"Dakle, ostvarili ste treći izazov. Čestitam! Pričaj mi o svojim iskustvima i zaključcima. Želim biti siguran da ste spremni ići dalje složenim putem mračne noći duše.

"Prije svega, želio bih vam zahvaliti na vašoj pomoći i predanosti mom cilju. Bez vašeg savjeta, sigurno ne bih mogao nadvladati sve nedaće na koje sam naišao. Shvati da će od sada moja pobjeda biti i tvoja pobjeda. O aspektima mračne noći duše naučio sam da je ponos izvor te mračne noći. Sprječava pojedinca da vidi najprikladniji put za razvoj i dolazak do oca. Osim toga, oni koji su prevareni ovim grijehom postaju samodostatni i, kao posljedica svojih djela, gube svaki kontakt sa silama svjetla koje bi mogle pomoći u njihovom poslanju. Analizirajući dobro taj grijeh, na kraju sam zaključio da je poniznost jedini i najbolji protuotrov, jer samo ponizni mogu trijumfirati. Kao i u odnosu na pohlepu, drugi kardinalni grijeh, uspio sam zaključiti da zatvara ljudsko biće srce na bol i probleme drugih. Moramo shvatiti da bogatstvo, moć i društvena izopćenost nisu vječni. Postoje samo materijalna sredstva i moraju poslužiti kao sredstvo za postizanje željene i potrebne evolucije. Kako se to dogodilo? Donacijama, dobročinstvom i odvojenošću. Razmišljajući malo više o ovom grijehu, zaključujem da pohlepni nikada neće evoluirati i da će biti osuđeni zbog mračne noći. Što se tiče požude, ona utječe na aspekte morala i dostojanstvo ljudskog bića. Trenutno postoji trivijalizacija svetog koja izopačuje osjećaje i srce osobe, čineći ga nečistim. Time je izgubljen kontakt sa Svetim Ocem, koji želi samo našu dobrobit. Analizirajući situaciju, mogu reći da su grijesi tijela, uključujući požudu, najopasniji, jer kontroliraju ljudske instinkte. Moramo, doista, učiniti da naša duhovna i racionalna strana prevlada nad našom životinjskom stranom. Požuda je sposobna osuditi ako osoba ustraje u pogrešku.

"Zanimljivo. Imate sposobnost da se razvijate još dalje, ali za sada je to dovoljno. Možete napredovati do sljedećeg izazova, susreta s hinduistima. On je mudar čovjek, dolazi iz inozemstva, specijaliziran za posljednja četiri kardinalna grijeha. Ako uspijete s njim, možete ići dalje, prema trećem izazovu.

"Pa, nisam baš siguran da će mi pomoći ovaj Hindus. On je pouzdan?

"Ako sumnjate, to znači da još niste spremni. Ali ako stvarno želiš znanje, onda nemaš izbora. Moj dio je gotov, sada ste ti i tvoj novi gospodar.

"Gdje ga mogu naći?

"Živi ovdje, na planini, na sjeverozapadnoj strani, u maloj šap kući. Kad ga vidite, recite mu da vas je poslao duh planine. Odmah će vam se obratiti.

"Hvala ti za sve što je dama čuvarica. Nikada te neću zaboraviti.

"Ne brinite. I dalje ćemo se viđati jer ćeš trebati mene i moj savjet. Sretno na svom putu, sine Božji, ostvari svoje najdublje snove.

Odjednom, dama čuvarica nestaje bez traga. Tko je ona točno bila? Sve do danas ne znam, unatoč tome što sam proveo vrijeme s njom. Jedino što sam bio siguran u tom trenutku je da je ona bila dio planine i svjetske misterije, netko dostojan da ne bude zaboravljen. Nakon što je otišla, malo sam se odmorio i nakon što bih se počeo spremati za sastanak s tajanstvenim hinduistima.

Susret s hinduistima

Prolazna faza me ostavlja sretnom, ali istovremeno zabrinutom. S kojim sam se izazovima i opasnostima još morao suočiti? Kakve bi metode hinduisti usvojili? To su bila neka od pitanja koja su mi zaokupljala um. Razmišljao sam o svom slučaju. Potvrđujem svoju pripremu i činjenicu da nisam htio nikoga osuđivati prije nego što ga upoznam. S tim otkrićem bolje gledam sebe i počinjem vjerovati da će znanje stečeno u prošlosti dati neko jamstvo da ću se konačno suočiti s tim novim gospodarem. Ispunjen sam hrabrošću i brojim šest izazova koji me razdvajaju od moje pune evolucije kao vidioca i kao čovjeka. Mračna noć se približava.

Još nekoliko sekundi je prošlo, koncentriram se u unutrašnjosti, duboko udišem i izdahnem, i na kraju odlučim: Došlo je vrijeme da upoznam Hinduse. Morao sam obaviti misiju. Nada se oporavila; Poduzimam prve korake prema mjestu koje je gospođa čuvarica istaknula. U ovom trenutku, osjećaj tjeskobe i straha od nepoznatog ispunjava cijelo moje biće, iako sam vidovnjak kojeg priprema najopasnija špilja na svijetu. Tko je taj čovjek izazvao takvu reakciju? Sigurno nije bio običan čovjek. Činjenica da dominira otajstvima posljednja četiri kardinalna grijeha čini ga još kvalificiranijim. Bila bi privilegija živjeti s takvim čovjekom, čak i kratkotrajno, razmišljam. Kasnije postajem opušteniji i brže hodam, jer znatiželja raste. Nastavljam hodati i dolazim do pola pozornice. Moje suprotstavljene sile signaliziraju da su u metežu, a ja ih pokušavam kontrolirati. Svaka greška će biti fatalna. Moja brza šetnja tjera moj um da se zapita kroz daleka vremena i prostore, tražeći odgovore na ljudsko stanje. Prošla avantura, moje sjene, evolucija, pa čak i društvena struktura neke su od oživljenih tema. Analizirajući prvu stavku, dobro se sjećam kad sam se zadnji put popeo na planinu tražeći svoju sudbinu i snove. Na odgovarajućoj stazi uspio sam se popeti na strmu planinu i doći do njenog vrha. Tamo sam upoznao damu čuvaricu, duha, mladost, dječačića, a njihovo poznanstvo, zajedno s izazovima, dalo mi je više jamstva nego što sam želio. Nakon što sam prevladao nekoliko prepreka, konačno sam ušao u špilju, stekao uspjeh i postao moćan vidovnjak, sposoban otkriti najdublje tajne i učiniti čuda u vremenu i prostoru. Sa svim tim atributima, uspio sam okupiti suprotstavljene sile, ali ovo je bila samo prva faza moje evolucije. Moj izazov je bio mnogo veći nego što sam ikada zamišljao. Među izazovima bilo je kontrolirati vlastitu silu, čežnju i duboko razumjeti mračnu noć, koju sam nedavno intenzivno živio. Taj mračni dio mog života i dalje me zabrinjavao i nisam ga prevladao ne bih mogao razumjeti razne mračne noći kroz koje ljudi prolaze. Sve se to može nazvati jednom riječju: Evolucija. Bilo je potrebno evoluirati kao vidovnjak i kao čovjek jer u budućnosti doći na očev put bez zamjerki, bez boli i bez straha. Biti među pravednima bio je moj glavni cilj. Međutim, nisam mogao razmišljati samo o sebi i zaboraviti na druge drugove koji se svakodnevno bore u nepravednom i perfidnom društvu. Moram pronaći alternative kako bi i one evoluirale, unatoč svim poteškoćama koje nameću kapitalizam i elite. Pa, to je tema za drugu knjigu. Sada se moram potpuno koncentrirati u razumijevanju mračne noći i prevladati je. Nastavljam hodati stazom i nešto kasnije mogu vidjeti malu kuću za sokove. U ovom trenutku, srce mi se ugasi i stane u potpunoj kontemplaciji. Kasnije se mogu oporaviti od šoka i ponovno početi hodati u naznačenom smjeru. Blizu vrata, pljesnem rukama. Odmah me dočekuje mršav čovjek, izgleda šezdeset godina, preplanula koža, dobro definirano tijelo, odjeven u tipično ruho iz svoje zemlje podrijetla. On inicira dijalog.

"Tko si ti? Što hoćeš? Mirno sam spavao.

"Žao mi je što sam vas uznemirio, ali došao sam ovdje iz krajnje potrebe. Poslao me duh planine i moj cilj je bolje razumjeti mračnu noć duše i tako steći potrebna znanja kako bih mogao napredovati u svojoj početnoj spisateljskoj karijeri.

"Onda si ti slavni koji se suočio sa špiljom i njenom vatrom. Gospođa čuvarica mi je već pričala o tvom slučaju. Dođite, dođite u mom skromnom prebivalištu kako bismo se bolje upoznali.

Odmah prihvaćam njegov poziv i idem s njim. Ulazeći u njegovo prebivalište, osjećam dobre vibracije koje proizlaze iz mjesta čineći me opuštenijim. Dok ulazim, riskiram promatrati detalje i vidim krevet, škrinju, stol i stolice i neke čudne slike. Opet počinje pričati. Sjednite ovdje (gurajući stolicu) i recite mi o svojim težnjama i pretragama.

"Moje ime je Aldivan, vidovnjak, ili sin Božji. Sve je počelo prije godinu dana, kada sam umoran od rutine i istovjetnosti, odlučio sam očajnički pokušati ostvariti svoje gotovo nemoguće snove. Pokušaj je bio penjanje na planinu na kraju svijeta, koja je obećala da će biti sveta. Kad sam došao do mjesta, popeo sam se na njega prolazeći kroz mnoge poteškoće i prepreke, ali konačno sam došao do njegovog vrha. Tamo sam upoznao nepoznatu damu koja se nazivala damom čuvaricom planine i obećala mi je pomoći u potrazi. Na taj sam način ostvario izazove, a nakon što sam odobren, stekao sam pravo ući na mjesto ultra-sveto, špilju sposobnu ostvariti najdublje želje ljudskog bića. Ne razmišljajući o posljedicama, ulazim u nju, suočio sam se s zamkama i napokon sam stigao u tajnu Odaju, mjesto gdje sam postao vidovnjak, evoluirano biće sposobno činiti čuda u vremenu i prostoru. Nakon toga, mogao sam napraviti pravi put kroz vrijeme, što je bio uspjeh. Tada bih mogao kontrolirati i okupiti suprotstavljene snage. Sve je to predstavljalo samo prvu fazu na putu kontinuirane evolucije. Sada želim ostvariti drugu fazu, a to je razumjeti tajne složene teme, mračnu noć duše. Iz tog razloga, vratio sam se i siguran sam da mi možete pomoći na neki način na ovom putu.

"Vaša priča je nevjerojatno zanimljiva. Međutim, moram vas upozoriti da je mračna noć nepredvidiva i puna opasnosti. Shvatite da su mnogi smrtnici već željeli duboko razumjeti mračnu noć. Međutim, svi su u jednom trenutku propali i na kraju su platili najvišu cijenu. Jeste li sigurni da želite nastaviti?

"Svjestan sam rizika, ali ako se ne mogu riješiti mračnih noćnih demona, neću imati mir i neću moći nepristrano analizirati razne mračne noći koje se možda mogu otkriti. Potrebno je nastaviti. Što moram učiniti kako bih prevladao sljedeće prepreke?

"Prvo, morate se preseliti u ovu malu kuću, jer želim biti svjestan svih vaših slabosti i strahova. Ako ih ne možeš kontrolirati, oni mogu uništiti tebe. Sljedeće tri faze usavršit ćemo vašu meditaciju i astralno putovanje. S tim znanjem zajedno sa samokontrolom, pobijedit ćete životne zamke.

"Onda se moram vratiti u kabinu da donesem svoje osobne stvari.

"Idite odmah, jer nam nedostaje vremena. Morate proći kroz još tri etape ovdje na planini.

Opraštam se od Hindusa i počinjem se vraćati.

Usavršavanju

Početak šetnje natjerao me na razmišljanje i analizu prvog susreta s hinduistima. Primijetio sam da ima upečatljivu figuru, osim što je tajanstven. Nadalje, želio mi je pomoći i to je bilo najvažnije. Da bih hodao putem tame, stvarno bih trebao pomoć od nekoga iskusnijeg. Koji bi bili njegovi pravi ciljevi? Nisam znao, ali mogli bi biti kao moji. I ako sve bude u redu, naši putevi bi mogli biti ojačani u potrazi za evolucijom. Evolucija je neophodna na početku moje karijere. Tek nakon toga bio bih sposoban nepristrano analizirati činjenice konačne objave za kojom sam tragao.

U prethodnoj avanturi već sam uspio kontrolirati i okupiti suprotstavljene snage. U odnosu na sadašnju avanturu, osnovni cilj bio je u potpunosti razumjeti mračnu noć, fazu koju moramo proći. Na tom sam putu postigao tri etape, uz pomoć dame čuvarice i osjećao sam se spremnim suočiti se s pozornicama s novim majstorom, hinduistom. S njim sam se nadao da ću prevladati sve opasnosti, čak i ako moram platiti dovoljno visoku cijenu za tako gorljivo znanje.

Na trenutak zaboravim malo na svoje brige, strahove i sumnje, koncentrirajući se više na šetnju i na svoje ponašanje pred hinduistima. Nakon što sam malo razmislio, osjećam da bih trebao pokazati sigurnost i spokoj, čak i ako se ne osjećam tako. Bio je strog i autoritaran stručnjak sa svojim učenicima. Važno je da su njegove metode bile učinkovite, jer je on jedini kontrolirao posljednja četiri kardinalna grijeha. Ostalo mi je samo da saznam kako će postići takav podvig.

Ne misleći ni na što drugo, nastavljam hodati. Još nekoliko koraka i nadoknadio sam polovicu udaljenosti zbog čega se osjećam sretnije, jer bih došao do kabine koju sam izgradio i oprostio se od mjesta gdje sam proveo prvih nekoliko dana na planini. Moja nova rezidencija je trebala biti mala kuća pored nepoznate osobe, Hindusa koji mi je obećao da će mi pomoći na mom putu. To je bila samo njegova odluka, za koju još uvijek nisam znao je li najtočnija.

Uskoro ću doći do kolibe. U ovom trenutku kroz moje srce i osjetila prolazi lagana tjeskoba, ali još uvijek ne znam koji je bio razlog. Je li to bio predosjećaj? Pa, bilo je teško objasniti. U tom trenutku još uvijek sam se osjećao izgubljeno i zbunjeno s posljednjim događajima. Jedino što sam bio siguran u svoj glavni cilj: nastaviti se razvijati u potrazi za razumijevanjem značenja i dubine moje mračne noći, i drugih i tek tada imati otvoren um za konačnu objavu. Da bih postigao uspjeh, bio sam spreman podnijeti sve potrebne žrtve, a prva je bila živjeti u kući stranca, čak i nakratko. Pa, Hindusi moraju imati svoje razloge za takav stav i moja misija, kao učenika, bila je pažljivo ga slušati i dati sve od sebe da prevladam nedaće. Nastavljam hodati i konačno dolazim u kolibu. Prioritet je spakirati moj slučaj. Nakon što sam ga uredio, odlučio sam razmisliti o mjestu gdje sam proveo prve noći na planini. Nakon kratke analize dolazim do zaključka da mi je to nevjerojatno posebno od prvog puta kada sam bio ovdje. U ovom vremenskom razdoblju prisjećam se sumnji, neizvjesnosti i straha koji uspijevam prevladati pri ulasku u špilju. Trenutno sam bio vidovnjak prema evoluciji i uspjehu. Nešto kasnije, konačno se opraštam, zgrabim slučaj i krenem prema svojoj novoj rezidenciji. Vraćam se s vedrinom i uvjerenjem. Bio sam potpuno spreman suočiti se s novim izazovima i uskoro stići u malu šap kuću. Ležerno, ulazim i suočim se s hinduistima, smještenim u položaju meditacije. Odmah izlazi iz transa i poziva me da sjednem. Odmah se pokoravam, a on započinje dijalog:

"Meditirao sam s ciljem kažnjavanja odgovora o tome kako ćete pronaći hrabrosti suočiti se s nepoznatim. To je dio vlastitog ja i važno je započeti dobru evoluciju.

"Meditiram i kad imam slobodnog vremena. Ali u posljednje vrijeme to nisam učinio za preokupacije ne dopustite da mi um bude čist i spokojan.

"Shvatite da je meditacija ključna kako biste mogli prevladati nove izazove. Osim toga, pažljivo te proučavajući shvatio sam da još uvijek ne savladavaš sve njegove tehnike. Kao rezultat toga, ne dobivate u potpunosti njegove prednosti.

" Spreman sam učiti. Pokaži mi ispravan način.

"Volim zagrižene učenike. Onda me slijedite!

Odmah sam ga poslušao, jer sam bio znatiželjan naučiti njegove tehnike. Hoće li mi to pomoći da krenem sigurnim putem u odnosu na moju potragu? Nisam bio siguran u to, ali bio sam spreman riskirati da kasnije mogu iskoristiti prednosti. Malo dalje ušli smo u usku stazu prema sjevernoj strani planine. U ovom trenutku pada na pamet prvi izazov i učenje koje sam stekao radeći to. Otkrio sam porijeklo mračne noći i najpoznatiji primjer ponosa. Osim toga, naučio sam da je poniznost suprotnost ponosu i da je to najadekvatniji način za razvoj.

Među primjerima poniznosti koje nam je povijest dala je Isus, koji nas je učio da, da bismo bili veliki, moramo služiti drugima. Je li to upravo ono što želim koračati putem mračne noći duše. Uz knjigu, zbog svojih postupaka, želim očarati srca i natjerati mnoge ljude da sanjaju, tjerajući ih da zaborave, čak i na nekoliko trenutaka, preokupacije, razočaranja i životne nepravde. Imajući taj cilj na umu, nastavljam slijediti čovjeka koji je obećao otvoriti moja osjetila i percepcije, otkriti tajne meditacije. Naš brzi tempo brzo ide naprijed i za kratko vrijeme stigli smo do jezera gdje sam već doživio iskustvo. Stručnjak ponovno pokreće dijalog:

"Stigli smo na mjesto gdje sam želio. Oni koji mogu pravilno meditirati nad jezerom, postaju sposobni nadići prošlost, sadašnjost i budućnost. Ovaj fenomen nastaje zato što je planina sveta. Jesi spreman? Reći ću vam kako se ponašati. Prije nego što odete u vodu, mentalno se koncentrirajte s ciljem uklanjanja bilo kakvog traga mržnje, očaja ili nepovjerenja. Nakon uspjeha u ovoj fazi, potpuno se prepustite snazi nepoznatog. Kad budete spremni, moći ćete hodati po vodi i meditirati pronaći ćete odgovarajuće objave. Dođite, pokazat ću vam kako se to radi.

"Čekaj. Mislim da nisam dobro čuo. Moram se predati moći nepoznatog. Šta to znači?

Bez odgovora, Hindusi ulaze u jezero i odmah prelaze preko njega kao da je Bog. Kad dođe točno u sredinu, maše mi, zove. Čak i ne znajući kako se ponašati, skupljam malo hrabrosti i odlučujem riskirati, ulazeći u jezero. Poduzimam prve korake i razočaran sam sobom što nisam uspio postići majstorski podvig. Dobivam neke riječi ohrabrenja i hodanja. Kad dođem točno do mjesta gdje je stručnjak, on me uzme za ruku, i kao da je to čudo, mogu stajati na vodi. Nakon toga, stavljam se u položaj meditacije i slijedim hinduističke upute. Zatvarajući oči, trpim brutalan utjecaj sljedećih vizija. Za nekoliko sekundi vidim početak, sredinu i kraj. Početak predstavlja začeće, životno čudo. Vidim dah

Stvoritelja koji dolazi iz udaljenih mjesta nedostupnih ljudskom biću. Neposredno prije toga, vidim skup anđela koji definiraju misiju duhova da dođu na Zemlju. Na ovom ponovnom okupljanju vidim vatru, svjetlo i tamu u vijeću. Što se tiče sredine, ona predstavlja prolaz ljudskog bića kroz zemaljski planet. U ovu fazu uključeni su djetinjstvo, mladost i odrasla dob. U svojoj viziji vidim slatkoću dječačića koji je odrastao imajući nadnaravna iskustva koja izazivaju veliki strah i trpe nepravde obitelji i društva. Unatoč preprekama i preprekama, stvorio je i zadržao plemenite i pravedne snove. Jedan od njih bio je pokazati svijetu najbolji način da se razvije i postigne uspjeh i sreću o kojoj su sanjali. U potrazi za tim snom, sada mladi preuzeli su neke rizike, pobijedili i na kraju postali vidovnjaci knjiga, željni preobrazbe života i očaravajućih srca. Na tom putu slijedi niz avantura koje vode do njegovog posvećenja. Na kraju, uspijeva ostvariti svoju misiju i daje svoju dušu benignim silama svemira. U ovom trenutku, vizije prestaju, i ja se vraćam u normalno stanje. Otvarajući oči, vidim da još uvijek stojim na vodi, sam, i stručnjak za obale jezera. Sa strahom počinjem tonuti i plivati u stranu. Izlazeći iz vode, više nisam ista osoba.

"Kako sam to uspio? Ne razumijem, gospodaru.

"Dopustite mi da objasnim. Trebao ti je samo poticaj da hodaš po vodi, jer je nedostatak vjere još uvijek bio u tebi. Osjećajući se sigurno, opustili ste se i uspjeli. A onda? Jesi li vidio svoju budućnost?

"Vidio sam to, ali ne previše jasno. Osjećao sam da će biti divno i puno postignuća. Moj san je moguć.

"Svi snovi su mogući, a Svemir želi pomoći. Nažalost, malo ljudi ustraje u svojim idejama. U tom trenutku dolazi do neuspjeha i obmane. Ne brini, tvoj slučaj je drugačiji. Vidim da imaš sve da budeš među pobjednicima.

"Lijepo je to čuti. Cijeli život trčim za svojom sudbinom i spoznaja da ću biti nagrađena čini me sretnom i željnom suočavanja s novim izazovima. Koja će biti sljedeća faza?

"Sada morate naučiti kako pravilno koristiti astralno putovanje, a to će biti moguće na već poznatom svetom mjestu. To je špilja očaja, gdje si prošli put započeo svoj san.

"Vrlo dobro. Spreman sam. Hoćemo li ići?

Hindusi su kimnuli pristankom, odmah smo otišli prema zapadnoj strani planinskog vrha. Na početku šetnje vladala je zabrinjavajuća tišina, predviđajući opasnosti koje smo oboje trčali, jer je špilja, moj stari prijatelj, bila sposobna zatvoriti snove i živote. Znao sam to iz prethodne avanture kada sam prevladao teške zamke. Malo razmišljam o tome i na kraju zaključujem da, da nije bilo mog avanturističkog duha, ne bih prihvatio takvu ludu ponudu.

Što će me čekati? Novi susret sa špiljom zasigurno bi me mogao potvrditi kao vidioca i ponovno preobraziti, u aspektu astralnog putovanja. S druge strane, ako ne uspijem, mogao bih zauvijek biti izgubljen i ne ostvariti svoje snove i projekte. Pokušavam ne razmišljati o toj mogućnosti i nastaviti hodanje pored hinduista, već odlučnije i brže. Time smo brzo prešli udaljenost. I ubrzo nakon toga sam ispred mjesta gdje je sve počelo. Ja kontroliram svoje emocije; Otišli smo dalje i zaustavili se na ulazu. U ovom trenutku, Hindu revidira posljednje preporuke, oprašta se i govori da je bolje da od sada idem sam. Razumijem njegovu poantu i spreman sam suočiti se s novim izazovom. Sada smo bili ja i pećina, još jednom. U početku je šetnja žustra, ali sa zabrinutošću. Kao što se i očekivalo, put je pun zamki, ali ovaj put, za razliku od prethodnog vremena, mogu ih lako prevladati, koristeći trikove svog vidioca. Nakon malo hodanja, osjećam se umorno i koristim priliku da razmislim o svojim koracima. Bi li to bilo nego što je špilja omekšala ili se čak sažalila na mene? Ili sam bio bolje pripremljen nego prošli put? Jedna od opcija bila je istinita, ali u tom trenutku nisam znao koja. Nakon odmora nastavljam šetati galerijama špilje, tražeći znak ili trag koji sam tražio. Unatoč dubljem ulasku, ništa se ne pojavljuje. I dalje hodam s nadom, i neizmjernim razdobljem, jer se atmosfera špilje razlikuje od svega što sam vidio na posljednja dva vrata. Stanem pred njima i zapitam se što točno znače? Imam neke sumnje, jer me moj sadašnji gospodar nije orijentirao u tom smjeru. Bez izlaza, odlučujem pozvati moći svog vidovnjaka i nakon nekog truda mogu vizualizirati njihovu auru, što je bilo veliko postignuće. S tom informacijom, moji problemi su riješeni, i saznam da jedan predstavlja čisto svjetlo, a drugi mračnu noć duše. Analizirajući obje opcije, zaključujem da je put čistog svjetla moj put, koji predstavlja osude i teške izbore u životu bilo kojeg ljudskog bića. Unatoč tome, ovo nije trenutak za odabir. Samo put mračne noći duše predstavlja čisto znanje i točku u kojoj smo se odvojili od Boga da mislimo samo na sebe, u svoj egoizam i taštine. Zanemarujući prvi, ovaj put će mi pomoći da shvatim što mi se dogodilo neko vrijeme prije nego što sam postao vidovnjak. Naravno, po mom izboru, otvaram vrata s lijeve strane (mračna noć duše). Otvarajući ga, sila gušenja gura me unutra i odmah se nalazim u velikoj komori, loše osvijetljenoj i tužnoj, punoj slika svetaca. Hodam prema Centru, i mogu pročitati frazu na podu. Piše: Odaberite svog sveca i sretno. Imam nekoliko mogućnosti: svetac očajnih, svetac nemogućih uzroka i svetac potlačenih, svetac putovanja, između ostalih. Mirno analiziram situaciju i svoje potrebe. Nisam očajan kao zadnji put kad sam ušao u pećinu, niti mi je nanesena nepravda. Ovi sveci nisu dobri za mene. Bio sam tamo upravo u potrazi za putovanje izvan osjetila i pokušavajući otkriti svoje stvarne moći. Eliminirajući nepotrebne opcije, odlučujem zadržati sveca putovanja. Izbor koji sam napravio, dodirujem odgovarajućeg sveca i na taj način se ispred mene otvara nekoliko vrata i na jednom od njih je napisano: astralno ili duhovno putovanje. Bez više dvojbi, hodam prema njemu i dok ga otvaram događa se neočekivano. Odjednom se moja osjetila probude i s potiskom moj duh luta kroz daleka vremena i prostore. Na ovom putovanju ništa se ne čini primjetno jasnim, ali mogu uhvatiti tračak tame, patnje, zbunjenosti i mnogo boli. Vidim hrabrost čovjeka koji se bori u sebi u neizmjernom ratu protiv svoje mračne noći duše. U ovoj borbi vidim bitke dobivene i izgubljene u isto vrijeme. Također vidim mračnu noć kako jača svaki put kad pogriješi, a očaj pada na jadne. Već u duhovnom planu vidim svjetove koji se bore za dušu tog čovjeka. Postoji kratak protok vremena i na kraju vidim malo svjetlo koje može biti njegovo spasenje. To svjetlo je intenzivno, a mračna noć nestaje svojom prisutnošću, ali nedostaje stava čovjeka. Hoće li biti da je njegovo pokajanje iskreno? Je li njegova mračna noć ostala u njegovom srcu? Prije nego što sam mogao dobiti odgovore, iskustvo završava vraćam se u normalno stanje. Vrata se zatvaraju i ja se vraćam u istu komoru. Ne pronalazeći više, odlučio sam se vratiti. Nakon nekoliko trenutaka vraćam se u galerije i brzo hodam i za 2 sata hodam cijelim putem špilje. Izlazeći, ponovno susrećem Hinduse i prilazim mu za prva razmatranja.

"A onda? Šta se dogodilo? Jeste li pronašli ono što ste tražili? – pita on.

"Špilja mi je pomogla na određeni način, ali još uvijek nije odgovorila na ključna pitanja. Moram nastaviti riskirati, slijedeći ovaj opasan i mučan put tame kako bih došao do željene konačne objave. Hoćeš li mi nastaviti pomagati?

"Naravno. Uz meditaciju i astralno putovanje koje smo usavršili, već ste sposobni proći sljedeću fazu, postižući sutra još jedan izazov. Za sada je bolje vratiti se kući da se odmorimo.

Slažem se sa sadašnjim gospodarom i odmah počinjemo hodati. Početni koraci su normalni, odražavajući duhovno stanje oboje, nekoga tko je upravo završio prevladavanje druge faze. Što će nas od sada čekati? Nisam mogao ni zamisliti, a to je ono što je našu stvarnu avanturu učinilo posebnom kao i prva. Unatoč svim sumnjama koje sam još uvijek imao, bio sam siguran u ono što želim i kamo želim doći. S tim uvjerenjem, ubrzavam korake i moj gospodar me prati na stazi. U kratkom vremenu prešli smo udaljenost koja nas dijeli od skromne kuće i po dolasku smo kuhali ručak i nakon toga smo se odmarali na našim neudobnim krevetima. U ovom trenutku, moje misli su bile ispunjene očekivanjima sljedećeg dana, što će biti odlučujuće i definitivno u mojoj karijeri početnika.

Ljutnja

Pojavljuju se prve sunčeve zrake koje najavljuju dolazak novog dana. Sa svjetlom, moja osjetila se bude malo po malo. Pokušavam ustati ravno, ali težina iskustava prethodnog dana sprječava me da to učinim. Unatoč tome, ne dajem ostavku, skupljam preostale energije i potiskom napokon mogu ustati. Stojeći, rastežem se i idem prema improviziranoj kupaonici kako bih obavio jutarnje abdest. Kad stignem tamo, uđem, zatvorim vrata, skinem se i počnem bacati ledenu vodu preko tijela, držanu u posudi koju sam napunio. Prvi kontakt sa ledenom vodom obnavlja moje raspoloženje i odlučnost da se nastavim boriti za svoje snove i ciljeve. Pokušavam pojednostaviti stvari na najbolji mogući način, dajući dobro i brzo čišćenje svog tijela. U nizu sapuna i vode završim potpuno čist, obučem čistu odjeću, napustim kupaonicu i odem na doručak. Došavši u kuhinju, ponovno susrećem hinduiste, koji su sve pripremili za naš doručak, počinjem si pomagati i početi razgovarati s njim.

"Jeste li se u potpunosti oporavili od jučerašnjih podviga? – pita majstor. Gledaj, današnji izazov nije lak, budi oprezan.

"Da budem iskren, nisam baš. Međutim, smatram se vrlo voljnim. Recite mi, ukratko, kako moram djelovati kako bih prikupio još jednu pobjedu u ovom sljedećem izazovu?

"Prvo, morate zadržati svoju hrabrost i borbeni duh. Drugo, iskoristi svoje znanje i jučerašnje poboljšanje kao oružje da nadvladaš sve nedaće. Budite jaki i ne gubite vjeru ni u jednom trenutku. Samo tako ćete ponovno pobijediti i kao nagradu dobit ćete potpuno znanje o četvrtom kardinalnom grijehu.

"Razumijem. Hvala. Možete li mi, molim vas, dati i neke naznake o mjestu i točnom vremenu realizacije ovog izazova?

"Što se tiče mjesta, ne mogu vam pomoći. Slijedite svoju intuiciju. Što se tiče vremena, bit će 08:00 ujutro.

S ovim odgovorom hinduista, pogledam svoj džepni sat i shvatim da je vrijeme. Osjećam lagano podrhtavanje u tijelu, ali više volim vjerovati da će sve biti u redu. Požurim i završim doručak, oprostim se od Hinduša i odmah odem kako bih ostvario još jednu fazu u karijeri. Kad sam otišao, počeo sam crtati svoje planove i razmišljati u kojem smjeru slijediti. Instinktivno se odlučujem za sjeveroistok jer nikada nisam putovao u tim krajevima. Smjer definiran, ostao je samo sada stav. S namjerom da pomognem svom umu, prisjećam se prošlog znanja (što sam apsorbirao od prethodne avanture do danas) i poboljšanja koja sam stekao pod nadzorom hinduista. Analizirajući pažljivo i nepristrano, na kraju zaključujem da su bili i posebno su mi važni da postanem čovjek kakav sam bio u tom trenutku. Iz tog razloga, trebao bih ih koristiti (kad god je potrebno) u svoju korist tijekom ovog putovanja (mračna noć duše) i sljedećih koje mogu poduzeti. Čitatelj se u ovom trenutku može zapitati: I hoće li to biti dovoljno za postizanje potpunog uspjeha? To je pitanje izuzetno teško i bilo bi apsurdno pokušati odgovoriti na njega, u mom sadašnjem stanju evolucije kao čovjeka i kao vidioca. Jedina i apsolutna sigurnost koju sam imao je da ću riskirati, bez obzira na to koliko su teške prepreke i put kojim sam namjeravao hodati.

S tim jamstvom žustro hodam stazom koju sam odabrao; Nešto kasnije, konačno stižem na sjeveroistočnu stranu vrha planine. Nastavljam hodati i odjednom se ispred mene otvara tajanstvena čistina i bez razmišljanja joj se približavam. Idi u nju i dolazeći točno u sredinu nalazim grobnicu. Na križu pored sebe pročitao sam sljedeću poruku: Ovdje leži potlačena. Vođen čudnom silom koju ne mogu objasniti, dodirujem križ. Čineći to, nebo potamni, sile su potresene, a vrh planine drhti i mračna noć duše brzo se koncentrira oko mene. Nakon nekoliko trenutaka, tunel se pojavljuje iznad mene i odmah sila sisa moj krhki duh. Nakon toga počinje astralno putovanje, a svojom snagom i snagom putujem kroz daleka vremena i prostore neko vrijeme dok ne dođem do vidljivijeg mjesta. U ovom trenutku, moj duh se opušta i kao da je u filmu, imam odgovarajuću viziju četvrtog kardinalnog grijeha:

Jefferson i Wesley su bili dva jako bliska brata, farmeri u Pernambucovoj divljini. Neke od njihovih tipičnih karakteristika bile su da su to dva ozbiljna i poštena momka. Međutim, jednog dana, na gradskom festivalu, upoznali su osjetljivo dijete po imenu Andrea. Na prvi pogled, slučajno, oboje su postali očarani njome, zbližili se, počeli su razgovarati s njom i oboje su imali priliku plesati s njom i zajedno uživati u festivalu. Nakon tog trenutka oboje su osjetili duboku ljubav prema njoj i svatko je već razmišljao o prosperitetnoj i sretnoj budućnosti. Međutim, Jefferson (najmudriji) je pošumio, a sljedećeg dana uspio je kontaktirati Andreu. Kao sastanak, Jefferson ju je udvarao i izjavio svoju ljubav prema njoj. Uzvratila je istom mjerom i tako su počeli izlaziti zajedno. Nešto kasnije, wesley je došao na red da kontaktira Andreu. Ali kad su se upoznali, saznao je čega se najviše bojao: njegov brat Jefferson ukrao joj ju je. Ovo je bila najbolja prilika za mračnu noć da djeluje i transformira Wesleyjeve osjećaje prema svom dragom bratu: Ono što je bila nježnost i ljubav postalo je čista mržnja. Ohrabren tim osjećajem planirao je grozan zločin protiv brata i u pravo vrijeme ga izvršio, nadajući se da će ga s krajem brata Andrea uzeti. To se nije dogodilo. Andrea je postala nezadovoljna i odlučila se preseliti u glavni grad, odričući se izdajnika. Što se tiče Wesleya, on je bio zatvoren, ali unatoč tome kazna nije bila dovoljna za ubojstvo osobe.

Vizija završava i ja se vraćam u tunel na povratak. Nekoliko sekundi kasnije, vratio sam se u svoje tijelo i na vrh planine. Koristim priliku da se koncentriram i pokušam u potpunosti asimilirati detalje takvog opasnog kardinalnog grijeha. Nakon toga, osjećam se bolje pripremljenim suočiti se sa sljedećim preprekama.

Učenje o ljutnji

Počeo sam se vraćati u malu šap kuću, gdje hinduisti moraju biti zabrinuti. U ovom trenutku mogu reći da sam bolje kontrolirao svoje emocije, što je rezultiralo većim spokojem. Sada mogu zaključiti da razumijem prva četiri kardinalna grijeha, preostala su mi samo tri da krenem u novu fazu ovog puta, u potrazi za otkrivanjem otajstava mračne, opasne i uplašene mračne noći duše. Razmišljajući o tome, razumijem da je to dug put, ali sa svakim korakom sve sam bliže kraju. Kao rezultat moje potrage, očekivao sam da ću moći otkriti tajne takve gorljive i željene objave. Takva objava je nedostižna iz moje sadašnje evolucije.

Mislim da bi me malo o mom slučaju i kad bih stvarno mogao biti uspješan učinio nevjerojatno sretnim, jer bi to istraživalo da mogu brzo evoluirati i u potpunosti razviti svoje moći. Osim toga, postao bih bolji čovjek. Sve se vrtjelo oko pitanja evolucije. To je bilo nužno za moju karijeru, i ja bih se potrudio da to ostvarim. Imajući ovaj cilj na umu, nastavljam hodati. Ovaj put ubrzavam korake i nakon nekog vremena se približavam svom privremenom stropu. U ovom trenutku, ja sam napadnut sumnjama koje grizu moje misli. Pitam se, kako je bilo hinduista? Što je zapravo očekivao od mene? Bez kontrole, nekoliko pitanja došlo je nevjerojatnom brzinom. Zaustavim se na neko vrijeme. Razmišljam i donosim neke zaključke. Vjerujem da bi bio sretan kad bi saznao za moju djelomičnu pobjedu. To je bila svrha da me trenira.

Nastavljam hodati mirno i osvježeno nakon još jednog iskustva u špilji. U tom trenutku nisam imao razloga za paniku, jer sam prevladao još jednu prepreku. Jačam svoja uvjerenja, skupljam snagu, hrabrost, vjeru i hodam dalje. S još nekoliko koraka dolazim do hinduističke kućice. Ležerno uđem, pozdravim domaćina i sjednem na besplatnu malu stolicu. U potpunosti me proučava i govori:

"Vidim da ste preživjeli još jednu fazu. Čestitam! Nisam očekivao ništa manje od vas, jer se tiče jedinog sanjara koji je pobijedio vatru špilje očaja. Moram vas osvijestiti da najveća poteškoća tek dolazi. Znajte da je kraj mračne noći dostupan samo razvijenijim duhovima. Do tada, draga moja, moraš naučiti puno stvari. Pa, pričaj mi o svom iskustvu o ljutnji. Želim biti siguran u vaš duhovni napredak.

"U početku sam, slijedeći svoje instinkte, odlučio hodati prema sjeveroistoku vrha. Hodao sam neko vrijeme u tom smjeru dok nisam došao do čistine. Bez straha, hodao sam dalje, i našao sam grob s križem pored sebe. Došla mi je ideja da je dotaknem i zbog koje sam doživio astralno putovanje. U tom sam iskustvu stekao potrebnu viziju da razumijem četvrti kardinalni grijeh, ljutnju. Nakon što sam upio svo znanje vezano uz taj grijeh, mogu reći da se ljutnja pojavljuje u ljudskom biću kad god dopustimo da životinjska strana prevlada duhovnu stranu. Širi se tijelom, uzrokujući da mračna noć zgusne duboku mržnju. Kad god osoba pogriješi, taj osjećaj eksplodira i pokreće niz neizbježnih posljedica. Ovaj proces uzrokuje još više jačanje mračne noći. Protuotrov koji se može koristiti protiv ljutnje je krotkost, koja je karakteristika razvijenijih duhova.

"Vrlo dobro. Vidim da ste napredovali, ali još uvijek nije dovoljno razumjeti složenost mračne noći duše. Kao savjet, meditirajte više, pročitajte Bibliju i potražite primjere petog kardinalnog grijeha: zavisti. To je bio glavni uzrok pada mnogih ljudi i samo ga rijetki mogu razumjeti.

"Hvala na komplimentima. Budite uvjereni da ću dati sve od sebe da pokušam doći do kraja ovog puta. Na kraju, nadam se da ću biti nagrađen svemirom. O vašem savjetu slijedit ću ga do čaja, jer imam slobodno popodne za to.

"Ti si dobar učenik. Želim vam uspjeh na vašem putovanju.

Rekavši to, Hindusi su se oprostili, kako bi pronašli zalihe u šumi. Nakon što je otišao, bio sam pun sumnji, ali pokušavam ne razmišljati o njima, jer mi to samo donosi tjeskobu. Htio sam živjeti put mračne noći iz dana u dan, i svaki trenutak bi mogao predstavljati posljednji.

Zavist

Malo kasnije, popodne počinje. U ovom trenutku, završavam ručak i prisjećam se hinduističkog savjeta. Instinktivno ga odlučim slijediti. S tim ciljem uzimam svoju nerazdvojnu Bibliju i počinjem prolaziti kroz nju. U njemu želim pronaći primjere zavisti. Prvi koji se pojavio je slučaj braća Kajin i Abel. Sve zato što su ponude Abela (prvorođenca ovaca i masti stada) bile ugodnije Bogu od Kajinovih (proizvoda zemlje). U ovom slučaju, zavist i pobuna uspjeli su se ugraditi u Kajinovo srce, uzrokujući da ubije vlastitog krvnog brata. Analizirajući nepristranu situaciju, razumijem veliku snagu i opasnost zavisti. Nastavljam listati Bibliju i čitam Sampsonovu priču (Suci 14,1-31). Obdaren spektakularnom snagom, zavidjeli su mu njegovi neprijatelji (Filistejci), koji su koristeći strategiju uspjeli uvjeriti Delilah (Sampsonovu ženu) da otkrije njegove tajne. Toliko je inzistirala na Sampsonu da je na kraju izazvala zlonamjernu mrežu. Rezultat toga je da je Sampson bio zatvoren, ponižen i poražen. Međutim, na kraju priče, Sampson oporavlja svoj ponos i snagu, a na kraju se osvećuje svima onima koji su ga ismijavali. Ovaj primjer me natjerao da shvatim da zavist nema granica i može koristiti bilo koju od njih za djelovanje, čak i one najbliže i pouzdane.

Odlučujem nastaviti čitati Bibliju i pojavljuje se treći i poznatiji primjer: Isus Krist. Kroz sav svoj put, zavidjeli su mu veliki svećenici i učenjaci zakona jer je bio vjesnik radosne vijesti i razbojnik velikana tog doba. Čak i progonjen, uspio je u potpunosti ostvariti svoju misiju, dopuštajući na kraju da bude uhvaćen, razapet i ubijen. Čas tame ne predstavlja njegov poraz, već njegovu pobjedu nad mračnom noći. Tri dana nakon njegove smrti ponovno se pojavljuje veličanstven i tako ukida konačno carstvo tame. Od tada, oni koji vjeruju i slijede njegova načela imaju kao nagradu vječni život. Iz tog primjera vjera se obnavlja u meni na tom opasnom putu kojim hodam. Unatoč svim preprekama, i dalje vjerujem da imam stvarnu mogućnost pobjede, unatoč tome što zavist ima veliku moć nad otvrdnutim srcima. Nakon duge meditacije i donošenja nekih zaključaka, odlučujem završiti čitanje. Trenutak kasnije, Hindusi se vraćaju sa zalihama. Nevjerojatno sam sretan; Pozdravljamo se, a on ponovno pokreće razgovor:

"Jeste li učinili ono što sam tražio? Znajte da će se sljedeći izazov dogoditi za kratko vrijeme.

"Da. Uranjanje u čitanje Biblije puno mi je pomoglo da shvatim dimenziju ljutnje. Nakon svega što sam vidio, na kraju sam zaključio da će ovaj izazov biti pretjerano kompliciran u odnosu na moju sadašnju snagu. Međutim, želim nastaviti riskirati u potrazi za takvim gorljivim znanjem. Kako se moram ponašati, gospodaru?

"Suoči se s tim kao što je Isus učinio. Nosio je na leđima težinu svjetskih grijeha, pa čak i tako da se nije udaljio od neprijatelja. U vašem slučaju, nije potrebno ići u krajnost, smrt. Na kraju, tvoj izazov je lakši od njegovog. U toj avanturi imate kao misiju duboko razumjeti mračnu noć kroz koju svi prolazimo i s tim očarati i natjerati mnoga srca da sanjaju. Imaš izazov "vidovnjaka".

"Svjestan sam svojih odgovornosti i ja sam velik. Zbog toga sam se odlučio vratiti na planinu, s ciljem da se bolje pripremim. S vjerom, snagom i hrabrošću znam da ću otkriti tajne mračne noći i to će me natjerati da o tome pišem s autoritetom. Kad smo već kod toga, još mi nisi rekao za svoju mračnu noć.

"Bio je to kompliciran trenutak kao i za svako ljudsko biće. U to sam vrijeme precijenio svoje kvalitete i potpuno zaboravio na svoje mane. To me dovelo do kontradikcije. Iskorištavajući moju slabost, sjene su došle i zaboravio sam Oca Boga, jedinog i istinskog. Međutim, na vrhuncu tame pojavilo se svjetlo koje mi pokazuje koliko sam pogriješio i načine popravljanja svojih mana. Iskoristio sam tu jedinstvenu priliku, tražio istine svjetla i junačkim naporom uspio sam se izvući iz mračnog puta kojim sam do tada hodao. Nakon toga, moj je život postao normalan, razvijao se malo po malo dok se nije smatrao stručnjakom u posljednja četiri kardinalna grijeha. Tamo sam čuo za ovo sveto mjesto po kojem hodamo i odlučio doći živjeti ovdje. Dobio sam posebno dopuštenje od čuvarice da to učinim.

"Divim se vašoj poniznosti dovoljno do te mjere da prepoznajem da ste i vi prošli kroz razdoblje tame. Ipak, moja mračna noć se dogodila prije dvije godine, ali nikada nisam razumio njezino značenje, niti njegovu dubinu. Nakon toga, započeo sam ovu neprestanu potragu za odgovorima. To objašnjava moju predanost na ovom mučnom i opasnom putu tame, nadajući se da ću na kraju razjasniti sve svoje sumnje. Samo tako ću imati veće šanse razumjeti razne mračne noći duše kroz koje prolazimo i dolazimo do željene objave.

"Pomoći ću na tom putu još dvije faze. Sljedeći će se održati i danas u kratkom vremenu. Jesi spreman? Imate li kakvih dvojbi?

"Sumnjam samo kako se ponašati. Moram li biti čvrsta i samouvjerena?

"Svakako. Znajte da zavist iskorištava svaki propust u našem stavu prema djelovanju. Da biste to izbjegli, budite mirni i iskoristite znanje koje ste stekli u prethodnim fazama. Osim toga, zapamtite meditaciju, sa svojim moćima za jačanje iz vanosjetilnih osjetila.

"Razumio sam. Kada moram otići?

"Za otprilike sat vremena. Ovaj put budite oprezniji.

Ubrzo nakon što se Hindus odmakne prema svom krevetu i ode spavati. Dobio sam oko sat vremena, i namjeravam ga provesti meditirajući i razmišljajući. Da biste to učinili, sjetite se poboljšanja gdje sam naučio ispravan način meditacije i u potpunosti slijedite upute majstora na isti način kao i prošli put. Proces je sljedeći: prvo se počinjem koncentrirati, pokušavajući očistiti um od bilo kakvog traga mržnje, ravnodušnosti i preokupacije. U početku to mogu učiniti i um mi se opušta. Još tijekom procesa počinjem se odvajati i ubrzo nakon toga mogu ući u kontakt s prirodom planine, s ciljem da naučim o svojim težnjama. U ovom pokušaju slijede vizije koje mi malo vrte u glavi i zbunjuju. Te vizije pokazuju svjetlost, tamu, bol i evoluciju u mom načinu razmišljanja. Nešto kasnije, suprotstavljene sile se susreću i čini se da šok koji proizvode potresa cijeli svemir. Vizije nisu primjetno jasne, ali pokazuju rat u kojem u središtu bitke pokušavam asimilirati znanje dviju sila. U jednoj od vizija, u određenom trenutku, krug se zatvara, a ja nemam izlaza. U ovom trenutku pojavljuje se čuvar svjetlosti koji može prodrijeti u krug. Čvrsto me drži, a mi preletimo spor. Na njegovom licu su ispisana vrata znanja i kad smo na sigurnoj udaljenosti, on me pusti. Ubrzo nakon toga, imam otkrića koja sam toliko tražio ostavljajući svoj put jasnijim i sigurnijim. Ali ovo nije kraj. Nastavljam proces evolucije, nastavljam graditi načine i živote, očaravajući ljude i time stječem malo više iskustva. Sa svakim korakom približavam se kraju, ali kad sam mu izuzetno blizu, slike se iskrivljuju, a vizije se gase. Dolazim do kraja vizija i vraćam se u početno stanje. Kad sam se uvjerio, probudio sam se i surova stvarnost mi dotiče osjetila. Dakle, sve to nije bilo ništa drugo nego lapsus, trans uzrokovan planinom. Osjećam se malo loše, ali uskoro ću se oporaviti. Na kraju sam morao biti potpuno spreman za sljedeći izazov. Govoreći o izazovu, koristim ovu priliku da pogledam vrijeme na svom džepnom satu. Ja se uplašim. Vrijeme je isteklo.

Bez treptanja, brzo napuštam šap kuću u potrazi za svojim odredištem. Počinjem planirati i razmišljam u kojem smjeru slijediti. Ubrzo nakon što odlučim. Ovaj put odlučio sam prošetati jugozapadnim smjerom planinskog vrha. Odmah počinjem šetnju dugim koracima, za sada sam vrlo tjeskoban i pun nade. Što sam točno mogao naći? Čitatelj nas je pustio da nastavimo zajedno. Nastavljam hodati bez puno razmišljanja, a na pola puta kamenje kao da želi dati neku poruku, ali to mi je potpuno nerazumljivo. Pa, neka me nije briga, jer sam bio odlučan nastaviti riskirati bez da se zamaram rizicima. Morao sam zadržati isti stav kao i u prošlosti, imati bilo kakve šanse za pobjedu.

Zaboravljam na kamenje i hodam još dalje i u određenom trenutku putovanja prisjećam se i prelazim preko savjeta svog sadašnjeg gospodara: Rekao mi je da budem nevjerojatno oprezan. Zatim, instinktivno, skupim snagu i smirim lavinu osjećaja, usporavajući malo šetnju. Cilj toga bio je njegovati malo strpljenja, tu vrlinu koja mi je preporučena. Nakon što je neko vrijeme hodao, pojavljuje se čistina i pored nje je bila ploča, s porukom: "Sjena mračne noći". Pokazivao je na smjer. Odlučim stati na neko vrijeme i malo razmisliti. Što to znači? Pokušavam se sjetiti odakle sam znao taj izraz, ali bezuspješno, unatoč svim mojim naporima. I dalje sam pun sumnji, to me istovremeno zabrinjava i paralizira. S ciljem pronalaženja izlaza, prisjećam se svog prethodnog znanja i nakon što sam ga pažljivo analizirao, na kraju zaključujem, isključenjem, da se to mora odnositi na sadašnji izazov. Naravno, da sam bio u pravu, idem naprijed u smjeru koji je prikazan da saznam. Nakon što sam prošao ploču, pojavljuje se prijeteća sjena i počinje me slijediti. Bez alternative, počinjem očajnički trčati, ali nakon kratkog vremena shvaćam da je bilo uzaludno, jer se sjena približava ogromnom brzinom. Čitatelju, što mogu učiniti? Ako ostanem, zvijer će me uhvatiti ako pobjegnem, zvijer će me pojesti. Odlučio sam ostati. Kontaktirajući sjenu, svijet se smrači, a zemlja se okreće i "Mračna noć duše" me okružuje. Ubrzo nakon toga, teleportiran sam na čudno mjesto, prazno, mračno, bez zemlje i neba. Odjednom se pojavila žena koja mi je ponudila pomoć. Prihvaćam i uz njezinu pomoć u trenu putujemo nepoznatim svjetovima i prostorima.

Nakon mnogih putovanja, konačno se zaustavljamo u određenom selu zvanom Bitka. Tamo smo hodali ulicama i dolazi nam do saznanja: ja mali zlatni lanac ležim na tlu. Uzimam mali lanac i u tom trenutku imam viziju petog kardinalnog grijeha:

"Bryan je bio obrazovan mladić, inteligentan i mudar, koji je pripadao dobrostojećoj obitelji u regiji. Njegovi glavni ciljevi bili su vlastita evolucija i znanje drevnih. Kao i svako dijete njegovih godina, Bryan je imao nekoliko prijatelja. Većina, školski drugovi. Međutim, kako je Bryan imao dobru prirodu, nije razumio zlo u drugima. U određeno vrijeme pojavila se prilika za putovanje u plavu pustinju, mjesto poznato po prekrasnim krajolicima, a prema legendi, moglo bi usrećiti svaku osobu. Naivan kakav je bio, Bryan je želio podijeliti iskustvo sa svojim prijateljima i pozvao ih je sve. Među pozvanima bio je jedan po imenu Benny, koji je pratio Bryana u svim lokalnim avanturama. Zajedno su pronašli bunar sposoban obogatiti darove. Kako je Benny imao unutarnje loše osjećaje, nije želio dijeliti bunar s Bryanom i ubio ga je. Nakon akcije pokušao je ući u bunar i to ga je proklelo. Na kraju se utopio. Nakon njegove smrti, "Mračna noć" se sažela i uspjela uzeti u tamu još jednog od svojih sljedbenika. Mračna noć je bila zaista opasna.

Vizija završava i vraćam se za nekoliko sekundi. Onda sam shvatio da sam opet na vrhu i da je sjena nestala. Iskorištavam to da u potpunosti koncentriram i asimiliram znanje koje se odnosi na peti kardinalni grijeh. Sada su ostala samo dva da ih u potpunosti ovladam.

Učenje o zavisti

Počinjem se vraćati prema maloj kući sokova i u tom trenutku osjećam se opuštenije, samopouzdanije i sretnije, unatoč velikoj tremi koju sam imao. Razmišljajući o svom posljednjem izazovu, malo razmišljam i na kraju vjerujem da sjena ima značenje i da moram saznati o čemu se radi. S ovim ciljem važem neke mogućnosti i jedina koja se čini vjerojatnom je da je sjena predstavljala kontrolu mračne noći nad smrtnicima i odgovarajući strah od suočavanja s njom. Na bilo koji način, prevladao sam izazov i sada je vrijeme da ponovno sretnem Hinduse i kažem mu dobre vijesti. Iz tog razloga hodam malo brže i sa svakim korakom moje odredište se približava. U ovom trenutku čitatelj pita što mislim o izazovima nakon što sam proživio toliko iskustava. Kao odgovor, došao sam do zaključka da grijeh utječe na drugoga, postajući veliki lanac sposoban osuditi živote na sve perverznije "mračne noći". Činjenica da sam se oslobodio svojih ne znači da i drugi mogu učiniti isto s takvom lakoćom. Na kraju, mračna noć je bila složenija i opasnija nego što sam ikada zamišljao. Zaboravim malo na svoje putovanje i koncentriram se na preostalu udaljenost između mene i privremenog stropa. U ovom trenutku ispunjen sam tjeskobom i očekivanjima jer je to bio dan prije novog susreta koji bi mogao ponovno biti presudan. Pitanja ispunjavaju moj um, a neka od njih su: Kako bi Hindusi pristupili mojoj evoluciji do sada? Mogu li biti na pravom putu? Kako se ponašati od sada? Zaustavim se na trenutak i pokušam kontrolirati svoje osjećaje, jer nije bilo dobro izgubiti kontrolu. To bi utjecalo na moje ciljeve. Potpomognut iskustvom svog vidioca i uz malo truda, na kraju sam opušteniji i pun nade. Rekomponiran, hodam brže natrag, moći hodati na velike udaljenosti u kratkim vremenskim razmacima.

S još nekoliko koraka mogu vidjeti svoj privremeni strop i odmah razmišljam o hinduistima i evoluciji do koje sam do sada došao uz njegovu važnu pomoć. Doista, ako želim nastaviti s uspjehom, moram slijediti njegov savjet do pisma. Nastavljam dalje i kako se približavam Hindusima uspostavlja telepatski kontakt. Malo kasnije, stigao sam u kućicu, ležerno ušao, i ispunio obećanje, jer smo bili jedno ispred drugog. On započinje dijalog dok se ja udobno smjestim na obližnjem sjedalu.

"Vidim da ste još jednom sigurni. Čestitam! Svakim korakom približit ćete se najdubljim misterijama noći. Međutim, potrebno je postupati pažljivije nego ikad, jer će se pri svakom izazovu poteškoće tresti.

"Hvala na čestitkama. Da budem skroman, moj uspjeh je plod truda i vaših savjeta. Nadam se da ću se nastaviti razvijati i tko zna biti pobjednik na kraju.

"Vrlo dobro. Sada vas namjeravam procijeniti. Što ste otkrili o zavisti? Na koje ste zaključke došli o onome što ste prošli?

"Naučio sam da je zavist sjena koja nagriza srca. Smješta se u nju uzrokujući razna zla kao što su ljutnja, ponos, žeđ za ubijanjem i osveta. Zavidna osoba zaboravlja živjeti samo u funkciji druge osobe, pokušavajući na sve načine da mu naudi. Ovaj kardinalni grijeh jača "Mračnu noć duše" i protiv nje je moguće boriti se samo samokritikom, ljubavlju i poštovanjem prema drugima. Govoreći o onome što sam naučio, mogu reći da je pet izazova koje sam do sada postigao pokazalo koliko su kardinalni grijesi opasni, ali se mogu preokrenuti. Za to je potrebno dobro obrazovanje, etika, samopoštovanje, poštovanje prema drugima i sposobnost prepoznavanja kada pogriješimo. Živio sam do sada, zaključio sam da je uvijek moguće promijeniti se, čak i ako smo u rupi, jer Gospodin je milosrdan prema pokajnicima.

"Briljantan zaključak, ali potrebno je znati da mnogo puta "Mračna noć" ostavlja malo alternativa bijega onima koji dugo žive pod njegovom dominacijom. Postoje čak i fatalni slučajevi onih koji odlučuju o promjeni strane. Unatoč postojećim velikim nadama, moramo odvagnuti sve mogućnosti.

"Slažem se kako bi to moglo biti teško, kao i svaki proces promjene, ali priznajemo kako to nije nemoguće. Sve ovisi o slučaju. Najveći primjer, opisan u Bibliji, jest Isusov, da je svojim velikim srcem oprostio da se zločinac razapne pored njega. Takvim stavom pokazao je moć koju ima tijekom mračne noći i da je sve moguće. Stoga postoji tračak nade za one koji su svjesni što zlo uzrokuje i odlučuju se ponovno roditi.

"Ono što si rekao je ispravno. Oproštenje je zaista moćan ključ za otkupljenje grijeha. Međutim, potrebno je da dolazi iz srca i malo ljudi ima taj kapacitet. Ono što ometa je ogorčenost i bol koju mnogi nose.

"Kako onda postupiti?

"Budite strpljivi. Još uvijek ćeš naučiti puno više. Hodajući putem tame, s iskustvom i vremenom, moći ćete razumjeti sve tajne nedostižne običnom ljudskom biću. Iz tog razloga, pripremite se za sljedeći izazov koji će početi sutra. Dok ne dođe vrijeme, razmislite o svemu što vam se do sada dogodilo.

Rekavši to, Hindusi su otišli prošetati vrhom planine, a ja sam htio slijediti njegov savjet. Bilo je još puno napretka u odnosu na mračnu noć duše.

Važna razmišljanja

S ciljem razmišljanja, prilazim svom krevetu (mjesto toplo i tiho). Brzo sam stigao tamo, jer je mala šap kuća oskudna. Ispred njega se penjem i sjedim na njemu, udobno se osjećam. Od tada započinjem proces razmišljanja. Počinjem s početkom svog sna i prisjećam se hrabrosti, revnosti, snage i vjere koja me natjerala na putovanje na skriveno i nepoznato mjesto. U to vrijeme, bio sam samo običan sanjar koji se očajnički borio za bolji i pravedniji svijet za siromašne i male. Sjećam se cijelog svog putovanja i kako je bilo važno ne odustati, unatoč velikoj vjerojatnosti neuspjeha. Kako je bilo dobro ustrajati! Boreći se protiv pesimista u korist moje destinacije, koja će mi priuštiti darove, popeo sam se na gigantsku planinu, prevladavajući svaku od nametnutih poteškoća s znanjem i domišljatošću. Nakon herojskog napora, došao sam do vrha, upoznao čudnu damu koja se imenovala damom čuvaricom tog mjesta, da su se svi kladili (uključujući mene) da će to biti sveto, i koja mi je obećala pomoći na mom putu. I tu je moje putovanje počelo.

Prisjećajući se konkretno prvog puta kada sam bio ovdje, slavim svaki korak i svaki napor koji sam poduzeo u izazovima s kojima sam se morao suočiti. Pokazali su malo mog potencijala i da je moguće otići daleko i tko zna u ne tako dalekoj budućnosti, osvojiti svijet onako kako su mi obećali evoluirani i superiorni Duhovi. Bilo je to obećanje da sam postao sposoban suočiti se sa špiljom koja bi me mogla uništiti. Otišao sam, vidio i osvojio! Doživljaj u špilji bio je jedinstven i omogućio mi je razvoj mojih prirodnih darova, postajući vidovnjak, sveznajuće biće kroz svoje vizije. Iako nisam bio potpuno spreman, bio je to početak karijere o kojoj sam samo sanjao i, međutim, to je bilo više nego željeno u mojoj najdubljoj strani. Nakon špilje, uz pomoć gospođe čuvarice i dječačića Renata, otišao sam dalje, nadišao sam vrijeme u potrazi za glasom koji sam čuo u prošlosti u špilji. Vlasnica glasa zvala se Christine (o čemu ću kasnije saznati), a ja sam joj poslana da joj pomognem raskrinkati nepravedni sustav početkom XX. Stoljeća, "koronelizam;" nadalje, kako bih okupio suprotstavljene sile koje su bile neuravnotežene. Putovanje je bilo uspješno i 30 dana živjele su mnoge avanture, koje su sastavile prvi bestseler: Suprotstavljene sile – Misterij špilje. Bio je to prvi korak početka konsolidacije sna vidioca. Nakon avanture vratio sam se kući, kako bih se pobrinuo za svoje odgovornosti i uspio završiti diplomu iz matematike. Ponovno sam imao sreće u tom pothvatu i obećao sam sebi da vidovnjak još nije gotov. Jednog lijepog dana, ohrabren sjećanjima (od vremena kada sam bio izabran od Boga ili sudbine kao što mnogi vjeruju i morao sam biti procijenjen tamom ili jednostavno zlom), ponovno sam se osjećao uznemirenim mračnom noći koja me utapala i gotovo se potpuno izgubila. Potaknut time, sjećam se da je planina bila jedino sveto mjesto koje sam poznavao i koje bi mi opet moglo pomoći. Odlučujem se za novo putovanje i evo me, s novim ciljem i obnovljenim snovima. Je li moguće da ću opet pobijediti? Ili ću zauvijek biti izgubljen u tami? Neka ono što dođe, ja odlučim završiti svoja razmišljanja i pobrinuti se za svoj život. Nakon određenog vremena, Hindusi se vraćaju, noć pada i imamo večeru. Prošlo je još neko vrijeme, odlučili smo ići spavati bez ikakvih briga, unatoč tome što je sljedeći dan bio odlučujući za moje težnje.

Proždrljivost i ljenjivac

Pojavljuju se prve sunčeve zrake, a odsjaj me budi iz uvijena koji uranja u moje tijelo. Čak i malo nezadovoljan, ustajem i moja prva akcija je analizirati odraz koji sam imao dan prije. Nakon što sam neko vrijeme razmišljao, na kraju sam zaključio da mi je to donijelo više entuzijazma, iako sam još uvijek bio izgubljen u odnosu na svoju mračnu noć duše. Odmjeravanje prednosti i nedostataka postoji pozitivna ravnoteža.

Budući da je ovo zasad zatvoreno, pokušavam se naći na sadašnjem putu i okončati svoj svakodnevni ritual. Prvo što napravim je da odem u kupaonicu da se okupam, i sa nekoliko koraka dođem tamo. Uđem, zatvorim vrata, skinem se i počnem sipati hladnu vodu (čuvanu u posudi koju sam napunio) preko svog vrućeg i divljeg tijela. Osjećaj je dobar i budi razmišljanja i sjećanja. Razmišljam neko vrijeme i pitam se: Tko sam sada? Sigurno ne samo običan sanjar koji je prije godinu dana prvi put bio na planini, već vidovnjak koji je tražio evoluciju i uspjeh. Na sadašnjem putu već sam postigao pet faza, koje su mi kao rezultat donijele tehničko i akutnije znanje o kardinalnim grijesima. Unatoč tome, još nisam bio spreman. Morao sam više evoluirati kako bih dosegao dovoljno dubine mračne noći duše koja će mi pružiti nepristranu i potpunu viziju objave koja je obećavala da će biti spektakularna. Kako doći do njega? U tom trenutku nisam imao pojma. Jedino što sam znao je da ću nastaviti riskirati dok ne dođem do kraja te lijepe i uzbudljive priče. Trenutak kasnije zaboravljam na sumnje, tjeskobe, neizvjesnosti i postojeća pitanja kako bih se usredotočio samo na kupku. Stavim sapun, ribam se, ulijem još hladne vode i kad se osjećam potpuno čisto, dobijem ručnik i osušim se. Obučem se, napustim kupaonicu i odem na doručak. Nekoliko koraka i ja sam tamo, ponovno upoznam svog sadašnjeg gospodara, sjednem za stol i on mi počne služiti. Između hranjenja započinje dijalog.

"Aldivan, gospodine, dužan sam vas obavijestiti da je današnji izazov posljednji pod mojim nadzorom. Nakon završetka ove faze, ako želite doći do konkretnih odgovora i stvarno razumjeti mračnu noć, morat ćete putovati na udaljeni otok. Tamo ćete potražiti svećenicu koja poznaje najdublju i najgušću mračnu noć. Ona je čuvarica Eldorada, svetog mjesta koje vodi u dva svijeta, "tjelesna" i "duhovna", koja mogu biti ključ vašeg uspjeha. Vrlo je vjerojatno da ćete tamo pronaći sve odgovore koji su vam potrebni.

"Spreman sam nastaviti, unatoč svim opasnostima, jer je to važno za moju karijeru. To je pitanje evolucije i želim imati mir i razlučivanje kako bih očarao srca. Pričaj mi o mojoj sljedećoj fazi.

"Zakazano je za malo kasnije. Vaš cilj je razumjeti posljednja dva kardinalna grijeha: proždrljivost i ljenjivac. Budite vrlo oprezni s njima, jer nisu tako teški, oni mogu odvojiti proces koji mnogo puta postaje fatalan. U ovom trenutku potrebno je da u potpunosti slijedite svoju intuiciju vidioca i pokušate apsorbirati na najbolji mogući način učenja.

"Hvala vam što ste me vodili. Želim znati da ste imali neizmjernu važnost i doprinos na mom putu, kao i dama čuvarica. Obećavam da ću nastaviti pokušavati s ciljem ponovne pobjede.

"Nema potrebe zahvaljivati. Nastavite shvaćati svog *gospodina* i bit ću sretan.

Zagrlimo se na trenutak, a ja završim doručak. Odlučio sam odmah ostvariti izazov, jer sam bio nestrpljiv da započnem drugu fazu. Dakle, opraštam se od Hindusa i žurno napuštam malu kuću soka. Vani, mislim neko vrijeme i odlučiti u kojem smjeru ići. Ovaj put biram sjeverozapad i hodam prema njemu što je prije moguće. Na početku šetnje počinjem planirati svoju strategiju. Razmišljajući o tome, i prisjećajući se prethodnih izazova, i natjerajte me da shvatim koliko su moja hrabrost, odlučnost i kontrola bili važni u mojim pobjedama. Bez njih bih sigurno podlegao stvarnom putu tame. Odlučio sam zadržati isti pristup kao i prije za ovu nepoznatu bitku. Ova odluka donesena, ne mislim ni na što drugo i na hodanje.

Međutim, unatoč dobrim izgledima za uspjeh, još nisam potpuno opušten. Sada se osjećam zabrinuto zbog sumnji u vezi s neizvjesnom budućnošću koja je pred nama. Pitam se: Što bi mi se dogodilo na ovom dalekom otoku? S kojim bih se novim izazovima morao suočiti i prevladati da bih konačno razumio složenu mračnu noć duše? Sve me to tjera da stanem na kratkotrajno vrijeme, da se pokušam pribrati. Koristeći moći svog vidovnjaka i zdrav razum, preuzimam kontrolu nad sobom. Nije pravo vrijeme za brigu o tome. Morao bih živjeti i prevladati svaku prepreku odjednom. Najvažnije je sada bilo skupiti snagu i prevladati još jedan izazov. Ponovno počinjem hodati i kao da sam potezom magije potpuno koncentriran i spreman. Ono što me zaokupljalo, poput sumnje, straha i tjeskobe, sada je izašlo. Je li to bio dobar znak? Unatoč činjenici da sam tako mislio, nisam bio siguran. Sve što sam znao je da sam bolje pripremljen da prevladam sve poteškoće.

Uvjeren sam da nastavljam hodati dugim koracima preko čudesnog vrha planine Ororubá. Mjesto je bilo zaista inspirativno i moram se pokušati ne zaustaviti i diviti se njegovoj ljepoti, jer sam žurio doći do odredišta. Što će se dogoditi ovaj put? Nisam imao pojma i je li me to još više ohrabrivalo da se borim za bolji i ispunjeniji život u karijeri. Na kraju, moja ambicija je bila očarati svojom umjetnošću mnoga srca žedna znanja i zadovoljstvo čitanja, i morao sam biti siguran da su Bog i Svemir bili uz mene sve ovo vrijeme. Da nije bilo njihove pomoći, ne bih preživio ni prvo iskustvo mračne noći, nešto što me do danas traumatiziralo. Otišao sam u potragu za odgovorima kako bih otkrio ovaj amblematski dio svog osobnog života; Dakle, ponovno sam se izložio riziku na putovanju do kraja negostoljubivog i neprijateljskog svijeta. Ali sve do sada je imalo smisla i želim nastaviti. Ne razmišljajući ni o čemu drugom, nastavljam žustro hodati i približavam se svom odredištu.

Hodajući još neko vrijeme, stižem na sjeverozapadni vrh planine. Naprijed, čistina pokazuje dva puta, kao u suprotstavljenim snagama. Ponovno sam prisiljen napraviti još jedan važan izbor kao u prethodnim vremenima. Izbor koji može radikalno promijeniti moju sudbinu. Prije, međutim, moram otkriti točno značenje dviju sadašnjih opcija. S ovim ciljem, koncentriram se i koristim ovlasti svog vidovnjaka da pogodim odgovor. Odmah uspijevam i jasno vidim aspekt svake opcije. Oni predstavljaju slabost i snagu. Sada je lakše odlučiti. Ako izaberem snagu, suočit ću se s pričom o sadašnjim aspektima povoljnim za vrline ljudskog bića. Ovo je dobro, ali nije najprikladnije za ovu avanturu. Međutim, ako odaberem opciju koja predstavlja slabost, razumjet ću bolje mane nekih ljudi. To je prava opcija koju treba slijediti. Izborom hodam prema odabranoj stazi i vodi me do ravnog, prostranog i dobro osvijetljenog mjesta, gdje se nalazi kuća u sredini. U ovom trenutku, moja intuicija me tjera da odem tamo, i slijedim svoju volju. Napravim nekoliko koraka, dođem ispred kuće i pljesnem rukama. Unatoč mojim žalbama, nisam primljen i ništa se ne događa. Ipak, odlučio sam ući. Prišao sam vratima, pokucao na njih i shvatio da je odškrinuta. Iskoristim situaciju i ležerno uđem. Dok sam ulazio, uplašio sam se kako to izgleda. Vrlo je neuredno, s namještajem i predmetima raspršenim besmislenim. Prolazim i dođem do blagovaonice, vidim na stolu prekrasan banket, sastavljen od mnogih bombona koji su loši za zdravlje. Stojim tamo neko vrijeme, gledajući sve. Što znači ta situacija? Svakako, barem, velika slabost. Nosim šetnju kroz kuću tražeći neki znak. Približim se sobi, odlučim ući i vidim isti nered kao i svugdje. Ovdje je krevet na desnoj strani gdje je napisano: "Uporište slabih." Približavam se i kako ga dodirujem, toplinski val prolazi kroz moje tijelo, uzrokujući slijedom sljedeću viziju: Phillip, bio je sretno dijete, pametan i dobro odgojen, sin vrlo bogatih slavnih. Budući da je bio jedini sin, jako su ga razmazili roditelji, koji su mu dali sve što je želio. Od rane dobi pokazivao je razdražljive pjesme i nepopravljiv problem: proždrljivost. Kako je vrijeme prolazilo, situacija se pogoršavala, a on nije radio ništa drugo nego jeo i spavao. Unatoč tome, činilo se da roditelji nisu mogli vidjeti sinove probleme. Kao rezultat besposlenosti Phillip je postao pretila i stekao nezdrave navike. Tada su se dogodile bolesti, nesreća i zlo. Situacija je došla do točke da mu čak ni novac roditelja nije mogao pomoći. Određeni dan dolazi do prerane smrti, a mračna noć duše zgusnula se oko počinitelja. Na kraju je osuđen ne zbog same slabosti, već zbog djela koja iz nje proizlaze.

Vizija završava, i opet se nalazim u sobi u kući. Odlazim, jer sam našao ono što sam tražio. Izlazeći iz kuće, brzo hodam i uskoro ću opet biti na sjeverozapadnom vrhu planine. Odlučio sam se odmah vratiti u svoju privremenu rezidenciju, da kažem vijesti Hindusima.

Zbogom hinduistima

Imajući na umu prethodnu namjeru, poduzimam prve korake prema hinduističkom gospodaru, koji me nestrpljivo čekao, nakon još jedne borbene bitke. Kako će me primiti? Nisam imao pojma, a to mi je pružilo posebno zadovoljstvo u šetnji. Na bilo koji način, morao sam biti spreman na svaku mogućnost. Iz tog razloga ponovno proživljavam svoje znanje, jačam svoje prirodne darove, kontroliram svoje emocije i nastavljam hodati. Moji ritmički i žustri koraci odražavaju moje stvarno duhovno stanje: spokojno i samouvjereno. Morao sam tako ostati jer je to bilo dan prije nego što moram donijeti neke važne odluke s utjecajem na moj osobni i profesionalni život. Sve će se računati za uspjeh mog poduhvata, i od sada sam morao biti vrlo oprezan.

S tim preokupacijama nastavljam hodati i malo duže hodam dobar dio udaljenosti koja me odvaja od cilja. Ovaj podvig čini me sretnijim čovjekom, jer sam bio blizu odlučnog i prosvjetljujući susreta. Što će se dogoditi nakon njega? Unatoč tome što nisam znao, bio sam siguran u svoje namjere da se nastavim razvijati kao vidovnjak i kao čovjek. Osim toga, sve što sam ranije živio dalo mi je vjerodajnice da budem vjerojatni pobjednik, čak i hodajući izuzetno opasnim, uznemirujućim i nepredvidivim putem. Svakako, suočio bih se s hinduistima i sljedećim poteškoćama s visoko podignutom glavom. Razmišljajući o tome, nastavljam hodati i malo unaprijed mogu vidjeti malu kuću soka. U ovom trenutku, sjetite se sjećanja na sve bolja vremena koja sam proveo pod nadzorom majstora. S njim sam naučio kako poboljšati svoje prirodne darove i njegovati samodisciplinu i ustrajnost, alate koji su bili bitni i potrebni u svakom izazovu s kojim sam se suočio. Uključena u ta sjećanja, odjednom sam osjetila tjeskobu u srcu, zbog čega sam sumnjala je li pravo vrijeme da odatle odem prema nepoznatom. Planina i njezine tajne priuštile su mi nekoliko situacija učenja i zbog toga sam se puno razvijao. Trenutak kasnije koristim logiku i mogu obuzdati svoje osjećaje. I da se potpuno predam sudbini i ona je sada usmjerena u drugom smjeru. Opušteniji i usklađeniji, nastavljam hodati i kad najmanje očekujem da sam ispred svog privremenog boravka. Bez odgađanja brzo hodam i ulazim. Jesam li ušao, iznenadio sam se kad sam pronašao Renata (mog avanturističkog suputnika u suprotstavljenim snagama) s hinduistima. Sretan sam što sam ih ponovno sreo i odmah ih pozdravljam. Hindu forsira razgovor:

"Vidim da si još uvijek u jednom komadu. Čestitam na pobjedi! Izvršili ste početno poslanje stjecanja kontrole i znanja o kardinalnim grijesima. Sada želim znati jeste li spremni proći sljedeći izazov. Pričaj mi o svom iskustvu tijekom izazova.

"Hvala vam na čestitkama. Što se tiče izazova, odlučio sam slijediti smjer sjeverozapada i nešto kasnije bio sam prisiljen donijeti ključnu odluku. Suočio sam se s dva puta, od kojih nisam znao značenje. Potpomognut svojim moćima i iskustvom, shvatio sam da oni znače slabost i snagu. Nepristrano sam analizirao obje opcije i na kraju se odlučio za prvu, jer sam tražio da razumijem posljednja dva kardinalna grijeha, proždrljivost i ljenjivca. Nakon odabira imao sam pristup ravnom i prostranom mjestu s kućom u sredini. Slijedeći svoje instinkte, približio sam se, hodao dalje naprijed i konačno sam ušao. Uzeo sam ovo kao znak. Nastavljam razgledavati okolo dok nisam stigao u sobu koja mi je privukla pažnju. Bio je krevet, a dodirom sam imao viziju koja mi je pružila svo potrebno znanje. Sve što sam živio zaključilo je da su proždrljivost i ljenjivac dva kardinalna grijeha koja su bezopasna, ali na dnu posjeduju nezamislive opasnosti. Oni uzrokuju niz zla, kao što su bolesti i usamljenost. Sve to zajedno može rezultirati djelima koja štete samom pojedincu i drugima. To su djela koja mogu dovesti do toga da se "mračna noć duše" ojača, dajući joj moć da osudi pojedinca. Ovo je vrlo ozbiljno.

"Koje protuotrove predlažete u borbi protiv proždrljivosti i ljenjivca?

"Potrebno je dobro obiteljsko odrastanje, san, osjećaj života, odgovarajuća etika koja prosvjetljuje samopoštovanje i poštovanje drugih.

"Sjajna argumentacija. Sada ste spremni za sljedeću fazu.

"Sljedeća faza? Gdje će biti i zašto je Renato ovdje? – pitam.

"Renato će biti vaš suputnik na putovanju na izgubljeni otok, gdje će vam pomoći svećenica koja je čuvarica Eldorada, vrata koja zatvaraju dva svijeta.

"Je li to stvarno potrebno? Vjerujem da sa svojom stvarnom evolucijom ne trebam pomoć da se suočim s elementima i preprekama puta.

"Ne budite zločesti. Renato će vam pomoći i pravit će vam društvo.

"Poslao me posebno čuvar planine i sjetite se da je moje sudjelovanje bilo ključno u suprotstavljenim snagama. Renato navodi.

"U redu. Oprostite mi obojici. Kada odlazimo?
"Kad god oboje želite. Ali što prije to bolje. Kaže Hindus.
"Hvala vam. Spakirat ću kofere. Renato, hoćemo li ići?
"Pustite nas.

Kad je razgovor završio, ostavili smo Hinduse da spakiraju moje smeće. Renato je već bio spreman, i iskoristio je priliku, na pola puta, da me ismijava i bocka. Zločesti dečko. Još jednom smo bili zajedno u nepredviđenoj i opasnoj avanturi. Što će se od sada događati? Nastavimo zajedno, čitatelju.

Putovanje

Počinjem pakirati kofer kako bih ostvario putovanje u daleku i opasnu zemlju. U ovom trenutku strah me nadvladava. Zaustavim se na neko vrijeme kako bih razmislio o tome i na kraju zaključio da nemam izbora nego rizika, jer još uvijek nisam u potpunosti razumio mračnu noć duše, a nisam imao ni tragova o tako željenoj važnoj objavi. Nakon zaključka kontroliram svoje instinkte i strah i skupljam dovoljno snage, hrabrosti, odlučnosti i vjere da napredujem na svom putu. Završim pakiranje slučaja, oprostim se od Hindusa i odem s Renatom, oprostiti se od svete planine Ororubá, koja je bila toliko važna u mom rastu evolucije.

S ovim ciljem počinjem hodati njegovim stazama i tajanstveno zadovoljstvo prolazi kroz moje tijelo. To me natjeralo da malo više razmišljam o njegovom utjecaju na moj život do sada. Prisjećajući se nedavne prošlosti, dobro se sjećam kad sam zadnji put bio na planini, kada sam bio samo sanjar koji je pokušavao otkriti svoju sudbinu. Ohrabren destinacijom, popeo sam se na njezine strme staze i uz veliki napor uspio sam doći do vrha. Tamo sam upoznao damu čuvaricu, svjetovni i čudesni duh sposoban razumjeti najdublje tajne i koji se stavio na raspolaganje kako bi mi pomogao ostvariti svoje snove. Uz njezinu pomoć ostvario sam izazove koji su me natjerali da se suočim s najopasnijom špiljom na svijetu u potrazi za čudom. Još jednom sam riskirao. Otišao sam u špilju, izbjegao njene prepreke i konačno mogao ući u tajnu komoru gdje sam postao vidovnjak, super-biće obdareno darovima i osvijetljeno. Sa svojim novim moćima, putovao sam kroz vrijeme i okupljao "Suprotstavljene snage". Činilo se da je izazov prevelik za mene, evoluiranog vidovnjaka. To zato što sam imao misiju otkriti tajne kompleksa "Mračna noć duše" i tada temeljito razumjeti. Tek tada bi bilo moguće pisati o ovoj temi. Na tom sam putu ostvario šest izazova koji su mi pokazali opasnost kardinalnih grijeha. Međutim, to nije bilo sve. Da bih napredovao u karijeri i snovima, morao bih otputovati na nepoznati otok gdje bih se možda suočio s većim opasnostima. Bilo je to putovanje koje nisam mogao odbiti napraviti, jer bih tamo imao više vjerojatnosti da pronađem odgovore koje sam tražio, što bi mi pomoglo na mom stvarnom putu. Put trajne evolucije.

I dalje se opraštam od planine, a Renato poštuje to vrijeme. Uostalom, poznavao me je bolje od bilo koga drugog, od posljednje avanture u "suprotstavljenim snagama". Tamo smo testirani do krajnjih granica i završili smo kao pobjednici. Osjećaj je sada bio isti, iako su poteškoće veće. Tko bi nam garantirao da ćemo izaći živi nakon tako opasne i inkognito avanture? Iskreno, nitko. Ono što nas je pokretalo bila je žeđ za znanjem i zadovoljstvo otkrića. Razmišljajući o sadašnjem putu, primjećujem da je mračna noć doista bila izazov i da se malo po malo moglo otkriti.

Duhom pionira nastavljamo se hvaliti planinskim vrhom i pritom se prisjećam događaja iz prošlosti. Svi su mi bili važni da postanem pripremljeni i evoluirani vidovnjak. Je li to bio vidovnjak izazov? Bilo je. Ali bio sam spreman još više evoluirati. Prisjećajući se toga, konačno sam se oprostio od planine. Zajedno s Renatom, počinjem se spuštati. Ponovno će biti moj suputnik i svjedok sljedećih događaja. Pokušavam prekinuti neugodnu tišinu koja je visjela između nas otkad smo se oprostili od Hindusa.

" Bok Renato, jesi li spreman za ovu novu avanturu?

" Uvijek sam spreman. Zapamtite da sam dugo živio s damom čuvaricom.

"Koja će to biti vaša funkcija?

" Pomoći u vašem procesu evolucije, a posebno u ključnoj točki, koja nije otkrivena.

" Razumijem. A što se tiče svećenice, imate li kakve informacije da mi date?

" Jesam. Znam da je ona reinkarnacija izgubljenog anđela s neba i zato je jedina na planeti sposobna čuvati Eldorado, vrata koja zatvaraju dva svijeta. Ona je također guvernanta otoka na kojem živi, a njezino se kraljevstvo naziva "Kraljevstvo anđela".

Renatov odgovor me zapanjio i natjerao da padnem u još fantastičniju stvarnost. Znači li to da ćemo imati zadovoljstvo suživota s anđelom? Ovo je bilo nezamislivo prije nekog vremena. Malo razmišljam, moj put i sudbina gdje me vodi u krajnost stvarnosti. Gdje bih mogao otići u budućnosti? Nisam mogao ni zamisliti. Važno je da sam bio spreman na još više. Nastavljamo se spuštati i malo se zaustavljamo kako bismo se osvježili. Stanka u putovanju čini da razgovor ponovno započne.

" Renato, što još znaš o otoku i svećenici?

" Znam da je veliki poznavatelj najgušćeg dijela "mračne noći duše". Ona je najkvalificiranija osoba koja će vam pomoći od sada. Što se otoka tiče, kaže se da je vrlo misteriozan, a neki su imali privilegiju to znati. To je čarobno mjesto za one koji traže znanje.

" Bilo je dobro od dame čuvarice što vas je razjasnila. Zbog toga se osjećam mirnije. Jeste li spremni pomoći?

" Da. Zapamtite da sam u "suprotstavljenim snagama" odigrao ključnu ulogu. Ovaj put te sigurno neću napustiti.

" Vrlo ste mudri unatoč činjenici da ste vrlo mladi. Dobro ću se brinuti o tebi, ne brini.

" Brinuti se za mene? Sumnjam. Već znam kako se sama brinuti o sebi.

Renatova očita neovisnost me nasmijala i odlučili smo nastaviti spuštati se niz planinu. Ubrzavamo tempo, jer je bilo kasno i mora stići u Recife istog dana kako bi uhvatio brod do izgubljenog otoka. Nakon još malo vremena prešli smo dobar dio udaljenosti koja nas dijeli od bukoličkih ulica Mimosa, dosežući točno do podnožja planine. U ovom trenutku nostalgija snažno pogađa, unatoč tome što nije u potpunosti napustila mjesto. Malo razmišljam i zaključujem da je bilo potrebno nastaviti putem ne mareći ni za što drugo. Ovom odlukom otišli smo sve dalje i dalje i konačno otišli s planine i približili se rangu autobusa koji je bio vezan za Pesqueiru. Po dolasku smo razgovarali s vozačem i rekli mu našu lokaciju zaustavljanja, zatražili smo dopuštenje i sjeli u vozilo. Malo smo čekali dok broj putnika nije bio dovoljan i na kraju je vozilo otišlo. Prvi dio putovanja putujemo potpuno diskretno i tiho, jer nitko ne bi trebao znati za naše planove. Povremeno je počeo neki razgovor i razgovarali smo što je manje moguće. U trenu je prošlo dvadeset minuta i brzo se približavamo odredištu.

Kad smo napokon stigli, odmah smo napustili vozilo, platili prolaznicu i zahvalili se. Bili smo na autobusnoj stanici u Pesqueiru, gdje je autobus trebao krenuti prema Recifeu. Odmah smo kupili karte, ušli u autobus birajući dva sjedala s desne strane, prema naprijed. Sjeli smo i udobno se smjestili. Želeći privatnost, započeli smo razgovor mekim glasom.

"Renato, koje ti je druge informacije dama čuvarica prenijela?

"Preporučila je da vodimo veliku brigu u sljedećim fazama evolucije, jer će one predstavljati sve veći stupanj težine.

" Što je sa svećenicom? Je li dala još detalja o njoj?

" Ne. Ništa više od onoga što sam već rekao. Moramo čekati rasplet događaja.

" O.K. Hvala ti na svemu.

U ovom trenutku, trenutna tišina je pala između nas. Nakon nekoliko minuta autobus je napokon bio na autocesti, za naše olakšanje i spokoj. Unatoč tome što je sve išlo glatko, nisam mogao prestati sumnjati. Pitao sam se: Je li moguće da idem u propast? Znao bih to kad stignem točno na odredište. Za sada sam bio siguran u svoj izbor, nastaviti hodati nepredvidivim putem tame bez brige za posljedice. To je bila cijena koju sam bio spreman platiti za tako dragocjeno i potrebno znanje.

Malo kasnije, pokušavam više ne razmišljati o tome, izbjegavajući tako strah i tjeskobu. Bilo je bitno imati kontrolu, jer bih se inače mogao izgubiti u mraku tame i nikada se ne vratiti. Bio bi to kraj početka veličanstvenog putovanja. Put koji je započeo u "Suprotstavljenim snagama" i imao kao drugo poglavlje složenu temu pod nazivom "Mračna noć duše". U ovoj drugoj avanturi sve bi bilo savršeno da uspijem, ali bio sam spreman na sve, čak i najgore.

Autobus se odbija gore-dolje, zbog čega gubim koncentraciju. Iskoristim situaciju i primijetim da Renato spava. Osjećam se pomalo zavidno na njemu i želio sam se ne brinuti, ali moja očekivanja i odgovornosti nisu dopuštali, jer u ovom trenutku nisam bio samo običan sanjar kao prije, već vidovnjak kojeg je testirala najopasnija špilja na svijetu. Ista špilja koja je djelomično ostvarila moj san, ali je s druge strane zahtijevala stalnu predanost i predanost na putu evolucije. Na tom sam putu ostvario prvu fazu, a to je bila "okupiti suprotstavljene snage i pomoći nekome da ponovno pronađe sebe". Sada je ostao drugi, koji je glasio "Duboko razumjeti složenu mračnu noć duše i doći do objave koju sam samo zamišljao". Razmišljajući o stvarnom izazovu primjećujem da je ogroman i još uvijek sam se pitao jesam li stvarno sposoban to ostvariti. Pa, na bilo koji način, bilo je potrebno držati unutarnji plamen vjere upaljenim kako bi napredovao na putu s bilo kakvom šansom za pobjedu.

Pokušavam promijeniti fokus i prisjetiti se svih izazova koje sam prošao do ovog trenutka. Razmišljajući o njima, ponosim se svojom predanošću i stavom. U svima sam pronašao ključnu točku svakog izazova. Ovo je stvarno dobro znak i pokazalo da sam na pravom putu. Time obnavljam svoje nade i kao rezultat toga osjećam unutarnji mir koji me ispunjava, uvjeravajući me još više. Naravno, sudbina je bila na mojoj strani i podržavala je moje težnje.

Prošlo je neko vrijeme i pogledao sam na sat. Napominjem da je prošlo 14 sati. To je blizu procijenjenog vremena dolaska u Recife. To me čini sretnom, jer sam čeznuo za novim izazovima. Razmišljajući malo došao sam do zaključka da je život pisca bio stvarno lijep i da moram uživati u njemu što je više moguće. Moram li biti oprezan u tim lutanjima? Odgovor je da, kao i svaka normalna osoba; još više jer sam imao izazov hodati putem tame, putem užitka i znanja. Odjednom opet pogledam Renata i on je budan. Proteže se kao da se budi iz dubokog sna. Pokušavam razgovarati.

" Jeste li dobro spavali? Jesi li sanjao nešto važno što bi nam moglo pomoći?

"Nijedna od dvije mogućnosti. Samo sam odrijemao. Zveckanje autobusa me malo uznemirilo.

" Kakva šteta. Bio sam nestrpljiv za više tragova o izgubljenom otoku i svećenici.

" Još nije vrijeme za brigu. Tko zna koliko dana prije nego što stignemo tamo? Gospođa čuvarica je rekla da se otok nalazi na kraju svijeta.

" U pravu ste. Važno je da smo opet zajedno u avanturi bez presedana. Sigurno ćemo opet pobijediti.

"Gospođa čuvarica mi je rekla da ne bismo trebali biti jako sigurni u pobjedu, jer su prepreke ovaj put mnogo veće. Potrebno je mnogo razboritosti i opreza.

Renatovo upozorenje podsjetilo me na učenje mojih starih gospodara, čuvarice i hinduista. Bilo je stvarno potrebno čuvati se od nepredviđenog. Inače bismo se mogli naći u vrlo dubokoj crnoj rupi bez povratka. Da bih to izbjegao, morao sam se bolje pripremiti.

Autobus ide dalje, na trenutak zaboravim buduće izazove i pogledam cestu kako bih saznao gdje smo bili. Na moje iznenađenje, već sam u mogućnosti vidjeti glavni grad Pernambuco i osjećam jezu u tijelu. Što me čekalo? Hoće li sve biti u redu? Hoće li mi glavni grad poželjeti dobrodošlicu? Na kraju, bio sam momak iz unutrašnjosti, još uvijek naivan o opasnostima velikog grada. Naravno, mračna noć duše svijeta mogla bi biti zla nego što sam zamišljao. Pa, ovo je bio još jedan životni izazov s kojim sam se morao suočiti i prevladati. Ubrzo nakon toga pokušavam održati svoj um čistim i bezbrižnim; Vidim autobus koji ulazi u glavni grad, ide na velike udaljenosti ulicama i avenijama do dolaska na terminal i zaustavljanja. Brzo smo izašli i potražili taksi koji će nas odvesti do konačnog odredišta: luke. Sa strpljenjem i upornošću, našli smo jednog, ušli, pozdravili vozača i rekli mu adresu na koju želimo ići. Automobil polazi i počinje novo putovanje. U međuvremenu smo iskoristili priliku da razgovaramo i saznamo neke detalje o gradu od našeg vodiča (vozača). Govoreći o Recifeu, ističe mostove, rijeke i prekrasne plaže. S njegovim izvještajem, postajem vrlo znatiželjan i obećavam sebi da ću se vratiti drugi put, bez ikakvog posla. Razgovor se mijenja u osobni fokus i govori o svojoj obitelji, projektima i snovima koji još uvijek nisu ostvareni. Renato i ja ga ohrabrujemo da se nastavi boriti za svoje snove. Zahvaljuje nam i iznenada utihne. Ostatak putovanja nastavili smo u tišini i unatoč gustom prometu, stigli smo na vrijeme do odredišta. Platili smo, oprostili se i zahvalili mu i izašli. Hodajući žustro, stigli smo do pristaništa i potražili naš brod. Nažalost, obaviješteni smo da je brod do izgubljenog otoka već poletio. U ovom trenutku očaj pogađa i nekoliko trenutaka nismo znali što učiniti. Unatoč svemu, nismo odustali i nastavili tražiti drugu alternativu. Snagom sudbine pronašli smo privatni brod s istim odredištem. S obnovljenom snagom i nadom, išli smo naprijed; Razgovarali smo s vlasnikom i uspjeli smo ga nagovoriti da nam iznajmi jednu od svojih kabina. Nakon što smo prihvatili, krenuli smo i sastajemo se u našim odajama. Svidjelo nam se prostrano i svijetlo mjesto, odlučili smo se malo odmoriti i raspakirati slučajeve. Ostali smo razgovarati neko vrijeme uživajući u prekrasnom krajoliku luke. Nešto kasnije brod isplovljava i započinje avanturu prema izgubljenom otoku.

Prvi dan putovanja

Brod se polako kreće naprijed, a s njim i popodne i uskoro će se smračiti. Završili smo odmor i odlučili prošetati brodom, upoznati se s okolinom. Napuštajući kabinu i počevši hodati, imali smo priliku upoznati nekoliko ljudi koji su članovi posade, predstavljamo se i razgovaramo neko vrijeme. Prvi dojam koji smo imali bio je da su prijateljski raspoloženi i puni poštovanja. Nešto kasnije, oprostili smo se i nastavili šetnju. Hodali smo po cijelom brodu i napokon smo došli do pramca. Približavajući se, upoznali smo kapetana i vlasnika broda koji su, nakon što su nas primijetili, razgovarali:

"Uživate li u putovanju? Je li to prvi put da ploviš?

" Da. Poslovno smo, ali uživamo u tome. " Rekao je Renato.

"More je prekrasno unatoč morskoj bolesti koja uzrokuje. I ja uživam u putovanju. Rekao sam.

" Iz znatiželje kako se zovete i što tražite na izgubljenom otoku?

" Moje ime je Aldivan, ali možete me zvati vidovnjak sina Božjeg. Na otoku želim razviti sav svoj potencijal u odnosu na mračnu noć duše.

" Moje ime je Renato i ja sam vidovnjakom borbeni suputnik, na putu tame.

" Zanimljivo, ali mislim da je apsurdno riskirati toliko za tako malo. Što znači ovaj put tame i mračne noći duše?

" To je ista stvar. Mračna noć je trenutak kada se odvajamo od vitalne sile koja nas je stvorila, koju obično nazivamo Bogom, i mislimo samo na sebe i svoje taštine. To je vrijeme grijeha koje može osuditi ili čak spasiti osobu. Odgovorio sam.

" Ukratko, to je kada se predajemo moći svijeta ne mareći za svoje poslanje koje nam je povjerio Otac Bog. "Objašnjava Renato.

" Razumijem. Imamo o mnogo čemu razgovarati, momci. Ali u drugo vrijeme. Sada imam posla.

Rekavši to, otišao je od nas, ali prije nego što je nestao, pitali smo:

"Kako se zovete?

On odgovara: " Kapetan Ceara. Vidimo se kasnije.

Kapetan nestaje iz našeg vida i završavamo šetnju. Počinjemo se vraćati u svoju kabinu; Noć je pala i čekali smo večeru. Nakon kratke šetnje, stigli smo, ušli u kabinu i iskoristio priliku da malo razmislim. Prošli razgovor, iako koristan, još uvijek nije otkrio neka važna pitanja. Unatoč svemu, moramo ostati mirni i biti strpljivi, jer smo bili tek na početku dugog i nepredvidivog putovanja.

Nešto kasnije zazvoni zvono i to je znak da je večera bila spremna. Odmah smo napustili kabinu i krenuli prema kuhinji, proždrljivi. Užurbano smo se probili u kratkom vremenu, a po dolasku smo sjeli za stol, susrevši se samo s kapetanom, osim kuhara Jerryja, koji nas je počeo posluživati. Kao da je iskoristio odsustvo ostalih, kapetan je prekinuo šutnju:

" Dobro sam razmišljao o našem razgovoru danas popodne i odlučio sam biti iskren s vama, jer ste pokazali da vjerujete ljudima. Znajte da sam ja kapetan Jackstone Ceara, jedan od najstrašnijih gusara sedam mora. Što imate za reći?

Neočekivano otkriće gotovo nam je zadalo srčani udar. Znači li to da smo bili sa strašnim kapetanom Jackstoneom, najstrašnijim gusarom mora!? Bili smo u velikoj nevolji. Točno u ovom trenutku žalim zbog blagoslovljenog putovanja, ali već je bilo prekasno. Naši planovi su ozbiljno ugroženi. Najbolje je da nastavimo pričati i dobijemo još informacija o tom opasnom čovjeku.

Moram priznati da sam iznenadio i uplašio se. Da sam prije sumnjao, ne bih se upustio, jer su mi uvijek govorili da su gusari okrutni ljudi i bez ikakvog poštovanja. " Mislim da.

" Znači li to da ste stvarno gusar? Kako cool, uvijek sam sanjao da to budem. " rekao je Renato.

" Opustite se, vidovnjak. Oboje možete biti opušteni, jer se obično dobro odnosim prema svojim gostima. Renato, svidjelo mi se tvoje uzbuđenje i ime privremenog gusara. Što se tebe tiče, vidovnjaku, mislim da ti mogu pomoći na tvom putu vezanom za mračnu noć. Bila bi to dobra prilika za slušanje i suživot s nekim tko ga je proživio. Prije toga, međutim, završimo večeru. Tražim dopust iz Renata (jer je ovaj razgovor bio samo za odrasle) i iskoristim slobodan trenutak s kapetanom kako bih razjasnio neke sumnje.

Kapetane, je li vam bilo u bilo kojem trenutku bilo žao što ste se potpuno predali mračnoj noći?

" Apsolutno ne. U mom rječniku ta riječ, žaljenje, ne postoji. Gusari su ono što jesu i ono što mi radimo dio je naših ideala i vizije svijeta.

" Zar se ne bojite osude u budućnosti? Zar se ne kaješ zbog onoga što radiš?

"Mi smo ljudska bića i kao takvi imamo trenutke slabosti. Ali ubrzo nakon što ga prevladamo i povratimo savjest gusara. Što se tiče osude, nije nas briga za tu mogućnost, jer sve što radimo nije ništa više od *gospodina* ili profesionalne rutine. Mi samo branimo svoje ideje i ciljeve.

"Što želite od budućnosti?

" Želim nastaviti svojim sadašnjim putem i ostvariti sebe. Potraga za novim izazovom također je uzbudljiva.

Nakon što je to rekao, kapetan se ispričao da ode odmoriti se u svoju kolibu. Zahvalio sam mu i poštovao njegovu želju. Nakon što je otišao, ostali članovi posade stigli su u kuhinju na večeru. Među njima, kapetanova supruga Elvira i njegovi pomoćnici James i Edward. Koristim priliku da započnem razgovor kako bih dobio više informacija.

" gospođa Elvira, koliko ste dugo u Jackstoneu?

Prvi put smo se sreli u Fortalezi, na plaži. Vidjevši me, približio se, razgovarao sa mnom i nagovorio me da ga pratim u jednoj od njegovih avantura. Početak odnosa bio je težak, zbog njegovog autoritarnog načina. Ali vrijeme mi je pokazalo i njegove kvalitete, zbog čega sam se zaljubio. Otprilike tri godine pratim Jackstonea.

A ti James, što te natjeralo da uđeš u ovaj opasan život gusara?

Prije nego što sam upoznao kapetana, bio sam samo čovjek iz kante koji je živio jadnim životom u Recifeu. Iz tog razloga, kad sam ga upoznao, nisam mogao odoljeti obećanju dobre plaće i zajamčenih avantura. Danas, gledajući unatrag, ne žalim zbog svojih izbora.

" Što je s tobom, Edward? Kako ste došli do ovoga?

" Bio sam surfer i jednog dana otišao sam daleko od plaže, a da to nisam primijetio. Borio sam se s mnogim valovima i spremao sam se utopiti. Sudbinom, kapetan me pronašao i spasio. Kao zahvalu, odlučio sam ga slijediti u njegovim lutanjima i do danas nikada nisam požalio.

Zahvaljujem svima, pozdravite se i vratite u kabinu. Izjave koje sam upravo čuo ostavile su me zbunjenijim. Kako je moguće da čovjek koji se potpuno predao mračnoj noći bude tako velikodušan? Nisam imao pojma, a dolaskom u odaje pokušavam asimilirati sve informacije koje sam dobio. Umor i kasni sati, tjeraju me da zaspim. Sljedeći dan će još jedan pun otkrića i avantura.

Kapetanove priče

Još jedan dan počinje svanuti i postupno se moja osjetila probude. Ustao sam odmah, istegnuo se, uzeo jutarnju kupku i vratio se u svoju kabinu. Po dolasku počinjem razmišljati o svemu što se do sada događalo. Posebno se usredotočujem na stvarnu avanturu, izazove kardinalnih grijeha i način na koji su mi pomogli razumjeti njihovo značenje. Analizirajući nepristrane činjenice, na kraju zaključujem da sam u brodu punom gusara i suživot s njima bio je dobra prilika da se razvijem na putu koji predlažem hodanje. U stvarnosti je ova avantura predstavljala mnoge mogućnosti.

S druge strane, čežnja me jako pogađa i lutam kako su moja obitelj, čuvar i hinduisti. Je li moguće da su me podržavali? Mislim da je tako, jer sam s njima naučio kako biti čovjek koji sam do tog trenutka radio. Shvatili su da sam ih napustio u korist većeg cilja, a to je učvrstiti vidioca sve više. Mračna noć duše predstavljala je još jedan korak na tom putu.

Trenutak kasnije, pogledam Renata i vidim da je spavao; Probudio se i rekao sam mu da se također okupa. Sviđa mu se, ali sluša. U međuvremenu, iskorištavam to što ležim na krevetu i čitam knjigu posebno o gusarima. U njemu primjećujem da su uvijek prikazani kao zlikovci, ubijanje, krađe, otmice. To mi daje priliku da napravim usporedbu između njih i prvih dojmova o Jackstoneovoj stvarnoj osobnosti. Došao sam do zaključka da potpuno bježi od stereotipa. Jackstone ponekad može biti nepristojan i grub, kao i svaki drugi gusar, ali njegova velikodušnost je bila neobična. Dokaz tome bio je da je pristao skloniti dva stranca (Renato i ja) u svoj brod. Ta činjenica me čini još znatiželjnijim u vezi ovog slučaja. Kako je bilo moguće da čovjek ima još uvijek tako dobre osjećaje, čak i nakon što se predao korumpiranosti mračne noći duše? Mislim da ću jednog dana imati priliku razumjeti ovu i druge misterije. Za sada sam morao dalje istraživati kako bih nastavio svojim putem.

Renato se vratio iz kupaonice i odlučili smo otići u kuhinju, doručkovati. Prešli smo udaljenost u tren oka, a došavši tamo primijetili smo da imamo istu ideju kao i većina posade. Sjeli smo za stol i udobno se smjestili. Jerry (kuhar) je upravo pripremao delicije, a u međuvremenu nam se obratio kapetan:

"Kako su naši gosti spavali?

"Za mene je noć bila osvježavajuća, unatoč ljuljanju broda. Hvala vam na brizi, kapetane. "Rekao sam.

" Noć mi je također vratila snagu. Za razliku od vidovnjaka, uživao sam u ljuljanju. " rekao je Renato.

"U redu. Želim te zamoliti za uslugu, očistiti palubu jer je u neredu. Nadam se da vam ne smeta da pomognete.

"Ne morate gnjaviti goste. Sam ću ga očistiti. Interveniarao Elvira.

Hvala ti, Elvira, ali prihvatili smo kapetanov poziv. Iskoristit ćemo to da udahnemo malo svježeg zraka. Nije li to u redu Renato?

" To je. Ja sam s tobom, partneru.

" Volim ljude koji žele raditi. Mogli biste postati dobri mornari. " komentira kapetan.

Razgovor naglo prestaje i doručak se poslužuje. Koristimo priliku da kušamo najukusnije grickalice, ali čak ni to nam ne podiže raspoloženje, jer je kapetanov zahtjev još uvijek odjekivao u našim ušima i zvučao je više kao naredba. Međutim, tko bi pri zdravoj pameti razljutio opasnog gusara? Ako to učinimo, možda ćemo imati neželjena iznenađenja.

Nakon doručka uputili smo se na spomenuto mjesto kako bismo izvršili svoj zadatak. Došavši tamo, odmah smo požalili što smo prihvatili zadatak, jer je nered bio stvarno loš. Ali nije bilo povratka. Rezignirani i usklađeni, počeli smo čistiti mjesto. Uz fizičku vježbu, moje misli počivaju na žrtvama koje sam podnio u cijelom životu. Dobro se sjećam slatkih riječi koje sam morao razgovarati s korumpiranim i autoritarnim šefom. Nadalje, sjećam se nepravdi, izazova, odricanja i putovanja do danas. Razmišljajući o tome, skupljam svoju snagu i preostalu hrabrost i ohrabrujem se mogućnošću pobjede u sadašnjoj avanturi. Morao sam nastaviti upozoravati na sve staze koje će život ležati ispred mene i sa svakim korakom koji sam napravio približio bih se svom najvećem cilju.

Trenutak kasnije zaboravim malo na svoj put da se usredotočim na svoj zadatak. Renato se žali da je umoran, baš kao i ja, i odlučili smo stati na neko vrijeme. U međuvremenu, predradnik dolazi s nekim pomagačima i nudi nam pomoć. Zahvalili smo mu i prihvaćamo. Ponovno pokrećemo rad. Uz novu pomoć, rad je pojednostavljen i završavamo za manje vremena nego što se očekivalo. Kad je sve bilo spremno, oprostili smo se od ostalih i vratili se u našu kabinu, kako bismo odmorili umorne kosture. Ušli smo, zatvorili vrata i otišli u krevete. Dok je Renato zaspao, ja ću završiti čitanje knjige o gusarima. Čitanje i ponovno čitanje činjenica, a na kraju otkrivanje i razumijevanje malo o kapetanovim ciljevima. Nastojao se nametnuti i testirati našu izdržljivost. Ali koje su mu bile namjere? Nisam ni zamišljao. Ostavim po strani ovu sumnju i nastavim čitati. Čitanje me vodi na fantastična mjesta, puna misterija. Je li moguće da ćemo živjeti nešto slično? Bilo je vjerojatno, jer smo na gusarskom brodu usred Atlantskog oceana. Trenutak kasnije, stavio sam budućnost na neko vrijeme po strani, kao i čitanje. Počinjem se koncentrirati na nešto važnije: kako se približiti kapetanu Jackstoneu, s ciljem otkrivanja njegovih tajni. To je bilo iskonsko za moju evoluciju na putu tame. Mislim na najbolji plan da pokušam postići uspjeh na ovoj pozornici.

Renato se budi i u ovom trenutku zazvoni kuhinjsko zvono, što znači da je ručak spreman. U nama se javlja unutarnja sreća, jer smo trebali vratiti snagu. Brzo idemo u kuhinju i kad stignemo tamo, primijetimo kapetanovu prisutnost. Sjeli smo za stol i odmah nas Jerry počeo služiti. Trenutak kasnije, Jackstone prekida tišinu:

" Vidovnjak i Renato, jeste li očistili palubu kako sam tražio?

" Da. " Odgovorili smo jednoglasno.

"Sretan sam što vidim vaš interes za pomoć. Zar ne želiš ostati s nama za stalno i postati gusari, kojim slučajem?

" To je moj san, kapetane, ali nažalost, ne mogu. " Renato je rekao.

" Ne, hvala. Imamo i druge važne obaveze. Mijenjanje teme, što je s intervjuom, kapetane? Zanima me više o vašem odredištu.

Na nekoliko trenutaka, kapetan razmišlja o mom prijedlogu. Pokušavam pogoditi njegove misli, ali njegov izraz lica je skrivao svoje stvarne namjere. Nešto kasnije, pogledao me je i odgovorio:

" Nađimo se u skladištu za dva sata. Bit ću spreman odgovoriti na vaša pitanja.

Nakon odgovora počeli smo jesti, stiglo je više ljudi i zbog toga nisam htio gnjaviti kapetana. Rekavši da, obnovio je moje nade u odnosu na napredak o mračnoj noći duše. Unatoč dobrim perspektivama, neke me sumnje još uvijek muče: Zašto je tako brzo prihvatio moj invazivni prijedlog? Nisam sumnjao u motive. Ono u što sam bio siguran je da sam bio na pravom putu. Ne razmišljajući ni o čemu drugom, brzo završavam ručak, opraštam se sa svima i vraćam se u kabinu s namjerom da se pripremim za intervju. Za manje od sedam minuta stižem na odredište i idem ravno u krevet, odmjeravajući mogućnosti. Analizirajući dobro, uvjeravam se da bi svaka riječ, gesta ili radnja bila važna za mene da počnem otkrivati misterij kapetana, pa čak i mračne noći duše. U analizi intervjua odlučujem se usredotočiti na tri osnovna pitanja: Obitelj, ciljevi i planovi za budućnost kao gusar. Mislim da u cjelini mora biti koherentno i kohezivno. Osim toga, definiram glavne odnose s pomoćnim. Intervju je bio spreman. Nakon što ga definiram, počinjem planirati svoje ponašanje i prihvaćam meditaciju kao tehniku koja će mi pomoći i koja bi još jednom bila važna. Počinjem svoj ritual kao i uvijek i pokušavam osloboditi svoj um najviše i najbrže moguće. Uskoro počinjem padati u trans. Moj um je tada bombardiran nizom uznemirujućih vizija. U određenoj viziji vidim kako tama postaje svjetlost i odlučujem je slijediti. Tada započinje dugo i iscrpno astralno putovanje koje me u određeno vrijeme smješta pred brojna vrata. Svaka vrata predstavljaju jednu opciju i među njima mogu navesti: Odredište, put, objavu, osjećaje, grijeh, vrlinu i znanje. Moram birati i bez puno razmišljanja odabrao sam vrata koja daju pristup znanju. Bez odgađanja, kucam na odabrana vrata, a zatim se unutra gura jak vjetar. Ulazeći, dolazim na veliko i dobro osvijetljeno mjesto, gdje u sredini vidim okupljanje ljudi. Pun znatiželje, približavam se i kako se približavam, pojavljuje se vatreni krug koji me sprječava da dođem do njih. Usred skupa piše: Sadašnjost, prošlost i budućnost. Unatoč snazi kruga jedna osoba je u stanju probiti svoju barijeru dolazi blizu mene i držimo se za ruke. U ovom trenutku, tlo drhti, gravitacijske sile su uzdrmane i na trenutak moje "suprotstavljene sile" izmiču kontroli. Odmah sam gurnut na druga vrata, koja se iznenada pojavljuju, ali ovaj put nema ništa što bi ga identificiralo. Nakon što prođem kroz vrata, ulazim u prazan prostor, bez zemlje i neba. Na dnu se pojavljuje moja "Mračna noć duše" i njezin pristup me osjeća sa strahom, strahom koji ne znam objasniti. Je li moguće da ću ponovno proživjeti cijeli proces prošlosti? U potvrdnom slučaju, bilo bi previše bolno i možda mu ne bih mogao odoljeti. Da bih pobjegao, zatvorio sam oči nadajući se da sve to nije stvarno. Ali čak me ni to ne tješi niti me ostavlja opuštenijim. Kad opet otvorim oči, vidim da me mračna noć već obuzela, dok su suprotstavljene sile već na drugoj razini. Ne prihvaćam ovaj stav i namjeru da se oslobodim, glasno vičem:

Ne! Još nije vrijeme za to!

Nakon što sam to rekao, vidim svjetlo koje dolazi odozgo i postupno uspijeva raspršiti tamu koja me okružuje. Sve postaje jasnije i sila me gura, na povratku. Vraćajući se u prvi prostor, ponovno susrećem osobu koja se držala za ruke sa mnom. Prihvaćajući i želeći sreću, opraštamo se. Onda se vraćam kroz ista vrata koja sam odabrao. Dok izlazim kroz njega, dolazim u kontakt s "tamom pretvorenom u svjetlost" i odjednom je posvuda mrak. Kad se vratim sebi, oporavim se od transa i opet sam u kolibi. Probudim se uznemirena pitajući se što sve znači. Uskoro ću se moći smiriti i razmišljati samo o intervjuu s kapetanom. Gledajući vrijeme na džepnom satu, shvaćam da je došlo vrijeme. Da bih se sjetio detalja, dočepam se svog dnevnika i odlazim prema dogovorenom mjestu. Napuštam kabinu i na pola puta emocije mi pobuđuju osjećaje i postaju zabrinute i tjeskobne. Trudim se kontrolirati se i nastaviti hodati. Još nekoliko koraka i konačno dolazim u tovarni prostor, ležerno ulazim i shvaćam da to nije pravo mjesto za intervjue, jer je bilo hladno, mračno i vlažno. Ne vidjevši jasno, razaznajem mušku siluetu, približavam se i identificiram. Odgovara tonom glasa kao da želi sakriti svoje postojanje od svijeta. Malo bez milosti, započinjem intervju:

Koji je bio vaš put prije nego što ste postali gusar? Koji su vas jaki motivi potaknuli na ovu profesiju?

" Rođen sam u jednostavnoj obitelji punoj problema. Jedan od njih bio je da su se moji roditelji često svađali, mnogo puta dostižući točku agresije. Razlog tučnjave je bio taj što je moj otac imao druge žene, puno je pio i bio povezan s trgovinom drogom. S druge strane, moja majka je bila poput sveca u usporedbi s njim. Sve dobro što sam naučio dugujem njoj. Jednog dana, nakon svađe, moj otac je nestao, ostavljajući nas na miru. Kako je moja majka bila slaba, jedina opcija koju sam imao je da radim na održavanju svoje obitelji. Ali što bi mladić od osam godina mogao učiniti da pomogne? U većini slučajeva prodaju kolače ili cipele za poliranje, a te opcije nisu bile baš profitabilne. Tada sam motiviran očajem počeo činiti sitne zločine. Lak novac je riješio problem, ali mi je savjest ostala uznemirena. Kako je vrijeme prolazilo, situacija je išla od lošeg prema gorem. Međutim, sudbina je pomogla da se dogodi čudo. Jednog dana sam upoznala čovjeka, koji je vidio moju situaciju dobrovoljno da pomogne. Predstavio si je Sir Charlesa, velikog gusara. Ponudio mi je u zamjenu da napustim život kriminala, avanturistički život i dobru plaću. Nisam dvaput razmislio i prihvatio njegov prijedlog. Sutradan sam se integrirao u njegovu posadu i započeo svoj život kao mornar. Početak je bio težak, ali s plaćom koju sam primio uspio sam pomoći svojoj potrebnoj majci. Malo po malo počeo mi se sviđati, bio sam unaprijeđen i završio sam kao kapetan. Kasnije sam osnovao vlastitu posadu i kupio brod. Od tada je prošlo 20 godina plovidbe morima postižući mog *gospodina*.

" Mislite li da postati gusar nije bila opcija, već samo nužnost?

"U početku da. S vremenom sam se navikao na ovaj život i trenutno ga ne bih mijenjao ni za što drugo, unatoč činjenici da znam da ću morati platiti za sve zločine počinjene na mojim lutanjima.

"Govoreći o zločinima, kako svakodnevno živite s "mračnom noći"? Zar krivnja nije preteška?

""Mračna noć" je dio mog rada i to je način na koji ja to vidim. Ne bojim se toga, unatoč mogućoj osudi u budućnosti. Što se tiče krivnje, ne razmišljam puno o tome i to je dovoljno da me smiri.

" Kakvi su planovi za budućnost?

" Želim završiti svoju karijeru gusara s velikim otkrićem. To bi me učinilo još poštovanijim i slavnijim i je li to ono o čemu svaki gusar sanja.

" Sjećate li se svih izvanrednih u svojim avanturama? Koji je to bio?

" Da, nekoliko. Prisjetit ću ih se večeras, u salonu. Ti i Renato ste moji gosti.

Time je završio intervju i oprostili smo se. On se vraća svojim poslovima, a ja u svoju kabinu. Tamo sjednem na krevet i iskoristim priliku da analiziram nedavni intervju. Znači li to da je Jackstone postao gusar silom i izražavanjem sudbine? Gotovo nisam mogao vjerovati, jer se činio vrlo sigurnim u svoje postupke. Živi i uči. U vezi s "Mračnom noći duše" pojačao je moje sumnje. Bio je to slučaj gotovo nepovratan, jer je smatrao rutinskim i normalnim počiniti zločine. Ako bi ostao takav, sigurno bi njegova "mračna noć" odvukla njegovu dušu u vječnu vatru. Bit će plakanja i glodanja zuba, kao što Biblija kaže. Što učiniti s ovom tužnom stvarnošću? Prilagoditi? Nisam to prihvatio ni u jednoj hipotezi, jer smo svi rođeni da hodamo po svjetlu, težak put, ali koji vodi do pune sreće i evolucije. Koračajući putem svjetlosti, imamo pomoć anđela i sposobni smo ostvariti misiju koju nam je postavio Stvoritelj. Dakle, "mračna noć" trebala bi biti samo prolazna faza u kojoj testiramo svoj potencijal i ispunjavamo svoje znanje kako bismo se vratili na svjetlo sigurniji i odlučniji u svojim stavovima. Međutim, mnogi se izgube u tom kratkom trenutku i odluče hodati putem koji vodi samo do boli i patnje. Primjećujući ovu tešku i okrutnu stvarnost mnogih ljudskih bića, počinjem jecati. Ima li nade za ove? Mala šansa. Kako bih povećao te šanse i dobio nebeski milost, molim za sve one koji se nađu u lošoj situaciji, da razmisle i promijene svoj stav i život. Nakon toga se oporavljam i sada razmišljam o svom putu koji je još uvijek nedefiniran.

Obećavam sebi da ću riskirati sve u priči u potrazi za svojim snovima i projektima. Na kraju, što je dobro života bez smisla? To je bilo stanje u kojem je moj život bio nakon intenzivnih iskustava u "Mračnoj noći duše". Nakon obećanja, odlučujem se malo odmoriti kako bih obnovio energiju. Noć je trebala biti uznemirujuća i htjela sam biti spremna suočiti se s tim.

Noć počinje padati i probudio me Renato nakon što sam odspavao. Gleda me na ozbiljan način, govoreći da je vrijeme za večeru. Pogledam u džepni sat da potvrdim i shvatim da je u pravu. Ustao sam, istegnuo se i otišao u kuhinju. Sjednemo za stol i shvatim da postoji samo jedna osoba, Jerry. Rečeno nam je da večera još nije bila gotova. Moramo pričekati. U međuvremenu, Jerry razgovara o nekoliko tema, odgovaramo iz pristojnosti i na kraju ga pohvaljujemo za njegov talent u kuhanju. U ovom trenutku gubi humor i razgovor se hladi. Uskoro će drugi ljudi doći za stol, uključujući kapetana Jackstonea. Ljubazni smo i pozdravljamo sve. Nakon još nekoliko minuta večera je spremna i poslužena. Kapetan iskorištava to što su svi tamo da najave događaj u brodskom salonu. Svi su sretni i znatiželjni.

Nakon toga, svi smo jeli u tišini i miru. Kad svi završe, idemo u salon gdje će kapetan održati govor. Sjedi u Centru, na improviziranom sjedalu. Ostatak posade (uključujući Renata i mene) ostaje oko njega. Nakon što su svi bili prisutni, kapetan samo što nije počeo, a njegov izraz lica pokazuje da su njegove misli daleko. Kakav je život imao taj Mornar? Trebali smo znati.

" Jedan od najvažnijih sukoba dogodio se točno na dan kada sam preuzeo mjesto kapetana. Bili smo na Sjevernom moru, blizu Ujedinjenog Kraljevstva, i upravo smo završili pljačku trgovačkog broda. Unatoč pobjedi, engleska mornarica bila je u potjeri i sve se više približavala. Kad su nam pristupili brodu, počeli su nas napadati. Imali smo neiskusnu posadu, ali svejedno uzvraćamo napadu najbolje što smo mogli. Sukob je trajao sat vremena i topovi nisu prestali pucati. Prisjećajući se tog trenutka sada, još uvijek se sjećam topničke buke s obje strane i pruža mi veliko zadovoljstvo. U određenom trenutku, uspjeli smo pogoditi protivnika u cijelosti, podlegnuvši vrlo brzo. Na njihovoj strani, došlo je do potpunog gubitka i nitko nije preživio. Na našoj strani, postoje neki gubici, ali ništa što nas je obeshrabrilo. Na kraju smo odali počast mrtvima i proslavili važnu pobjedu. To je bio prvi put pod mojim zapovjedništvom i postao je nezaboravan u mom sjećanju.

Svi plješću, ali ja to odbijam. Na kraju, što je dobro bilo svo to nasilje? Služio je samo da još više zgusne "mračnu noć duše". Je li moguće da kapetan ne razmišlja o tome? Ili je možda mislio da će svemir oprostiti sve njegove zločine? Dobro ga promatram i ne vidim nikakav trag kajanja, što ga čini ozbiljnijim. Pa, u svakom slučaju, nastavio bih ga proučavati kako bih dobio više informacija. Ubrzo nakon toga, kapetan ponovno izgleda tajanstveno i čini se da je spreman ispričati drugu priču. O čemu se radilo? Nestrpljiv sam da saznam.

Još jedno dobro sjećanje koje imam bilo je ekspedicija na otok Marajo-Para u Brazilu. To se dogodilo prije točno deset godina. Kad smo stigli na otok, rečeno nam je da postoji blago bogatstva koje čuva lokalno autohtono pleme. Prateći stazu, stigli smo točno na mjesto, otkrili slabu točku neprijatelja i zatim odlučili napasti. S velikom snagom, okrutnošću i sposobnošću prakticirali smo etnocid bez proporcija. Poštedjeli smo samo nekoliko njih da nas sigurno odvedu do blaga. Nakon što postignemo cilj, šaljemo ih u svijet mrtvih. Slavimo pobjedu i dijelimo blago među svim članovima benda. Ubrzo smo se vratili na brod i pripremili za nova pljačkanja i nova mučenja. To je bilo dobro vrijeme.

Nova priča mi je izazvala veliku nevolju. S kakvim sam čovjekom putovao? Ja osobno odgovaram na to: okrutan čovjek, krvožedan i spreman učiniti sve za podli metal. Nakon te emisije nisam imao želudac suočiti se s tim čovjekom i odlučio sam se vratiti u kabinu zajedno s Renatom. Brzim i čvrstim tempom došli smo do odredišta i odlučili se odmoriti. Bila bi to prava noć, uglavnom zbog tako teških otkrića.

Sirene

Sunce počinje sjati i jutarnji povjetarac koji izlazi iz mora napada našu kabinu, pobuđujući naša osjetila. Uz malo truda, polako otvaram oči nadajući se da je sve što se događa bio san i da ću biti na Zemlja čvrstom i sigurnom. Pažljivo gledam oko sebe s ciljem da se pobrinem i na kraju se suočim s teškom stvarnošću. Još uvijek sam bio na brodu punom gusara, većinom okrutnih i krvožednih ljudi, i bez ikoga da me zaštiti. Unatoč tome, morao bih se nastaviti boriti za svoje ciljeve s vjerom, žarom, milošću i hrabrošću.

Imajući to na umu, ustajem, rastegnem se i guram Renata koji još spava. Nije bio zadovoljan mojim stavom, ali ustaje. Odlučili smo se okupati. Počinjemo hodati udaljenost do kupaonice, radeći to u trenu. Kad stignemo tamo, ja ulazim, zatvaram vrata, dok Renato čeka vani. Skinem se, obučem sapun i ribam pokušavajući očistiti prljavštinu. Započinjući vježbu, moj um luta i mislim na kapetana i njegovu prljavštinu. Analizirao sam njegov slučaj i zaključio da nijedna kupka duše nije bila sposobna očistiti zle stvari koje je učinio. Kako je mogao spavati? To je bila velika misterija za mene. Mislim da ga kajanje mora grickati, osim ako nije bio bolesni psihopat. Ubrzo nakon toga bacam prvu količinu vode na svoje tijelo. To je izazvalo osjećaj čistoće i nastavak razmišljanja o kapetanovom slučaju analiziram njegove jake i slabe točke i na kraju zaključujem da unatoč svemu što je učinio, nisam imao pravo suditi mu. Nitko nije, osim superiornih sila svemira. Stavila sam njegov slučaj sa strane i koncentrirala se na kadu. Bacim više vode preko tijela i ponovno stavim sapun, izribam i na kraju se isperem. Kad se osjećam potpuno čisto, osušim se, obučem čistu odjeću i konačno napustim kupaonicu. Izlazeći, Renato se kupa, a ja idem u kolibu da ga čekam.

Moja brza šetnja vodi me do odredišta i dolaskom tamo počinjem mentalno crtati planove za dan koji je pred nama. Ovo bi bio treći dan na otvorenom moru. Hoću li imati novosti? Nadao sam se tome. Nakon razmišljanja odlučujem da ću pokušati maksimalno iskoristiti raskrižje koje sam napredovao u odnosu na mračnu noć duše, koje više nema, nešto što nikada prije nisam doživio. Svaki detalj bi bio važan u mojoj trajnoj evoluciji.

Nastavljam razmišljati i nakon nekog vremena Renato se vraća iz kupaonice. Malo smo popričali i odlučili doručkovati. Bili smo jako gladni i naša žurba nas je natjerala da pri jeđemo znatnu udaljenost za nekoliko minuta. Kad smo stigli tamo, sjeli smo za stol i upoznali samo kapetana (osim kuhara) i odmah smo posluženi. Počeli smo uživati u kolačima i palačinkama; Početnu tišinu prekida Jackstone:

" Kako su moja dva gosta? Jesi li dobro spavao?

" Nakon zastrašujućih priča koje smo jučer čuli bilo je nemoguće provesti mirnu noć. Kako ste mogli počiniti takva zlodjela? "Rekao sam.

" Ja ne činim zlodjela. Ja provodim samo svog gospodina gusara. A ti, Renato, bojiš li me se?

"Ne, jer ti nisi veći od Boga. Trebali biste znati da svako dijete ima malog anđela koji ga neprestano štiti. Siguran sam čak i ovdje.

" Pa, zaboravimo na prošlost i naše razlike. Ponašajmo se srdačno, jer otok je još uvijek daleko i moramo živjeti nekoliko dana. Rekao je Jackstone.

" Vrlo dobro. Pretvarajmo se da se ništa nije dogodilo. "Rekao sam.

Usput, imam zadatak za tebe. Operite posuđe nakon ručka.

" Mi ćemo to učiniti. " Odgovaramo u isto vrijeme. Samo to, kapetane?

Gusar je kimnuo glavom; Više mornara dolazi na mjesto; Završili smo doručak i otišli. Hodali smo prema desnoj strani broda i do samog kraja imamo zadovoljstvo diviti se veličanstvenom moru. Čini se mirno, unatoč valovima. U određenom trenutku približava se jato riba, prolazi ispod posude i mi smo zatrpani njegovom bojom i ljepotom. Je li moguće da poznaju izgubljeni otok? Vjerojatno, jer pokrivaju tisuće kilometara. Bila je šteta ne moći komunicirati s njima. Ubrzo nakon što je pličina prošla, čini se da je kapsula dupina spremna za igru. Pokušavam ih dodirnuti rukom, ali moj trud je uzaludan, jer je brod vrlo visok. Kao odgovor bacaju vodu preko nas i žalim zbog svoje geste.

Nešto kasnije, oni idu naprijed i brzo nas prestižu. Nakon toga osjetio sam morsku bolest i odlučio se vratiti u svoju kabinu.

Kad smo stigli tamo, Renato se otišao igrati, a ja idem ravno u svoj krevet s ciljem da se opustim i tko zna dobiti više naznaka o budućnosti. Ovo je bilo najbolje u očajnim situacijama. Tako zatvaram oči, čistim um i postupno se odvajam od stvarnosti. Kad sam opušteniji, koncentriram se mentalno kako bih došao u kontakt s oceanskim božanstvima. Nešto kasnije, dođem do ekstaze, napustim svoje tijelo i počnem ići na važno astralno putovanje. Na početku putovanja idem izvan zidova kabine, napuštam brod i sila me tjera u toliko uplašeni ocean. Bez odgađanja, ulazim, počinjem ići duboko, ali to ne izaziva toliko straha, jer sam u svom duhu. I dalje idem dublje vrlo brzo, vođen tajanstvenom silom. Što sam mogao naći? Odjednom počinjem čuti povike za pomoć koji pripadaju svim dušama u pokori u moru. U ovom trenutku pojavljuje se mješavina straha, tjeskobe, straha i sumnje, ali pokušavam se kontrolirati, unatoč tome što nemam točno odredište. I dalje dopuštam da me uzme sudbina i tajanstvena sila. Nakon što sam prešao još nekoliko metara, ispred mene se pojavljuje svjetlo i odlučio sam ga slijediti. Kako vrijeme prolazi, vodi me na dno mora, na nepoznato mjesto, mračno i inkognito unatoč svojoj ljepoti. Na pola puta, polje sila se pojavljuje kao prepreka. U njemu je zapisano: Mogu proći samo oni čistog srca. Ne razmišljam dvaput i riskiram da ga prijeđem. Srećom i kompetentnošću, mogu proći bez većih ozljeda. Nakon toga, svjetlo se misteriozno gasi i vraća se sjajeći većim intenzitetom. U svakoj minuti koja prođe vrućinu se povećava i prisiljava me da se malo vratim. Odjednom se dogodi velika eksplozija i potpuno izgubim savjest. Nisam siguran koliko sam dugo bio u takvom stanju, ali činilo se stoljećima. Kad sam ponovno postao savjest, našao sam se u velikoj palači, punoj bogatstva i ljepote, posebno u kraljevskoj odaji. S moje lijeve i desne strane nalaze se anđeli koji se klanjajući se u poštovanju. U Središtu se pojavljuje lik zločeste žene s krunom na glavi. Puna znatiželje i priđi ženi i signalizira mi da kleknem. Sila me je natjerala da je slušam. Pokušavam započeti dijalog kako bih razjasnio svoje sumnje.

"Gdje sam? Osjećam se zbunjeno i dezorijentirano. Sjećam se samo svjetla eksplozije.

" Smiri se, momče. Vi ste u carstvu božice voda. Pozvao sam vas ovdje, jer će se dogoditi velika tragedija i vaša je misija umiriti njezine posljedice. Ti si izabrani.

" Ja, izabrani? Ali dama me ni ne poznaje.

" Stvarno? Znam gotovo sve. Vaše ime je Aldivan i vi ste mladi sanjar koji je u potrazi za svojim snovima, otputovao na planinu koja je obećala da će biti sveta. Uz puno truda, predanosti, hrabrosti, gracioznosti i vjere popeli ste se na njega došavši do vrha. U tom trenutku upoznali ste damu čuvaricu koja vam je pomogla u izazovima koji su kulminirali pravom ulaska u najopasniju špilju na svijetu, koja je posjedovala čarobno svojstvo ostvarenja nemogućih snova. Ulazeći u njega, prevladali ste zamke i vrlo teške prepreke; Napredne scene sve do dolaska do Tajne odaje, super-svetog mjesta. Tamo ste uspjeli poboljšati svoje darove i čudom postali vidovnjak, biće super nadareno moćima. Kada ste se ispunili, napustili ste špilju i bili poslani na prvu misiju, kako biste riješili nepravde; pomoći nekome da pronađe sebe i okupi suprotstavljene snage. Velikim majstorstvom postigli ste uspjeh u tom pothvatu i sada namjeravate istražiti tajne "Mračne noći duše".

Odgovor žene ostavio me zaprepaštenim i sumnjivim, ali razmišljajući malo na kraju zaključim da je to dobra prilika za prikupljanje važnih informacija.

" Vidim, s iznenađenjem, da me dobro poznajete. Reci mi onda, hoću li pobijediti na svom putu?

" Imate sve karakteristike pobjednika. Imate dobar plan, oprezni ste, strpljivi i uporni. Međutim, sadašnji put je preopasan i nepredvidiv. Bez obzira na situaciju koja slijedi moj savjet, nemojte prenapregnuti svoje granice.

" O sadašnjem putu (mračna noć duše) možete li mi dati bilo koji primjer pobjednika?

Nažalost, imam nekoliko opcija da vas ohrabrim. Najpoznatiji od svih bio je gospodar čija je mračna noć duše trajala četrdeset dana u pustinji. Iskušavan brojnim zlim silama s obećanjima koja nadilaze njegove moći, izdržao je do kraja, prevladao svoja ograničenja i bio spreman izvršiti misiju s potpunim znanjem mračne noći. Nakon ove pobjede, svi oni koji su vjerovali u njegovo ime imali bi mogućnost pobijediti svoje strahove i biti slobodni od carstva tame. Međutim, mnogi još uvijek nisu bili spremni za ovu duhovnu stvarnost i na kraju su podlegli. Drugi primjer koji nam je bio bliži bio je onaj humanog Franje. Njegova mračna noć duše dovela je u pitanje njegove sposobnosti u mnogim unutarnjim bitkama, koje su čak i osvojene njegovom hrabrošću i vjerom u Isusa Krista, ostavile stigmu utisnutu u vlastitoj duši željezom i vatrom. Analizirajući vaš slučaj, na kraju zaključujem da je vaše iskustvo bilo jedinstveno i pružilo veliko znanje o suprotnoj strani. Vi ste bili osoba, osim Isusa Krista, koja se stoljećima približavala istini skrivenoj.

"Ovi primjeri me ohrabruju, ali ne daju puno nade, jer govorimo o posebnim i evoluiranim ljudima, koji su iznad dobra i zla.

" Nemoj biti depresivan. Bili su i normalni muškarci. Razlika je u tome što su naučili kontrolirati vlastitu tamu u potrazi za ideologijom. Možete doći do ove faze jednog dana ako nastavite biti spremni boriti se za vlastitu evoluciju.

"Hvala vam na mudrim riječima. Obećavam da ću se nastaviti truditi na tom putu, čak i ne znajući koliko daleko ću stići.

" Vrlo dobro. Tako se priča. Mijenjajući temu, pozvao sam vas ovdje da vam dam mali medaljon (pokazujući na jedan na njenom vratu). Služit će vama i vašim suputnicima od najavljene velike tragedije.

Dajući mi mali medaljon, žena i scena nestaju iz moje vizije i pred mnom se pojavljuje isto svjetlo. Odmah me nadnaravna sila potiče da je slijedim, započinjući povratak. Prolazim kroz ocean ogromnom brzinom i uskoro preuzimamo polje sile. U ovom trenutku, mali medaljon počinje sjati, pružajući mi nevjerojatno uvjeravanje. Što će se dogoditi od sada? Iskreno, nije me bilo briga, jer sam slijepo vjerovao u mali medaljon i u zaštitu od Nebeskog Oca. Nastavljam svoj put natrag, i, unatoč brzini, površina oceana još se nije mogla vidjeti. To daje malo vremena za razmišljanje o mom putu i razgovoru s Božicom mora. Analizirajući svoj slučaj, na kraju zaključujem da bi dobro planiranje mojih sljedećih koraka bilo ključno za mene da se nastavim razvijati, sve dok ne dođem do točke u kojoj mogu kontrolirati vlastitu tamu, na isti način kao što su to činili veliki sveci prije nekoliko stoljeća. Iako nisam imao pojma kako to učiniti.

Nakon nekog vremena dosta sam putovao oceanom i već sam mogao vidjeti površinu. Mješavina olakšanja, misija je ostvarena i smirenost je vladala nad mojim bićem u tom trenutku, jer se nisam osjećao ugodno u velikom oceanu, slabo osvijetljen i inkognito. Pokušavam ići brže i nakon nekoliko minuta konačno prolazim kroz površinu, brodski zid i napokon ulazim u svoje tijelo, s odličnim pop zvukom. Utjecaj postupno budi moju savjest. Kad sam spreman, otvorim oči i na svoju sreću shvatim da sam siguran, u svojoj kabini, pored Renata. Osjećam nešto na vratu i ustajem da se prijavim u ogledalo. Primjećujem da je to mali medaljon, što dokazuje koliko je iskustvo bilo istinito.

Vratim se u krevet i pogledam sat da vidim vrijeme. Bilo je još jedan sat prije ručka i odlučio sam iskoristiti preostalo vrijeme za razmišljanje o susretu s božicom mora. Analizirajući slučaj, pitam se zašto me je izabrala božica mora. Važem mogućnosti i dolazim do zaključka. Vjerojatno je izabrala mene jer sam uvijek preuzimao inicijativu čak i prije nego što je sudbina djelovala. Ni u jednom trenutku nisam bio samo gledatelj događaja, ali sam uvijek bio dio njih. Sudbina je ispunjena, ali s mojim znakom. Ista sudbina mora da je upozorila božicu i odmah mi povjerila cijelu posadu u pokušaju da umiri tragediju o kojoj nisam znao ništa. Sada je na meni bilo da ispunim ta očekivanja, pogotovo zato što su obje vrste sudbine bile na kocki. Što se tiče sredstava za uspjeh u ovom pothvatu, promatrao sam i analizirao prije donošenja bilo kakve važne odluke.

Osim nove misije koja mi je povjerena, vodim računa i o detaljima o vlastitom putu prije sljedećeg koraka. Uz sve razjašnjeno, ponovno pogledam na sat i primijetim da je vrijeme ručka. Malo čekamo dok zvono ne zazvoni i čim se to dogodi, idemo ravno u kuhinju. Svi rade isto. Kad stignemo tamo, sjednemo za stol s ostalima, a Jerry nam ljubazno počne služiti. Kapetan koristi priliku da objavi:

" Budite spremni, za večeras će biti zabava. Donio sam ovu odluku, jer sam umoran od monotonije ovog putovanja. Od sada je bolje da nađeš damu.

" Kako će biti? Imate li bend? " Pitajte Renata

" Ne, nikako. Uvijek sa sobom ponesem CD Player i neke Forró CD-ove. To će biti oblik zabave.

" Vrlo dobra ideja, kapetane. Stoga ćemo pokušati malo zaboraviti na naše probleme. "Rekao sam.

Svi se slažu da je to dobra ideja i slijedi trenutna tišina i koncentriramo se na hranjenje. Kad završimo, opraštamo se od ostalih i idemo se pobrinuti za svoj zadatak: oprati posuđe. Unatoč ogromnoj hrpi posuđa, ne žalimo se, jer smo računali na Elvirinu pomoć. Daje nam savjete i uči nas kako biti oprezni u tom zadatku. Iskoristila je priliku da nas bolje upozna.

" Već smo tri dana na moru i još mi niste rekli razlog zašto tražite izgubljeni otok. " žali se Elvira.

" Kapetan Jackstone vam nije ništa rekao? Mislio sam da zato što ste muž i žena ne tajite jedno od drugoga. " Komentirao sam.

" Zadivljen sam! " kaže Renato.

" On ne voli komentirati živote drugih, a ja također nisam ništa pitao. " Objašnjava Elvira.

" Vrlo dobro. Onda ću detaljno objasniti svoj slučaj. Ja sam mladi sanjar i u potrazi za svojim najdubljim težnjama krenuo sam na putovanje na svetu planinu, prije otprilike godinu dana, u posljednjem očajničkom pokušaju da uspijem. Planina se nalazi u Mimosu, okrugu Pesqueira, u divljini Pernambuca, a da bih došao do nje morao sam uložiti veliki napor, jer je stvarno na kraju svijeta. Suočavajući se s poteškoćama, došao sam do podnožja planine, skupljam preostalu snagu i hrabrost da se suočim sa strmim usponom s ciljem da dođem do vrha. Ali moja avantura je tek počela. Boreći se protiv tjeskobe, umora, prirodnih prepreka i glasova duhova, čudom sam došao do vrha. Tamo sam upoznao nepoznatu damu koja sebe naziva čuvaricom planine, koja obećava da će mi pomoći na putu i izazovima. Uz njezinu pomoć, prevladao sam prepreke i kad sam bio spreman, tada sam mogao izazvati špilju očaja, najopasniju špilju na svijetu, koja je u tom trenutku bila jedina alternativa evoluciji. Ulazeći u to, prevladao sam više nedaća, prošao kroz scenarije dok nisam došao do željene točke, tajne odaje, mjesta ultra-svetog. Ulaskom u nju razriješio sam svoj potencijal i na kraju postao vidovnjak, sveznajuće biće kroz svoje vizije, sposobno nadići granice prostor-vremena i razumjeti najdublje tajne ljudskog srca. Bio sam spreman započeti tako željenu književnu karijeru. Sa svojim novim moćima napustio sam špilju, vođen damom čuvaricom i u pratnji Renata mogao sam putovati kroz vrijeme tražeći sljedeće ciljeve, a to su zaustavljanje nepravdi, pomoć nekome da pronađe sebe i konačno ponovno ujediniti suprotstavljene sile koje su bile neuravnotežene. Putovanje je bilo uspješno, a brojne avanture s kojima sam živio zajedno s Renatom poslužile su kao osnova za moj prvi bestseler, Suprotstavljene snage " Misterij špilje. Nakon što sam obavio svoju misiju, vratio sam se svojoj rutini i ispunio svoje obveze na čekanju. Tamo sam ponovno proživio temu koja me u prošlosti skinula s tračnica i koja još nije riješena " Mračna noć duše. Zabrinut, vratio sam se na planinu tražeći pomoć i to mi je dalo priliku da duboko razumijem kardinalne grijehe. Ali još nisam bio spreman. Tamo sam bio informiran o otoku i tamo sam imao više mogućnosti za napredak u odnosu na ovu složenu temu. I evo me prema nepoznatom, ali s nadom u pobjedu i uspjeh još jednom.

" A ja sam njegov pouzdani suputnik. Bez mene ne bi imao šanse pobijediti na svom putu. " Prepravljen Renato.

" Vaša priča je vrlo impresivna. To je prekrasna tkanina za knjigu. " pohvalila Elviru.

"Bilježim sva svoja sadašnja iskustva i ako uspijem na tom putu, napisat ću drugo poglavlje svoje serije "Vidovnjak".

" Ja ću vam pomoći. " Obećao Renato.

"Možete li objasniti značenje izraza koji ste citirali, Mračna noć, što je to? " pita se Elvira.

" Smiri se, objasnit ću. Trenutak koji se događa kada se ljudsko biće odvoji od Boga i Svetoga kako bi razmišljalo samo o svojim taštinama i sebičnosti. To razdoblje je najopasnije za ljudsko biće i može ga vječno osuditi ili čak spasiti. " Razmišljam.

" Ukratko, "Mračna noć" događa se kada skrenemo s puta. " pojašnjava Renato.

" Sada kada ste mi to objasnili, mogu jasno prepoznati "Mračnu noć" u životu mog muža sve ovo vrijeme, jer je on nebrojeno puta pogriješio. " potvrđuje Elvira.

" Znamo za to. Mračna noć vašeg muža je najgore vrste. U njegovom slučaju, kriminalna djela i pasivnost postali su rutina i u ovom trenutku mračna noć je u većini slučajeva nepovratna. " kažem.

" I što onda učiniti? Čekati?

Mlaz suza teče niz Elvirino lice i pokušavam je utješiti. U ovom trenutku razumijem veliku ljubav koju njeguje za svog muža i to svjetlo mala nada u ovom slučaju. Na kraju, ljubav je snažna sila, koja kada se dobro koristi može proizvesti čuda.

Razmišljajući bolje, imali smo velike šanse da vratimo tu situaciju ako iskoristimo utjecaj koji je imala nad Jackstoneom. Pravim riječima mogla ga je uvjeriti da promijeni život i ponovno se rodi. Predlažem joj to, a ona obećava da će barem pokušati.

Razgovor se ohladio, a onda smo se koncentrirali na pranje posuđa i kad smo završili, oprostili smo se od Elvire i vratili se u kabinu kako bismo se odmorili. Odmah, Renato je otišao spavati i ja ću razmišljati o tome što nam sudbina sprema. Razmišljajući o avanturi, primjećujem da smo bili tri dana na moru, prešli smo stotine kilometara, ali još uvijek nema traga izgubljenom otoku. Može li stvarno postojati? Pa, nešto duboko u sebi kaže da i zbog toga sam se nadao. Dok nismo stigli, imao sam obvezu brinuti se o cijelom svijetu, unatoč tragediji koju je najavila božica mora. Što bi se dogodilo? Je li moguće da smo stvarno izgubljeni ili čak osuđeni? Unatoč tome što mi je sudbina proturječila, radije sam vjerovao da će sve dobro završiti. Na kraju krajeva, čista svjetlost ili vedar dan duše i dalje su prevladavali u mom biću i cijelom svemiru.

Kasnije se pokušavam kontrolirati i promijeniti svoje misli. Sada je došlo vrijeme da se konzultiram sa svojim idealima i kažu mi da ostanem na putu koji sam planirao, čak i ako se moram suočiti s tragedijama ili drugim nepredvidivim događajima. Zadržao bih istu vjeru tog sanjara koji se jednog dana popeo na planinu s ciljem osvajanja svijeta. To nije bio lak cilj, ali bio sam uvjeren da je to moguće. Koristim ovaj trenutak razmišljanja da razmišljam o svojoj obitelji i onima koji prate moje putovanje. Je li moguće da me podržavaju? Mislim da je tako, jer sam mogao osjetiti pozitivne vibracije njihovih misli. Svakako, moj uspjeh u ovom pothvatu bio bi i njihov, jer su oni dio moje priče. Priča puna uspona i padova, ali zasnovana na etici, poštovanju prema drugima i u zadovoljstvu profesije koju sam započinjao. Sada je na svijetu da prosudi jesam li dostojan pobjede. Nakratko izgubim misli i pogledam vrijeme na džepnom satu. Primijetio sam da se popodne bliži kraju. Onda se sjetim zabave koju je kapetan Jackstone pripremao i probudim Renata da ode i sazna koliko su daleko otišle njegove pripreme. Napustili smo kabinu hodajući žustro, prošli smo pored postaja i drugih kabina do glavne dvorane broda. Po dolasku bili smo impresionirani svačijom učinkovitošću, jer je sve bilo gotovo spremno za večer. Renato se otišao igrati s ostalom djecom na brodu, a onda mi priđe Deborah, kći s brodova, i započne razgovor.

" Našao sam suputnika? Večer obećava da će biti užurbana.

"Ne. Ne znam dobro plesati. Mislim da neću sudjelovati.

" Ne brinite. Ja ću vas naučiti.

Deborahin poziv mi je bio malo neugodan, ali prihvatio sam. Na kraju, malo zabave ne bi škodilo. Tko zna, to bi mogla biti dobra prilika da se manje brinem o svojim obavezama.

Nastavljam razgovarati s Deborah o općim pitanjima. Ona otvoreno govori o svojim planovima iz snova, a ja činim isto. Razgovarali smo neko vrijeme, smračilo se i zvono je zazvonilo za večeru. Otišli smo zajedno u kuhinju i kad smo stigli tamo, sjedili smo jedan do drugoga za stolom. Jerry nam počinje služiti, od pomoći kao i uvijek. Onda je kapetan prekinuo šutnju i objavio:

" Pa, posado, u ovom trenutku smo na otvorenom moru vrlo blizu mjesta koje se zove utočište sirena. Kao što znamo, ova morska priča je vrlo opasna i sposobna, svojom očaravajućom pjesmom, privlači svakoga. Budite oprezni i ne pijte previše kako ne biste bili uhvaćeni u smrtonosne zamke.

" Sirene? To je apsurdno. Toliko godina sam putovao morem i nikada nisam imao zadovoljstvo upoznati ih. " kaže Romualdo, brodica.

" Ni ja ne vjerujem u to. Sirene su za mene samo priča. " rekao je James, jedan od mornara.

" Jeste li potpuno sigurni, kapetane? Iako sam imao mnogo abnormalnih iskustava, teško je vjerovati u postojanje sirena. " Govorio sam.

" Slažem se s vidovnjakom. " pojačava Renata.

" Također nikada nisam poznavao ili čuo sirenu. Međutim, kad sam bio mali, slušao sam priču koju je ispričao Sir Charles (veliki gusar) koja mi je dala guščje prištiće. Izgubio je skoro cijelu posadu zbog nekih sirena.

Ostali su odlučili da se neće svađati i iz predostrožnosti sam odlučio pojačati gard. Je li moguće? Sirene? U svakom slučaju, bilo je potrebno odvagnuti sve mogućnosti i ostati na oprezu. Nastavili smo večerati i kad smo završili, odmah smo otišli u dvoranu. Dugim i brzim koracima brzo smo stigli do odredišta i dok kapetan Jackstone započinje zabavu, sjeli smo za slobodan stol, Renato, Deborah i ja. Počinje se svirati melodična melodija, nude mi piće koje odbijam, a parovi počinju plesati. U ovom trenutku, bez upozorenja, Deborah me uhvati za ruku i odvede na prvi ples. U početku se osjećam pomalo neugodno, ali malo po malo počinjem se opuštati. Zanese me emocija trenutka i zarazna glazba koja me vodi u svjetove koji nisu viđeni. U međuvremenu, moj partner mi je šapnuo nešto na uho, ali nisam mogao dobro čuti, jer su me u tom trenutku potpuno uzeli glazbeni bogovi. Čarolija se prekida kad glazba prestane i onda se Deborah i ja vratimo za stol da pojedemo grickalice.

Nakon jela, glazba počinje i vratili smo se u sredinu dvorane plesati. Dopustio sam da me glazba opet zanese, padnem u neku vrstu transa i u trenu mi se čini da imam vizije. Što mi se događalo? Mogao sam čak i zamisliti; Nisam imao snage boriti se protiv ove sile. Privlačnost se povećava, CD Player eksplodira, žene padaju u nesvijest i mogu savršeno razlikovati tajanstveno pjevanje koje mi ostavlja vrtoglavicu, zbunjenost i dominaciju. U tom trenutku, kao da je u filmu, zemlja i nebo nestaju preda mnom, tama me okružuje i moja "Mračna noć duše" se kondenzira. Sa svakim korakom koji napravim, melodična pjesma, koja se prije činila dalekom, sve se više približava. Dominirajući neusporedivom fascinacijom, moj jedini cilj u tom trenutku bio je upoznati vlasnika tog veličanstvenog glasa. Pokušavajući me spasiti, u mom umu pojavljuju se slike Hindusa, dame čuvarice i božice mora, ali oni su daleko i njihovi povici nemaju mnogo učinka. Uzalud se trudim osloboditi se, ali pjevanje me i dalje potpuno obavija. Šta je to bilo? Bila je to nepoznata sila koja mi je izazvala tjeskobu zbog mračne noći. Kao čudom, svjetlo se pojavljuje u polju moje vizije i koncentrirajući se na njega pokušavam se osloboditi čarolije. Sukob je težak i razmišljam o odustajanju, ali osjećam dodir koji me na trenutak izbacuje s tračnica i fiksiram se na svjetlo i pjevanje mi se briše iz sjećanja.

Probudivši se, našao sam se na rubu broda, gotovo padajući. Renato me budi. Oporavljajući se, budim druge ljude koji su blizu ronjenja u ocean. Međutim, mnogi su već bili izgubljeni u ogromnosti voda, izvan dosega. Nakon toga smo se vratili u dvoranu, iskoristili priliku da zahvalimo Renatu što nas je spasio i probudio žene koje su još bile u nesvijesti. I mnogi od njih očajavaju što su bez muževa. Kapetan Jackstone završava zabavu i svi će pokušati spavati i zaboraviti tragediju. Je li moguće?

Otkriće

Još jedan dan svane i uskoro će se moja osjetila probuditi. Otvorim oči, uz malo truda ustajem; Imam istezanje kao i obično, primijetite da Renato još uvijek spava i idite na jutarnju kupku. Napuštam kabinu i s nekoliko brzih koraka dolazim do odredišta, ulazim, zatvaram vrata, skidam se, prskam vodu po tijelu i počinjem stavljati sapun. S vježbom moj um luta i počiva na prethodnim noćnim događajima. Je li moguće da je ono što se dogodilo tragedija koju je spomenula božica mora? Analiziram događaje i na kraju zaključujem da vjerojatno ne, jer smo izgubili samo sedam od trideset ljudi na brodu. Unatoč boli i osjećaju, događaj nije bio velikih razmjera. Možda se još gore dogodilo.

Nastavljam sa svojom kupkom, prskam više vode po tijelu i to me vraća u stvarnost, razmišljajući kako bih se trebao ponašati od sada, jer su moje metode postale potpuno neučinkovite protiv zavođenja sirene, a da nije bilo Renato, bio bih još jedna od njihovih žrtava. Je li moguće da sam zabušavao? Vjerojatno, zbog nježne atmosfere na brodu i nedostatka poticajnih izazova koji me ostavljaju previše opuštenim, za razliku od vremena koje sam proveo na planini. Uvjeren u to, odlučujem se promijeniti i ponašati kao da sam u neposrednoj opasnosti i s istim žarom, snagom, hrabrošću i vjerom kao i prije. Ovom odlukom brinem se samo za kupanje, ribam se, ponovno stavljam sapun, bacam vodu i na kraju sam potpuno čist. Uzmem ručnik, osušim se, obučem čistu odjeću i izađem iz kupaonice.

Brzo dođem do kolibe, nađem Renata budnog i kažem mu da se i on okupa. Sluša bez prigovora. Dok ga nije bilo, iskoristio sam priliku da pogledam mali medaljon koji mi je dan. Gledajući ga, sjećam se svjetla koje me spasilo u prethodnom iskustvu. Je li moguće da je svjetlost izlazila iz tog malog medaljona? Tada odlučujem istražiti, potpomognut mojim snagama vidovnjaka. Zbog toga se mentalno koncentriram na mali medaljon i na sliku božice mora. Kako je vrijeme prolazilo i uz moj trud, povjetarac i vrtoglavica me obavijaju, postupno me čineći nesvjesnim. Nešto kasnije počinju se pojavljivati neke vizije, ostavljajući me još uvijek zbunjenim. Koristim priliku i koncentriram se na jednu od njih, ali moj trud je uzaludan. I dalje inzistiram s ogromnim naporom i odjednom osjećam utjecaj i moj duh se probija u drugu dimenziju. U njemu vidim sunce, tamu, "suprotstavljene sile" i mračnu noć duše". Vizija se nastavlja misteriozno.

U istoj viziji putujem ogromnom brzinom do početka vremena, kada se dogodio veliki prasak. Imam priliku vidjeti učvršćivanje materijalnih svjetova i nebeske vojske. Nakon stvaranja uspostavljeni su prirodni zakoni i ljudskim bićima je dana slobodna volja da mogu birati između dvije komponente Svemira: Dobra i zla. U ovom trenutku vidim kondenzaciju "Mračne noći" i sukob između suprotstavljenih sila. Među njima se pojavio anđeo koji mi se približio i na njegovom licu bio je napisan: "Znanje". Dodirujući me to u meni izaziva otkrivajuću viziju: vidim božicu mora u jednom od njezinih posjeta nebeskom globusu, kako bih sudjelovao u važnom susretu. Nakon rješavanja njezine pokornosti, arhanđeo prilazi i nudi joj mali medaljon. Pita koji je bio razlog za to, a arkanđeo odgovara da je dar predati se nekome posebnom. Zahvaljuje i odlučuje se vratiti u svoje kraljevstvo, u more. Kod kuće provodi sate gledajući mali medaljon i pita se postoji li netko vrijedan primanja. A onda se nešto promijeni. Svjetlost proizlazi iz malog medaljona, morska božica znatiželjnošću ga dodiruje i dolazi do velike eksplozije, dajući joj viziju budućnosti. Ona ima san i u njemu vidi špilju i planinu. Ona vidi teške sukobe koji uključuju "suprotstavljene snage", "mračnu noć" i druga pitanja. Ona vidi sve do kraja priče. A onda vizija završava. Impresionirana je i donosi odluku. Htjela je zadržati mali medaljon i dostaviti ga u pravom trenutku.

Moja vizija također završava, anđeo odlazi i ja izlazim iz dimenzije u kojoj sam bio. Brzo se vraćam, vraćajući savjesnost za nekoliko sekundi. Polako otvaram oči, još uvijek ne vjerujući u sve što sam vidio i čuo. Znači li to da sam stvarno posebno biće? Spoznaja te činjenice dodatno povećava moju vjeru u bolje dane koji dolaze. Nakon svega što sam naučio, siguran sam da nisam sam. To je od zadnjeg puta kada sam se popeo na planinu nakon sna koji se u početku činio nemogućim do danas.

Zračeći srećom, dajem salto, i padajući na pod, Renato dolazi u kabinu. Iznenađen, pita me jesam li ljuta, ali jednostavno kažem da sam obnovila nade. Unatoč tome što sam bio tek mali dječak, upozorava me, govoreći da ništa nije definirano, jer mračna noć još nije riješena, niti je otok dao bilo kakav znak života. Njegove mudre riječi tjeraju me na razmišljanje i pamćenje ključne riječi za uspjeh: Mjera opreza. Bilo je potrebno zadržati ga, jer nismo znali apsolutno ništa o budućnosti.

Nakon ove epizode odlučili smo doručkovati. Izašli smo i prešli udaljenost u kratkom vremenu. Došavši u kuhinju sjeli smo za stol, pronašli smo neke darove i čestitke, čekamo neko vrijeme i na kraju nas poslužuje Jerry. Jackstone prekida tišinu:

" Još uvijek me boli zbog onoga što se jučer dogodilo, jer sam izgubio neke suputnike u prometu. Međutim, zašto nisu slušali savjete? Da možda nisu toliko popili, još bi bili živi.

" Mislim da je malo vjerojatno, kapetane, da je pjesma sirena vrlo primamljiva. Pogledajte moj primjer, i meni su dominirali i nisam pio alkohol. Renato je bio spasitelj svih nas, jer, budući da je bio dijete, nije bio pogođen njihovim zavođenjem. " Širim se.

" To je istina. Zahvaljujemo vama i dječaku koji je izbjegao veću tragediju. Hvala vam puno, od svih nas! " hvala Jackstone.

" Ponavljam kapetanove riječi i želim reći da ste oboje posebni. Primijetio sam to čim sam te upoznao. " kaže Deborah.

" Oni su vrijedni radnici i dobri ljudi. Također vam zahvaljujem na svemu i ako vam nešto treba možete računati na mene. " rekla je Elvira.

" Nije bilo ništa. Samo smo izvršili našu misiju. " rekao je Renato.

"Hvala svima na lijepim riječima. Najbolja zahvala koju nam možete dati je da nas odvedete spasiti na izgubljeni otok. Kad smo već kod toga, približavamo li mu se, kapetane? " Pitao sam.

" Da. Za nekoliko dana ćemo stići. Budite uvjereni u to.

Dobre vijesti mi otvaraju apetit i doručkovali smo. Kad završim, opraštam se od ostalih s namjerom da odem u šetnju brodom. Ostavio sam Renata da razgovara s ostalima. Napuštam kuhinju ohrabrenije i počinjem hodati. U tom trenutku moje su misli bile koncentrirane na moj put i nepredviđeni dolazak na otok, gdje sam se nadao da ću pronaći pojašnjenje odgovora. Ne želeći to, moj um je bombardiran nizom pitanja koja se odnose na budućnost: Je li moguće da bih mogao postići uspjeh i potpuno razumijevanje mračne noći? Može li tako očekivano otkriće biti tako bombastično? Zaustavim se na neko vrijeme i pokušam dovesti svoje ideje u red. Nakon nekoliko trenutaka, konačno sam u mogućnosti to učiniti, a onda sam odlučio ponovno pokrenuti šetnju, sada s definiranim sljedećim odredištem: paluba. Pun samopouzdanja i spokoja, brzo hodam dijelovima broda do dolaska na željeno mjesto. Tamo me uspostavljanje kontakta s njim podsjeća na posao koji sam morao obaviti čisteći ga i shvaćam ga kao još jedan izazov koji je život stavio na moj put i koji je pridonio mom sadašnjem znanju, jer sam naučio biti ponizniji i da sam ograničen, unatoč sve većoj evoluciji kao vidioca. Također sam u tom trenutku bio uvjeren da su dama čuvarica, špilja, planina Ororubá, hinduisti, pa čak i Renato bili važni u mojoj materijalnoj i duhovnoj evoluciji, ali da nisu, bez imalo sumnje, jedini način da dođu do konačnog cilja, a to je razumijevanje mračne noći i njezinih misterija. Osim njih, život i njegovi likovi također su imali važnu ulogu u ovom procesu. Pravi primjer toga bio je susret s kapetanom Jackstoneom i njegovim prijateljima, koji su mi pokazali malo gušće strane noći koja terorizira srca.

Nastavljam hodati po brodu i sumnje u moju sigurnost lebde u zraku. Na kraju, mi smo točno na jednom od najopasnijih oceana na svijetu. Gdje me snovi vode? Za stalnu opasnost i to je upravo bit mojih avantura. Ostanak kod kuće samo bi mi donio okrutnu stvarnost pisca početnika: Bez ikakvog pokroviteljstva i očekivanja većeg čuda od onog koje je špilja očaja dala vidiocu. Iako me to nije obeshrabrilo, to je bila teška stvarnost.

Trenutak kasnije staviti na stranu tu situaciju i odlučiti se usredotočiti na izazove s kojima ću se morati suočiti. Što bih ja radio od sada? Čekao bih prolazak događaja i osobno bih se pobrinuo za svačiju sigurnost kako se ne bi dogodila veća tragedija. Osim toga, planirao bih sve svoje korake na blagoslovljenom izgubljenom otoku. Nakon te odluke koncentriram se samo na šetnju, usput susrećem ljude i sudjelujem u razgovoru s njima. Izgledaju prilično prijateljski, sretni i samouvjereni, unatoč nedavnoj tragediji. Nakon dugo vremena, opraštam se od njih i odlučujem se vratiti u svoju kabinu, jer sam bio umoran. Učinit ću to za nekoliko minuta, i uskoro sam bio tamo. Kad sam stigao tamo, odem u krevet, legnem i pokušam odspavati s ciljem oporavka već potrošene energije. Nakon nekog vremena gubim savjest i ulazim u vlastiti svijet.

Ja sam na predstavljanju jedne od mojih knjiga. Mjesto je ravno, osvijetljeno i puno boja. Atmosfera je dobra, ljudi dolaze puni znatiželje, pitaju o temi i mojoj inspiraciji i ljubazno odgovaram brzo i kvalitetno. Neki traže moj autogram i fotografiraju se sa mnom i zadovoljan sam njihovim interesom. Nastavljam se brinuti i objašnjavati, sve dok se ne dogodi nešto tajanstveno: Nebo potamni, tamni oblaci se približavaju, uzrokujući da se mračna noć kondenzira oko nas. Kad se to dogodi, svi bježe uplašeni, ali ja čekam rasplet događaja. Iz oblaka dolazi neka vrsta vilenjaka i počinje razgovarati sa mnom, pitajući me što točno radim. Bez straha, odgovaram da sam lansirao knjigu, koja ima glavnu temu, Mračnu noć duše. Smije se mojoj smjelosti i kaže da to nije bilo moguće, jer ljudi ne smiju detaljno znati tamu, osim ako moji spisi nisu bili velika laž. U odgovoru pokazujem svoju knjigu i bacam izazov: Pročitajte je i recite mi da nije stvarna. Ako sam ga napisao, to je zato što imam potrebno iskustvo da se bavim ovom složenom temom. Nakon toga, vilenjak je otišao, "Mračna noć" odlazi i ja sam opušteniji. Ljudi se vraćaju, hvale moju hrabrost i traže autograme. Jedan od njih je poseban. Radi se o starici koja je rekla da sam je natjerao da sanja. U ovom trenutku postanem emotivan i kažem da je tada vrijedilo napisati knjigu i ovjekovječiti svoju karijeru pisca. Nakon emocija, opraštam se sa svima i zatvaram lansiranje. Odlazim od svih njih i počinjem razmišljati o temama za sljedeće knjige. U ovom trenutku, otvara se rupa na tlu, pod mojim nogama, i ja padam u nju. Na putu prema dolje vidim svjetlo, tamu, "Suprotstavljene sile" i "Mračnu noć duše". Na kraju vidim sljedeću temu i osjećam da je izazov prevelik. Međutim, nemam vremena detaljno razmišljati o tome, jer sam završio s padom u rupu.

Nakon toga se budim iz osvježavajućeg sna, skupljajući preostalu snagu i hrabrost. Polako otvaram oči, s tračkom nade da je san istinit. Je li moguće da ću ja pobijediti i doći do kraja puta? Razmišljajući bolje, san me ohrabrio i povećao šanse za uspjeh. Koristim priliku da nepristrano analiziram situaciju. Već sam dobro napredovao u odnosu na mračnu noć, ali nisam mogao razumjeti njezin gušći dio. To bi bilo moguće samo uz pomoć nekoga s iskustvom i na ultra-svetom mjestu.

Morao bih pričekati dok ne stignemo na izgubljeni otok. U međuvremenu, morao sam se pobrinuti za misiju koju mi je božica mora povjerila.

Odjednom pogled na džepni sat vidjeti vrijeme. Shvaćam da sam dugo spavala, jer je bilo skoro dvanaest sati. Odlučio sam potražiti Renata i pozvati ga na ručak. Iz tog razloga, napuštam kabinu i idem prema pramcu, jer sam sumnjao da će biti tamo. Čvrstim i sigurnim koracima žustro hodam i na pola puta razmišljam o njemu i njegovoj važnosti do sada. Bio je odgovoran da me oslobodi transa koji su nametnule sirene i njegovi savjeti su me doveli u stvarnost, unatoč tome što sam bio tako mlad. Kako je bilo dobro imati ga sa mnom, zaključujem i mentalno zahvaljujem hinduistima i dami čuvarici na ideji da ga pošalju sa mnom, jer smo bili savršen par. Od posljednje avanture, u suprotstavljenim snagama, pokazao se dovoljno kompetentnim da mi pomogne. Na kraju, obećavam sebi da ću se brinuti o njemu kako se ne bi ozlijedio na tako opasnom putu.

Ubrzao sam korake i malo kasnije bio sam na pramcu. Vidim da je moj instinkt bio potpuno ispravan: upoznajem Renata kako se igra s drugom djecom. Priđem mu, razgovaram s njim i upozorim ga na ručak. Čak i nesretan, shvaća da je vrijeme da povrati energiju i prati me u kuhinju s ostalom djecom. Ušetati grupa je mirna i tiha i uskoro stižemo na odredište. Po dolasku smo svi sjeli za stol, ali su nam javili da ručak još nije spreman. Dok smo čekali, iskoristili smo priliku da razgovaramo s ostalima. Razgovarali smo o svemu, čak i o osobnoj strani. Kad je ručak spreman, razgovor se hladi i koncentriramo se na obnavljanje energije. Jedem u žurbi, a kad završim, oprostite se od ostalih i odlučite se vratiti u kabinu s namjerom reorganizacije ideja.

U kolibi se dočepam nekih knjiga i sjednem na krevet u položaju meditacije. Prva koju uzimam za pregledavanje je romansa i čitanje mi malo po malo pokazuje značenje ljubavi. Analizirajući to, razumijem da je ljubav moćna sila, sposobna spasiti osobu od mračne noći duše. Međutim, zahtijevala je predanost, odgovornost i uzajamno davanje. Jednom sam stupio u kontakt s tim osjećajem, ali to nije bila prava osoba, niti pravi trenutak. Mnogo sam patio zbog razočaranja. Međutim, s vremenom sam ga uspio prevladati. Umorio sam se od romantike i imam još jednu knjigu za čitanje. Njegova glavna tema je sjeveroistok i patnja njegovog stanovništva. Razmišljam malo više o tome. Kako razgovarati o snovima s njima ako je njihova stvarnost isključenost i društvena marginalizacija? Ova situacija me pokreće i suosjećam s ovom stvarnošću, unatoč činjenici da sam imao više sreće od većine. To govorim zato što sam bio državni službenik, pisac i sa svojim temeljima u obitelji s temeljima dobro učvršćenih etičkih, moralnih i ljudskih vrijednosti.

Trenutak kasnije napuštam knjigu o tužnoj priči sa sjeveroistoka i hrabro zapisujem bilješke iz prethodne avanture, koja je rezultirala knjigom "Suprotstavljene snage". Prilika me podsjeća na cijelo putovanje. Analizirajući to dobro, na kraju zaključujem da sam se još uvijek osjećao kao prije, kad sam bio samo običan sanjar. Čitajući i ponovno čitajući, osjećam i veće samopouzdanje koje se budi u mom unutarnjem biću. Bi li postojale granice za vidovnjaka? Vjerujem da su samo oni iz mašte. Dok je postojala trunka nade, nastavio bih se boriti za svoje ideale, a zatim bih ih širio svijetom. To je ono što sam namjeravao učiniti s "Mračna noć".

Nakon nekog vremena svoje rukopise odložim na sigurno mjesto, odlučim izaći iz kabine na neko vrijeme s namjerom da udahnem malo svježeg zraka. Izlazeći, ubrzavam tempo, prolazim kroz glavne dijelove broda. Na putu upoznajem neke ljude i pozdravljam ih na prijateljski način. Što misle o meni? Svakako, u ovom trenutku putovanja otkrili su da nisam bio tako normalan, jer sam imao definiranu etiku i vrijednosti koje su uvijek sa mnom (malo vjerojatno u većini njih). Osim toga, uvijek sam se trudio ostaviti dobar dojam. Polovično, nastavljam hodati, približavajući se kapetanu Jackstoneu i njegovoj kabini njegove supruge Elvire. Čujem neke sumnjive zvukove i približavam se da saznam što se događa, a da nisam indiskretan. Ostajem odškrinuta iza vrata i svjedočim sljedećem dijalogu:

"Jackstone, ljubavi moja, molim te da napustimo ovaj zalutali život i budemo samo normalna obitelj, jer ne mogu više podnijeti strah koji osjećam sa svakom bitkom s kojom se suočavamo. To sve više kondenzira vašu mračnu noć duše i čini je da još više potone. Učinite to za mene.

" Opusti se, ženo, još nisam osuđena. Obećavam ti da ćeš više razmišljati o našem slučaju kada se dočepamo blaga. To je jamstvo za bolji život naše obitelji.

" Da li još uvijek inzistiraš na toj iluziji? Ako kojim slučajem otok ne postoji? Zar to nije dovoljno novca koji smo uštedjeli u cijelom našem životu?

" Ne brinite. Instinkt mog gusara me uvjerava da smo na pravom putu. Nisam mogao odbiti ovu avanturu, jer ako pobijedim, to će me učiniti najvećim gusarom svih vremena.

" Ovaj tvoj ponos će nas uništiti. To je također uzrok svih vaših zločina.

Oboje naglo krenu prema vratima, a ja se odmaknem kako ne bi primijetili moju prisutnost. Znači li to da je pravi motiv za putovanje na izgubljeni otok skriveno blago? Kako to prije nisam vidio? Bez odgađanja odlučio sam se vratiti u svoju kabinu s namjerom da nacrtam nove planove za ostatak putovanja. Nakon što odlučim što ću učiniti, večerao bih i pokušao spavati nakon tako impresivne objave.

Oluja

Sunčeve zrake koje sjaje na mojoj kabini i morski povjetarac još jednom pobuđuju moja osjetila. Uz malo truda, otvorim oči pokušavajući pronaći na kojem sam mjestu i shvatiti da je već zasićeno mojim dodirom i da Renato još uvijek spava. Tada odlučim ustati i impuls me rastegne. Nakon toga sam otišao na jutarnju kupku. Dođem do odredišta, zatvorim vrata, skinem se i bacim malo hladne vode preko tijela. Kontakt me tjera da drhtim i odjednom strah preuzme moja osjetila. Što bi mi se dogodilo da kapetan sazna da znam istinu? Naravno, Renato i ja smo u velikoj gužvi. Razmišljajući više o toj činjenici, na kraju sam zaključio da bi najbolje bilo pretvarati se da ne znam činjenice. Nastavljam s kadom, ribam se i pokušavam se ne brinuti previše. Na kraju, nitko ništa ne sumnja u ovom trenutku. Opuštenije, vodim računa o završnoj obradi uklanjanja nečistoća iz tijela i duše. Kad sam potpuno čista, zgrabim ručnik, osušim se, obučem novu odjeću i izađem iz kupaonice. Izlazeći vidim Renata ispred vrata i jako sam sretan što je preuzeo inicijativu da se okupa. Pozdravljamo se prijateljski i odlazimo; Hodam na povratku u kolibu. S još nekoliko koraka dolazim do odredišta i sjednem na krevet radi brzog razmišljanja. U ovom trenutku moje misli su koncentrirane na ono što učiniti po dolasku na otok: bolje promatrati gusare kako napreduju u odnosu na mračnu noć duše i pomoći sudbini da me odvede na izgubljeni otok gdje bih možda mogao dobiti potrebne odgovore koji bi mi bili osnova za stvaranje velike priče. Je li moguće? To je upravo ono što sam želio otkriti. Prestanem se brinuti za budućnost, prođe neko vrijeme i konačno se Renato vrati iz kupaonice. Odlučili smo otići u kuhinju doručkovati. Užurbano, probijamo se za nekoliko trenutaka. Po dolasku sjedamo za stol s ostalim prisutnima. Koristimo priliku da pozdravimo sve na prijateljski način. Nešto kasnije Jerry dolazi da nam služi. Pokušavam razgovarati s kapetanom:

"Je li istina da smo blizu otoka, kapetane?

" Vrlo je vjerojatno da. Jeste li nestrpljivi da stignete tamo?

" Da, jesam. Moram obaviti svoju misiju što je prije moguće, imati predodžbu o tome što mi sudbina sprema. Kad smo već kod toga, kapetane, koji je vaš interes za otok?

" Već sam rekao, posao. Gusar mora odvagnuti sve mogućnosti.

Nakon što sam to rekao, primijetio sam kapetanovo problematično lice i odlučio ga više ne zabrinjavati. Koncentriram se na obrok i kad završim, pozdravim se s ostalima i krenem prema mostu u potrazi za preciznijim informacijama o blizini otoka. S tim ciljem brzo hodam i nakon sedam minuta dolazim tamo. Ležerno, ulazim i pozdravljam g. Josiasa, odgovornog da nas vodi kroz morski prijelaz. Počinjem razjašnjavati svoje sumnje.

G. Josias, možete li mi reći koliko će još trebati da stignem na izgubljeni otok?

" Otprilike tri dana, momče. Ali zašto takva tjeskoba? Imate li nešto važno za raditi tamo?

" Da. Saznat ću svoja ograničenja i tko zna pronaći svoju sudbinu. Mijenjajući temu, u posljednje vrijeme primijetio sam ocean pomalo nemiran. Koji je razlog za to?

" Upravo sam dobio upozorenje o oluji koja se brzo približava na ovom području. Najbolje što možemo je upozoriti sve i pripremiti se za najgore, jer mislim da je prekasno da promijenimo kurs.

" Što moram učiniti kako bih pomogao?

"Moliti i biti spreman izvući vodu iz broda, u slučaju da je to potrebno. Trebamo svačiju pomoć u tom kritičnom trenutku.

Opraštam se od Josiasa s namjerom da pronađem Renata i upozorim ga na opasnost. S ovim ciljem počinjem brže hodati kroz dijelove gutljaja, sa zabrinjavajućim preuzimanjem svog bića. Može li ovo biti naš kraj? Radije ne bih vjerovao u to, unatoč najavljenoj tragediji. Usput upoznajem nekoliko ljudi i dajem signal upozorenja. Nastavljam tražiti Renata, ali ga ne mogu naći. Kao posljednje sredstvo, odlučio sam se vratiti u svoju kabinu. Kad sam napokon stigao tamo, iznenadio sam se kad sam pronašao nestalog koji je brzo zaspao na krevetu i osjećam više olakšanja. Odlučio sam ga probuditi i reći mu svu istinu, jer nije bilo druge opcije. Radeći to, on se uplaši, ali ja ga tješim govoreći da će sve biti u redu. Grlili smo se i molili u nadi za spasenje. U određenom trenutku brod se počinje puno ljuljati, ostajemo mirni, unatoč svemu i ja donosim odluku. Oprostio sam se od Renata i izašao biti na raspolaganju svojim suputnicima. Htio sam pomoći na najbolji mogući način.

Kad sam napustio kabinu, moj prvi dojam je da se brod uskoro prevrće, takva je snaga vjetrova i visina valova. S puno hrabrosti i vjere hodam prema mostu, dobivam upute i dobivam novosti o stvarnoj situaciji. Usput upoznajem ljude potpuno očajne i svaki se drži svoje vjere u nadi da će preživjeti. U ovom trenutku, sjećam se svog odredišta i mislim da nije pošteno da završi tako prerano. Na kraju, imao sam mnogo toga za doživjeti, živjeti i mnoge priče za ispričati. Što bi svijet bio bez vidovnjaka? Sigurno nije isto. Uzvikom sam prijetio ljutitoj prirodi, ali čini se nesvjesno što misli i želi. U svakom trenutku koji je prolazio, kraj se činio bližim. Nastavljam dalje usred oluje i posljednjim naporom dolazim do mosta i vidim nesmotrenu borbu između g. Josiasa i kapetana Jackstonea protiv vremena i elemenata.

Malo kasnije, neka vrsta ciklona se razvija u našoj blizini i svi gube nadu. Bez ikakve druge opcije, kapetan naređuje svima da odu u svoje kabine i čekaju kraj. Odbijam poslušati tu zapovijed i donijeti iznenadnu odluku: htio sam se boriti protiv oluje koristeći učenja svog gospodara i potpomognut svetim malim medaljonom. Imajući to na umu, približavam se strani broda i zaranjam u mutne vode Atlantskog oceana. Skupljajući snagu i hrabrost koja nikad prije nije viđena, približavam se sredini ciklona. Već sam blizu, progutao sam malo vode zbog divovskih valova, ali čak ni to me ne tjera da odustanem. Sjećam se tada specifičnih učenja hinduista i ispravnog načina meditacije. Slijedeći sve potrebne korake, počinjem plutati iznad vode. S velikom koncentracijom počinjem gubiti savjesnost i tako se vizije počinju pojavljivati. Jedan od njih je vrlo jasan i odlučio sam se usredotočiti na njega. "Ja sam iznad mora, stojim, a s moje desne strane pojavljuje se zasljepljujuće svjetlo koje postaje anđeo svjetla. S moje lijeve strane izlazi mračna noć duše i iz nje izlazi anđeo, na čijem je licu napisano: "Smrt". U trenu počinje bitka između njih dvoje, uzrokujući da se mračna noć kondenzira oko mene, a ista se bori sa svjetlom. Neko vrijeme mentalno putujem kroz cijelu svoju povijest. Vidim "krizu", "ohrabrenje", "suprotstavljene snage", pa čak i vlastite "Traume". Pokušavam se osloboditi svakog od njih, ali proces je sam po sebi vrlo bolan. Iz tog razloga, na trenutak, anđeo smrti ruši anđela svjetla i osjećam se krivim zbog toga. Nakon toga, šatorom se opravdavam činjenicom da sam tada bio samo dijete i da nisam odgovoran za ozbiljnost svojih postupaka. Zbog toga se osjećam manje krivim, uzrokujući da se anđeo svjetla oporavi u borbi. Međutim, tama se ponovno kondenzira, pripremajući protunapad. U trenu sam prisiljen ponovno putovati u svojim mislima, zadana vremena prestaju upravo u mojoj "Mračnoj noći duše". Prisjećam se svojih "pogrešaka", svojih "sumnji" i svojih "strahova" i unutarnjeg glasa koji potvrđuje da sam zaista kriv. Time anđeo tame ponovno ruši anđela svjetla. Naljutim se na tu situaciju i proglasim se nevinim. Ova moja akcija, čini anđela svjetla da ustane i uravnoteži borbu. Međutim, proces mračne noći i dalje mi smeta um i ne mogu ga se u potpunosti riješiti, sve dok se ne dogodi nešto neočekivano: Svjetlo proizlazi iz malog medaljona koji sam nosio na vratu i prodire u mračnu noć. Odmah dolazi do velike eksplozije i anđeo smrti nestaje. Anđeo svjetla se oprašta i vizija završava. Opet oporavljam savjesnost.

Kad otvorim oči, primijetim da sam siguran u kabini i da su svi oko mene. Što se dogodilo? Nisam mogao ništa razumjeti.

Možete li mi objasniti što sve ovo znači, kapetane Jackstone?

" Ciklon je promijenio smjer i čudom nije stigao do nas. Onda vas je jedan od ljudi vidio kako se utapate i spasio vas. Što ste dovraga radili tamo?

" Pokušavao sam spasiti sve, jer je moja odgovornost da se brinem o svima vama.

"Svaki je odgovoran za sebe u avanturi na moru. Zabranjeno ti je raditi još gluposti, razumiješ li? Elvira će se brinuti o tebi ostatak dana dok se ne oporaviš. Budite odgovorni! " razmišlja Jackstone.

Trebao si ostati sa mnom, ovdje u kolibi. Zapamtite da moramo obaviti misiju. " kritizira Renata.

" Svi, izađite da se može odmoriti. Učinit ću što je Jackstone naredio. " rekla je Elvira.

Svi su se oprostili od mene, želeći mi sve najbolje. Zahvaljujem svima, posebno Elviri koja se htjela brinuti o meni. Dok ona to radi, ja koristim priliku da razgovaram s njom, skidajući malo težine s grudi. Ovim tempom, vrijeme je prolazilo i dan je završio. Kad je otišla, idem spavati i dalje se oporavljam.

Sukob

Svitanje drugog dana počinje buditi moja osjetila i počinjem lijeno pomicati svoje tijelo. Uz malo truda otvaram oči i pokušavam ustati još uvijek osjećam posljedice prethodnog dana. Što se događalo s mojim tijelom? Je li moguće da se nisam potpuno oporavila? Inzistiram na ustajanju, a drugi napor završava davanjem rezultata. Već stojeći, testiram svoje fizičke mogućnosti i shvaćam da još uvijek nisam 100% (sto posto).

Na bilo koji način, ono što je bilo važno je da ja i posada budemo zdravi i sigurni. Nekoliko trenutaka kasnije, izgledam bolje u kabini i shvaćam odsutnost Renata. Gdje je bio taj mali dječak? Obično bi u ovo vrijeme spavao, ali ne ovaj put. Bez odgovora, odlučujem se za jutarnju kupku. Imajući to na umu, prešao sam udaljenost u kratkom vremenu i kad sam stigao tamo, primijetio sam da su vrata kupke bila zaključana. Mislim da neko vrijeme i razbijem enigmu. Znači li to da je Renato stvarno spreman? Bilo je to veliko čudo koje se nije dogodilo od posljednje avanture. Čak i ne vjerujući, čekam nekoliko trenutaka dok konačno ne izađe iz kupaonice.

Pozdravljamo se prijateljski i pitam zašto promjena. On jednostavno odgovara da će biti težak dan i da je potrebno uživati u njemu od početka. Ostao sam bez riječi, a on se vratio u kabinu. Što mu se zapravo dogodilo? Koliko ja znam, jedini vidovnjak u priči sam bio ja. Zaboravio sam na trenutak Renatov stav i otišao u kupaonicu. Zatvorite vrata, počnite se skidati i moja golotinja nije izazvala toliko neugodnosti kao kad sam imala petnaest godina. U to sam vrijeme imao uski um i sve neobično predstavljalo je "grijeh". Ali s vremenom sam prevladao tu ideju i shvatio da se grijeh dogodio samo kada smo učinkovito naštetili drugima ili sebi. Nastavljam ritual kupanja i počinjem osjećati osjećaj slobode, uzrokovan novim mentalitetom. Ovo je putovalo kroz moju povijest. Tko sam bio u tom trenutku?

Razmišljajući malo o tome, zaključujem da sam bio čovjek kojeg su zaista promijenile posebne moći špilje, svjesnije njezinih vrijednosti, etike i ciljeva. Osim toga, bio sam čovjek spreman riskirati sve u korist znanja, uključujući i vlastiti život. Malo vjerojatno prije, bio sam siguran u ono što želim i točno sam znao svoje mogućnosti za pobjedu. Jesu li te šanse bile malobrojne? Da, ali vjera i nada prošlosti uvijek su bili sa mnom i morao sam saznati je li to dovoljno za uspjeh.

Nešto kasnije, i skrenem pozornost na kadu i u ovoj vježbi ribam se i pokušavam potpuno ukloniti nečistoće tijela i duše, ali to postaje prilično težak zadatak, jer se još nisam oporavio od traume koja je bila moja "Mračna noć duše". Sve što sam prošao i bol koju sam uzrokovao su me još uvijek progonili. Krivnja je bila toliko da sam mnogo puta imao noćne more sa svim situacijama. Kako ga se riješiti? Još uvijek nisam imao pojma, ali sam se nadao da će otok sve to riješiti. Moja karijera i moja budućnost kao vidovnjaka ovisile su o tome. Bacam puno vode preko tijela, stavljam sapun i ponovno bacam vodu preko tijela. To donosi osjećaj čistoće i vraća sjećanje na put svjetlosti, zajedno sa svojim poricanjima i izborima. Razmišljajući o tome, zaključujem da, da ovaj put ne koračam putem istine i integriteta, ne bih mogao proći test špilje i ne bih postao vidovnjak. Međutim, u ovom trenutku, morao sam malo zaboraviti na taj put i uroniti u trag "Tame" kako bih pronašao odgovore na svoje najdublje tjeskobe. Nakon što se misija ostvari, postat ću ista kao i prije i tražit ću nove avanture s namjerom da se još više razvijam.

Kad sam potpuno čista, završim kadu, uzmem ručnik i osušim se. Obučem se, napustim kupaonicu i odem u svoju kabinu. S još nekoliko koraka stigao sam tamo i upoznao Renata. Odlučili smo otići u kuhinju jesti i za neko vrijeme smo bili tamo. Sjeli smo za stol i poslužio nas je Jerry. U ovom trenutku jedini prisutni bili smo mi i kapetan Jackstone. On započinje razgovor.

Osjećaš li se bolje, Aldivan?

" Dobro sam, hvala. Spreman sam za još jednu. Mijenjaš temu, imaš li vijesti o otoku?

" Vrlo smo blizu toga. Za dva dana stići ćemo tamo. Jeste li mentalno spremni? Kažu da je mjesto sveto.

" Već sam posjetio mnoga sveta mjesta, među kojima je i planina Ororubá. Trenuci koje sam tamo proveo natjerali su me da evoluiram moralno i duhovno. Nadam se da ću imati sreće na otoku kao što sam bio u planini.

" Živim u planini i zbog toga sam navikao na sveta mjesta. Ponosan sam što sam glavni pomoćnik vidovnjaka. " rekao je Renato.

"Nakon ovog kratkog zajedničkog života, zaključio sam da ste nevjerojatni momci. Da si se prije pojavio u mom životu, možda bih se mogao osloboditi mračne noći. U svakom slučaju, hvala na brizi. " rekao je Jackstone.

" Riječ nemoguće ne postoji u mom rječniku. Uvijek vjerujem u ljude, iako se ponekad razočaram. Ali znaj da ako se pokaješ, još uvijek ima nade.

" Ja činim vidovnjakove riječi mojim. " potvrđuje Renato.

" "Pokajanje" nije najprikladnija riječ za moje duhovno stanje. Recimo da želim početi ispočetka, ali prije toga moram se ostvariti kao gusar. Samo tako ću moći ići naprijed i okrenuti stranicu.

" Vidim poantu. Nadam se da će na kraju sve biti riješeno. "Rekao sam.

" Mi smo s vama, kapetane. " rekao je Renato.

Kapetan nas grli i prekrasan trenutak je prekinut dok ostali članovi posade stižu. Pozdravili smo ih i sjeli su za stol. Jerry ih počinje posluživati dok ja i Renato pokušavamo završiti obrok. Kad završimo, pozivam Renata da se vrati u kolibu, on prihvati i počnemo hodati. Za nekoliko minuta stižemo na odredište, zatvorimo vrata i počnem razgovarati s Renatom.

" Jesi li vidio, Renato? Izgleda da se kapetan mijenja. Ono malo slobodnog vremena ne radi, kada želimo pomoći.

" Nemojte se previše zavaravati. Kapetan je osoba koja se ne može potpuno odvojiti od svojih loših navika. Gospođa čuvarica me upozorila na to.

"Pa, međutim, on je već prepoznao svoje pogreške i to je već dobar početak. Nadam se da će jednog dana potpuno ozdraviti.

" Pričekajmo još malo da ne žurimo sa zaključcima.

"Mijenjajući temu, Renato, koje ti je druge preporuke dama čuvarica prenijela u odnosu na otok?

" Govorila je o opasnostima i izazovima s kojima ćemo se suočiti i prevladati. Osim toga, preporučila je da obratimo pažnju na bilo koju pjesmu koju nam je dala sudbina.

" Razumijem. Mislim da ćemo saznati o detaljima tek kad stignemo tamo.

Usred razgovora čuli smo sekvence pucnjeva iz pištolja i bacili smo se na pod radi zaštite. Čuli smo povike i jedan od njih je vrlo jasan: Francuzi! Trenutak kasnije, netko je pokucao na vrata i jedan od ljudi kapetana Jackstonea mi je dao pušku, rekavši:

"Pomozite nam da obranimo brod od osvajača.

Došao sam poništiti, jer nisam znao kako se nositi s takvim oružjem i nisam si pao na pamet da povrijedim nekoga s njim, čak ni neprijatelja. Unatoč tome, stavio sam se na raspolaganje da pomognem, uputio sam Renata i pratim čovjeka koji me došao nazvati. Izlazeći, počinjem vidjeti scenu rata, samo viđenu u filmovima s kanonima na brodu koji su ispaljeni u bitci. Prave ogromne šiške i pitam se kako mogu pomoći u ovoj situaciji. Nakon tog trenutka, borba prsa o prsa počinje s nekim neprijateljima koji dolaze na naš brod jedan od njih mi prilazi i pokušava povrijediti svojim mačem. Uspijevam izbjeći njegove udarce i baciti ga u more. Međutim, jedan od naših suputnika nije bio te sreće i bio je ozbiljno ozlijeđen. Pun solidarnosti, odvlačim ga na sigurno mjesto i vraćam se borbi. Stvarna situacija pokazuje da smo brojčano nadjačani, ali hrabrost kapetana Jackstonea i njegovih ljudi može odgovoriti na visinu napada. Što se mene tiče, pokušavam pomoći među svim tim divljaštvom. Što je značilo ta borba? Isti koji je potaknuo dva prva svjetska rata: ambicija i zavist moćnika.

Usred previranja počinjem plakati i moliti se za kraj tog masakra, inače će mnogi životi biti izgubljeni. Čini se da ova moja akcija nema nikakvog učinka, jer borba se nastavlja. U određenom trenutku, neprijatelj mi prilazi držeći vatreno oružje i puca u mom smjeru. Pokušao sam pobjeći, ali bilo je prekasno. Dobio sam udarac. Svijet se počinje okretati i nešto kasnije tama me obuzima. Odmah me prevoze u udaljene i nepoznate svjetove i prostore. Na ekranu mog uma pojavljuju se "Suprotstavljene sile" i "Mračna noć duše". Odlučio sam im se približiti i susret dviju strana izaziva loš osjećaj u meni. Što se događalo? Osjećala sam se izgubljeno i dezorijentirano. Ubrzo nakon toga, dva anđela mi prilaze i raspituju se o mojoj sudbini. Vrtoglavica, ne znam kako se ponašati i instinktom odgovaram da sam uvijek bio dobar. Kao odgovor, grle me i odlaze u svijet duhova, unatoč tome što je "Mračna noć duše" preuzela moje vlasništvo. Vidjevši nove svjetove, osjećam kako je kratak i osrednji život u usporedbi s nebeskim rajima. Tamo vidim dobro organiziranu strukturu u korist savršenog reda našeg malog svijeta i imam zadovoljstvo upoznati duhove mnogih sretne i mirne braće. U ovom trenutku primjećujem poseban sjaj koji posjeduju i shvaćam koliko je dobar bio izbor svjetla. Malo dalje, približavamo se Stvoritelju, ali prije nego što uđemo u njegovo sveto svetište anđeli prestaju, slušajući tajanstveni glas. To objavljuje da moje vrijeme još nije došlo. Tako me jedan od njih uzme za ruku i vrati se za nekoliko sekundi. Uzimajući posrednički prostor između neba i zemlje, on me ostavlja. Tamo mogu slušati meki glas koji me zove izdaleka. Koncentriram se na taj glas i malo po malo postaje jasnije. Kako vrijeme prolazi, prostor u kojem sam ja nestaje i vraćam savjesnost. Otvarajući oči, primijetio sam da više nisam na brodu već u malom čamcu s petnaestak ljudi. Uz mene su Renato i Elvira. Pokušavam započeti razgovor da raščistim svoje sumnje.

"Što se dogodilo? Što sve ovo znači?

" Onesvijestili ste se jer ste ozlijeđeni okrznuti metkom jednog od naših neprijatelja. Nakon toga su nas uspjeli potopiti, ali na kraju smo ih sve završili. Svi koji su ovdje su preživjeli. " rekao je kapetan.

" Opustite se. Sve će biti u redu. " potvrđuje Elvira.

Važno je da smo živi i sigurni. " ponavlja Renato.

Kako će sve biti u redu? Usred smo ogromnog oceana u vrlo krhkom čamcu. Cool analiza, kaže da nas samo čudo sada može spasiti.

" Opustite se, vidovnjak. Jeste li zaboravili učenja naših gospodara? Dok ima života, ima i nade. " prisjeća se Renato.

Renatova vjera me dirnula i zagrlila sam ga. Primjećujem da je bio moj uzorni suputnik na ovom ludom putovanju i osjećam se krivim što sam ga odveo u krajnost. U svakom slučaju, nismo mogli promijeniti prošlost. Razmišljajući o tome, zaboravili smo našu trenutnu situaciju i pustili da nas brod ljulja s jedne na drugu stranu. Što sudbina sprema? Nastavite pratiti, čitatelju.

Dan bez nade

Još jednom, sunčeve zrake zagrijavaju atmosferu, dodiruju naša lica i bude nas iz laganog sna. Uz malo truda, otvorim oči i shvatim da je sve to istina i malo paničarim. Što sada učiniti? S namjerom da podignem raspoloženje, prisjećam se svih prepreka i poteškoća s kojima sam se suočio u životu, ali bezuspješno, jer ništa se ne može usporediti s gubitkom usred oceana, oslanjajući se na krhki brod. Razmišljajući malo više o tome, na kraju zaključim da je bolje suočiti se s problemima koji bježe od njih.

S ovim novim mentalnim sklopom komuniciram s ostalima, malo razgovaram i kad me pozovu na kupanje u more, prihvaćam, unatoč činjenici da sam imao malo iskustva u vodi. Pokušavam plitko roniti, imam poteškoća s plivanjem, ali pomaže mi Jackstone. Pratim njegove lekcije i uskoro ću se moći bolje nositi sa svojim poteškoćama. Nakon toga koristim priliku da doživim slobodu koja nikada prije nije viđena i dajem si potpuno, događa se nešto prirodno: poput rijeke, koja teče potpuno povezana s mojom sudbinom. Ostajem dugo u ovoj situaciji jer nisam imao što drugo raditi.

Kad plivanje završi, vraćam se na krhki brod i zajedno s preživjelima improvizirali smo posljednji obrok. Iskoristili smo priliku da dobro jedemo, jer nismo znali kada to možemo ponoviti. Kad završim s jelom, legnem neko vrijeme kako bih uštedio energiju i Renato sjeda uz mene. Malo razgovaramo i prvo pitanje koje postavi je kako se osjećam. U odgovoru kažem da se osjećam dobro, koliko god je to moguće, i da sam bio spreman za zamke sudbine. U ovom trenutku sam iznenađen vlastitim izjavama jer smo bili u situaciji neposredne opasnosti.

Je li moguće da sam se mogao suočiti sa sudbinom? A ako je ukazivao na neočekivani smjer? Pokušavam ne razmišljati o tome i skorom neuspjehu. Govoreći o neuspjehu, to me tjera na razmišljanje o tri amblematska vrata s kojima sam se morao suočiti u špilji prije godinu dana. Predstavljali su sreću, neuspjeh i strah. Tom prilikom, izabrao sam sreću, i odbacio ostale, što bi me sigurno dovelo do neuspjeha. Da bih ponovio formulu uspjeha, morao sam naučiti kontrolirati strah, koji je u ovom trenutku postajao zastrašujući.

Pokušavajući sačuvati svoje šanse za pobjedu, koncentriram se na svoje unutarnje biće i pokušavam zaboraviti na tjeskobe i neizvjesnosti. Zbog toga se osjećam dobro i postajem samopouzdaniji. Osvježen, ustajem i odlazim na stranu broda kako bih se divio prirodnom okruženju i vidim približavanje suputniku borbe: Deborah. Sve bliže, započinje razgovor:

Kapetan Jackstone je rekao da smo vrlo blizu otoka i uz malo sreće stići ćemo tamo živi i zdravi.

" Volio bih da stignemo tamo. Od toga ovisi moja budućnost i moja karijera. Želim apsorbirati znanje o mračnoj noći i tko zna biti u stanju razumjeti što se događalo sa mnom prije dvije godine.

" Mračna noć duše? Nikad nisi razgovarao sa mnom o tome. Što to znači?

"Mračna noć duše događa se kada se odvojimo od Boga i svetog i jedinog razmišljanja u našim taštinama i sebičnosti. Svi, nužno, prolaze kroz ovo u životu, čak i veliki sveci. Moja mračna noć je bila privremena, ali je ostavila ožiljke koji i danas bole. Iz tog razloga, ova moja potraga i želim je riješiti da nastavim u miru.

" Iz vaše definicije mogu pretpostaviti da sam i ja prošao mračnu noć. Bilo je to u mojoj adolescenciji. Bio sam buntovni mladić koji ni po kojem obliku nije slušao savjete mojih roditelja. Zbog toga sam mnogo puta pogriješio. Dok se nešto nije promijenilo i otišao sam na novi tečaj. Danas sam sretan, unatoč tome što sam izgubio oca u tragediji.

" Vaš slučaj, Deborah, može se smatrati jednostavnim za razliku od mnogih koji ostaju u svojim pogreškama, potpuno tonući u mračnu noć. Jer ovo spasenje postaje teško, osim ako se ne dogodi čudo. To je slučaj kapetana Jackstonea, na primjer, koji je od struke napravio svojevrsno zadovoljstvo.

"Želite li reći da nema nade za one koji previše griješe?

" U ovom trenutku ne znam kako odgovoriti, jer misterij mračne noći je previše dubok. Još uvijek moram puno više evoluirati kako bih došao do točke da mogu razumjeti ovu stvar. Zbog toga sam krenuo na ovaj nepoznati otok. Tamo se nadam da ću pronaći potrebne odgovore.

" Želim vam sreću u vašoj potrazi. Iz znatiželje, koji je tvoj pravi posao?

" Hvala vam. Radim kao asistent administracije i ambiciozni sam pisac. Svojim talentom želim doprinijeti boljem svijetu.

"U redu. Razgovarat ćemo kasnije. Bok.

Nakon što se oprostila, Deborah je otišla razgovarati s kapetanom dok razmišljam o svom životu i svojim ciljevima. U ovom trenutku, sumnje počinju glodati moja osjetila i pitam se je li vrijedilo toliko riskirati. Na kraju sam odustao od svoje voljene matematike i mirnog života u potrazi za snom koji se u početku činio nemogućim. Na tom putu popeo sam se na svetu planinu, došao do vrha, upoznao čuvaricu, ostvario izazove i ušao u špilju koja je bila najopasnija na svijetu. U njemu sam izbjegavao zamke, prolazio scenarije i na kraju sam imao pristup tajnoj komori, gdje sam postao moćan vidovnjak. Nakon što sam postao uspješan, putovao sam kroz vrijeme i ponovno ujedinio suprotstavljene snage. I to je bio samo početak fantastičnog pothvata. Godinu dana kasnije, vratio sam se na planinu, proučavao kardinalne grijehe i dali su mi znanje o manje gustoj strani Mračne noći. Ali još uvijek nisam bio spreman i najmanje zadovoljan. U očajničkoj provizornosti pronalaženja odgovora, započeo sam putovanje s izgubljenim otokom kao odredištem. Na putu sam se ukrcao na gusarski brod i prvi put sam došao u kontakt s najgušćom stranom noći. Sve što sam do sada proživio pokazalo je koliko sam loše pripremljen da se suočim s Mračnom noći.

Ali bilo je potrebno održati plamen nade i vjere gori jer se sve može dogoditi, iako smo praktički doživjeli brodolom u malom čamcu.

Ubrzo nakon toga zaboravljam brige i gledam brod kako plovi, što bi nas ostatak dana ljuljalo s jedne na drugu stranu. Unatoč našim naporima, nije bilo ni traga tako željenom otoku.

Konačno, svjetlo

Dan svane i sunčeva vrućina grije moje lice, budi moja osjetila. Onda otvorim oči, ustanem, istegnem se i gledam drugoga oko sebe. Neki su se već probudili i službeno ih pozdravljam. Nakon toga odlučim zaroniti u ocean kako bih se zabavio. Ronjenjem i dolaskom u kontakt s vodom postajem pokorniji i zbunjeniji svojim sumnjama. Što će biti od nas? Oko dvadeset i četiri sata nismo ništa jeli ni pili. Osim toga, svi znakovi ukazuju da smo se izgubili u širenju oceana. Pa, u svakom slučaju, nije bilo vrijeme za očaj i samo za novo planiranje s konačnim ciljem dolaska na otok. Kad god postignemo konsenzus, imali bismo u svojim rukama ključ uspjeha.

Nastavljam se kupati i kad se osjećam potpuno čisto, vraćam se na brod. Kad stignem tamo, Renato mi prilazi i traži nasamo razgovor. Pristupio sam njegovom zahtjevu, pobjegli smo od ostalih i počeli razgovarati.

" Imam velike nade da ću stići tamo gdje namjeravamo. Imam jake razloge da vjerujem u to, uključujući i san koji sam imao jučer.

" I ja imam nade, ali za razliku od tebe nisam imao pojma o sudbini. Ali, pričaj mi o svom snu.

" Sanjao sam da smo stigli na otok, bavili se avanturama i na kraju smo pobijedili. Nakon toga smo se razdvojili, ali obećali jedno drugome da ćemo uvijek biti zajedno, čak i ako smo daleko.

" Volio bih da se san ostvari. Moram doći na otok suočiti se sa svojom sudbinom i otkriti tajne mračne noći duše. Samo tako ću moći postati autor nezaboravne priče za mnoga srca.

" Važno je da ne zaboravimo savjet dame čuvarice i hinduista. Oni su bitni ako bismo imali stvarne šanse za pobjedu.

" Uvijek sam slijedio upute svojih gospodara od prvog uspona na planinu. Na otoku neće biti drugačije.

" Ja ću biti uz vas, pomažući najbolje moguće kao što sam učinio u suprotstavljenim snagama.

" Hvala vam. Dobro je imati nekoga spremnog pomoći.

Nakon što sam to rekao, opraštam se i odmičem od Renata, kako bih malo razmislio o ogromnom kotaču koji je moj život postao. Gdje bih mogao doći sa svojim pretragama? U ovom trenutku nisam mogao ni zamisliti. Jedino u što sam bio siguran je da sam spreman nastaviti s putovanjem vidovnjaka. Putovanje koje je započelo u knjizi suprotstavljenih sila, a sada sam namjeravao nastaviti s mračnom noći duše. Zbog toga bih morao nastaviti putem tame, opasnom stranom znanja, koja bi mogla dovesti do ludila ili čak vlastite smrti ako prenapregnem svoje granice. Sreća mi je bila da su mi noge čvrsto na zemlji i dovoljno sam ponizan da prepoznam da nisam ni izdaleka božanstvo i stoga sam morao biti svjestan životnih opasnosti. Iako sam morao malo krenuti naprijed cilj spasiti svoju priču. Nositi se s tim antagonizmom bilo je nešto što moram naučiti.

Nešto kasnije, stavio sam svoje brige po strani i usredotočio se na svoj put. Razmišljajući o tome, dolazim do zaključka da je mračna noć nešto što treba otkriti i bio sam spreman upotrijebiti sva raspoloživa sredstva da je razumijem. Jedna od opcija je bila da se približim kapetanu Jackstoneu i pokušam shvatiti što je skriveno u njegovom unutarnjem biću. Imajući to na umu, prilazim mu i koristim priliku da ga pozovem na brzi razgovor. Reagira sumnjivo, ali nakon kratkog razmišljanja odlučuje prihvatiti poziv. Onda smo otišli od ostalih i ja sam započeo dijalog:

" Vaš slučaj me intrigira, kapetane. Možete li objasniti kako ste u stanju, nakon potonuća u mračnu noć duše, i dalje održavati dobre osjećaje poput velikodušnosti i ljubaznosti?

Činjenica da činim zločine i živim u mračnoj noći ne čini me manjim čovjekom. Kao i svi drugi, imam svoje tjeskobe, patnje i iluzije. Živim s tim svaki dan i ne sramim se toga.

"Zašto se onda ne uvjeriš da duboko u sebi ima dobrote i odeš jednom zauvijek u ovaj zalutali život?

Zato što nije tako lako kao što se čini i prvo moram riješiti svoju priču kao kapetan. Vidiš li sve te ljude koji su preživjeli tragediju? Sve ovisi izravno ili neizravno od mog novca i stoga ih moram voditi kroz život prije nego što mogu napustiti svoj sadašnji životni stil.

" Osjećate li krivnju za sve što ste učinili?

" Prije mi nije bilo žao zbog nečega što radim. Ako sam pogriješio, sam svemir će poslati račun na kraju. Nadalje, nisam jedan od onih koji traže oprost, ali se divim Božjoj pravdi.

" A čovjekova pravda, vjerujete li u nju?

" Ne, jer pravdu donose pogrešni i korumpirani ljudi. U ovoj zemlji, obično, sve što trebate je dobar odvjetnik i biti prvi prijestupnik koji će imati pristup brojnim pogodnostima. Na kraju, nekažnjavanje prevladava i društvo stvara više nasilja.

"A što očekujete od budućnosti?

" Sredi se i imam normalan život kao i svaka druga osoba. Nakon toga, podmirite moje račune sa Stvoriteljem i živite sretno u vječnosti ako to zaslužujem. Na kraju, to je ono što svi tražimo, zar ne?

"U mom slučaju tražim ispunjenje svoje profesije i s njom činim da mnoga srca sanjaju. Bio bih sretan kad bi barem jedna osoba pročitala moje spise i naučila nešto dobro od njih. Hvala vam puno na intervjuu.

Opraštam se od kapetana Jackstonea s ciljem da probavim sve što mi je rekao. Nakon brzog razmišljanja, dolazim do zaključka da njegova otkrića pokazuju da je um onih koji su duboko proživjeli mračnu noć bio zbunjeniji nego što sam zamišljao, izmjenjujući se između dobrih i zlih osjećaja kao i bilo koje drugo ljudsko biće. Je li moguće da se svi kriminalci ponašaju na isti način? S informacijama koje sam do sada prikupio nisam mogao ništa konkretno iznijeti, jer svakako svaki slučaj predstavlja osobitosti i mogao sam zauzeti stav o toj temi tek kad sam se više razvijao. Ono što smo mogli izvući iz toga je da se u kapetanovom slučaju, generalizirajući, neki kriminalci nisu osjećali ugodno u takvom položaju. I to je već bio dobar početak za možda promjenu u životu.

To je upravo ono što sam učinio. Povratio sam svoja osjetila, platio cijenu za svoje greške i nastavio sa svojim životom. Unatoč tome, sumnja je ostala uzrokujući nedostatak razumijevanja o mračnoj noći, ali to me nije spriječilo da steknem dovoljno hrabrosti da se otvorim djelovanju svjetla i tražim više informacija. To me učinilo čovjekom kakav sam danas, spreman za tešku, nepredvidivu i tjeskobnu avanturu, ali pun emocija koje me vode da budem u čamcu i sanjam o boljim danima na svetom otoku. Vrijeme prolazi, a popodne prolazi. Nastavljamo ploviti bez zadanog kursa. Cijelo vrijeme su mi oči fiksirane na otvorenom horizontu tražeći znak, pun očekivanja, tjeskobe, briga i sumnji. Je li moguće da bih stvarno mogao ostvariti sve svoje snove i tko zna da me uopće hvale? Razmišljajući o tome, na trenutak se prisjećam špilje i svih blagodati koje sam iz nje proizveo. Do tog trenutka bio sam jedini sanjar koji je preživio njegovu vatru i ispričao svoje uspješno putovanje. Uspomenama na špilju prisjećam se i teškoća tog vremena i njezine važnosti u mojoj moralnoj i duhovnoj evoluciji. Razmišljam malo više o tome i zahvaljujem sudbini na prilici koju sam imao, čineći me odlučnijim u svojim projektima, kao i više vjere, nade, mira i samopouzdanja toliko potrebnog za nastavak napretka. Trenutak kasnije, podižem misli, padam u trans, ali odmah sam izašao iz toga zbog oštre buke. Promatrajući situaciju koja je uzrokovala moju distrakciju, vidim nervoznog kapetana, kako pokazuje na kopnenu masu okruženu morem. U tom trenutku osjetio sam veliki šok koji se gotovo onesvijestio. Može li to biti izgubljeni otok?

Otok

Bacamo sidro i odmah smo svi (posada broda) otplivali prema tajanstvenoj zemlji kako bismo potvrdili svoje sumnje. Brzim i sigurnim potezima prešli smo udaljenost koja nas je dijelila od odredišta za manje od deset minuta. Kad smo stigli do čvrstog kopna, kapetan me pozvao da mu se pridružim u izviđačkoj ekspediciji teritorija. Pun znatiželje prihvaćam poziv i odlazimo. Tražili smo najbližu stazu i kad smo je pronašli, krenuli smo njome. Naš glavni cilj je tražiti znakove identifikacije i pronaći hranu i drva za loženje vatre. Hodali smo dosta dugo dok nismo došli do čistine. Ušli smo u nju i za sreću pronašli smo dovoljno voća da nahranimo cijeli svijet. Ubrali smo ga i nastavili hodati.

Naš stalni tempo brzo nas vodi u sve kutke otoka. Djelujemo s oprezom kako se ne bismo izgubili i ne upali u zamku, jer smo koračali nepoznatim terenom. Imajući to na umu, nastavljamo hodati bez većih nezgoda i u određenom trenutku pronašli smo srušena stabla na tlu. Iskoristili smo priliku da prikupimo dovoljno drva da vatra traje cijelu noć. Nakon toga, nakon što smo obavili početnu misiju, vratili smo se na plažu, unatoč želji da nastavimo s razotkrivanjem meandra otoka. Ali bližila se noć. Na povratku, kapetan ima kratak razgovor sa mnom i odlučuje staviti karte na stol o svojim stvarnim namjerama. Pretvaram se da sam iznenađen i odbijam njegov poziv u potragu za blagom. On razumije moju stranu i ne inzistira. Dogovorili smo se da ćemo se ponovno sresti nakon naših avantura. Nakon postavljanja ovog važnog detalja, ubrzavamo tempo i konačno nešto kasnije stižemo na odredište. Ostali smo dobrodošli.

Nakon nekog vremena padne noć, zapali se vatra i posluži se voće koje smo pronašli u šumi. To ublažava našu mučnu glad. Nakon jela, dogovorio sam se s Renatom da sljedeći dan krenemo u potragu za svećenicom, jer me čekala mračna noć, spremna da se otkrije. I dok smo čekali taj trenutak, počeli smo obraćati pažnju na kapetana Jackstonea, koji se spremao ispričati horor priče o tlu kojim smo koračali.

" Nekada davno na sjeveru Australije živio je sanjar koji se zvao Josip. Njegova ambicija bila je upoznati misterije oba svijeta i nakon putovanja oko svijeta prodavati te informacije. U toj potrazi jednog je dana čuo za izgubljeni otok, za njegov Eldorado i čarobna svojstva obojice. Bez razmišljanja je odlučio riskirati i otputovati na otok. Ukrcao se na brod i tijekom osam dana putovao morima suočavajući se sa svim vrstama nedaća, i konačno stigao do željenog odredišta. Po dolasku mu je prišao stranac koji mu je obećao pomoći na putu. Prihvatio je pomoć i uz njezinu pomoć suočio se s nizom testova i prošao svaki od njih. Time je dobio dopuštenje da uđe u Eldorado, vrata koja zatvaraju oba svijeta. Međutim, nije bio upozoren na opasnosti koje će se dogoditi. Unutar Eldorada njegova strategija nije uspjela, a neuspjeh ga je prisilio da bude podvrgnut duhovnom mučenju toliko velikom da je potpuno izgubio razum. Nikada nije pronašao izlaz iz mjesta i na kraju je tamo umro. Nakon njegove smrti, postao je Eldorado duh i njegov sadašnji cilj je uzrokovati gubitak duše koja se usuđuje ući tamo.

" Je li ta priča doista istinita? Gledajte, zabrinut sam. -Rekao sam.

" Nisam siguran. Ali vjerujem da je to autentično, jer mi ga je ispričao gospodar, Sir Charles, veliki gusar, i vjerujem mu! – ponavlja Jackstone.

" Kakvom je mučenju bio podvrgnut u Eldoradu? – pita Deborah.

" Trpio je iskušenja s oba svijeta, tada poznata. Na strani koja je odgovarala Zemlji uspio se oduprijeti. Međutim, suočen s duhovnom stranom, nije uspio, jer se morao suočiti sa samim đavlom.

" Što znači da nije dobio potreban savjet od svoje gospodarice da prevlada poteškoće u Eldoradu? – pita Renato.

" Detaljno je objasnila proces, ali ga je zaboravila upozoriti da samo vrlo razvijeni duhovi mogu izdržati duhovnu težinu tog mjesta.

"Gdje se nalazi Eldorado? – pita Elvira, znatiželjna.

" Ne znam. Ta je informacija potpuno tajna i jedna osoba na svijetu ima pristup njima, gospodarica Kraljevstva anđela. Usput, mi smo na njenom teritoriju. Kleknimo i zatražimo dopuštenje da nam se dopusti da spavamo u miru na ovom svetom mjestu.

Svi slušaju kapetana, uključujući i mene. Znači li to da sam bio izložen ozbiljnom riziku života? Pa, na bilo koji način to nije bilo važno. Nisam namjeravao promijeniti svoju odluku da nastavim riskirati na putu tame, jer je to bio u pitanju moj duhovni mir i moja karijera. Ponovno smo pokrenuli razgovor, ali ovaj put se okreće drugim stvarima. Ostali smo tako dugo dok se vatra nije počela gasiti i noć je potpuno pala. Tada odlučujemo ići spavati i čekati novi dan. Sigurno bismo imali neke vijesti.

Palača

Nastaje novi i lijep dan: ptice pjevaju, jutarnji povjetarac nas okružuje i sunčeva toplina nas budi. Nešto kasnije, otvorim oči i pokušam odmah ustati, ali težina prethodne noći mi to ne dopušta (prvu noć sam provela na otoku na otvorenom na tvrdom i suhom tlu). Ne odustajem, skupljam snagu i iz drugog pokušaja i ovaj put to radim. Stojeći, pozdravljam ostale i odlučujem se okupati kako bih se malo zabavio i opustio. Idem prema moru i s nekoliko koraka sam tamo. Ronjenje stvarno pomaže svim mojim osjetilima i dobro uživam u njemu. Kad sam potpuno čist, vraćam se na plažu. Vraćajući se, shvaćam da ostali doručkuju i pridružujem se grupi kako bi učinili isto. Kad završim, objasnim svoju situaciju i oprostim se od svih. Išao sam, zajedno s Renatom, potražiti svećenicu.

Krećemo pješačiti i tražim najbližu stazu koja nas vodi do istaknutog mjesta. Budući da je Renato bio dobro obaviješten od strane skrbnice, nismo imali problema s pronalaženjem. Ulazimo i nastavljamo naprijed ujednačenim tempom. Ovaj početak putovanja pokazao se prilično teškim, jer smo na putu pronašli previše prepreka i zamki, što nas je učinilo sumnjičavima prema svemu. Je li moguće da je to zaista bilo vrijedno našeg truda? Upravo smo to saznali koristeći jedinu alternativu koju imamo: nastaviti hodati nepredvidivim, opasnim i mračnim putem tame koji bi nas mogao odvesti u ludilo ili čak smrt. Ali nije nas bilo briga za mogućnost neuspjeha i uvijek ćemo ustrajati. Na kraju, kakva je korist od života ako nisam riješila svoje najdublje tjeskobe i ako nisam bila u miru sa sobom? Nije imalo smisla pa sam morao popuniti praznine koje je ostavila tamna noć i kao rezultat toga doseći višu razinu evolucije. To je bilo apsolutno bitno u mojoj ambicioznoj karijeri pisca.

Nastavljamo pratiti stazu i po prvi put se osjećam umorno. Odlučio sam stati na neko vrijeme i zamoliti Renata da učini isto. Iskorištavam zaustavljanje kako bih malo razmislio i mentalno nacrtao strategije. Kad povratim snagu i donesem potrebne odluke, ponovno počinjemo hodati. Hodamo dalje i ravno naprijed na putu je obilaznica i slijedimo je. Vodi nas do lagune s kristalno čistim morem i tamo imamo priliku upoznati ženu. Prilazi nam i započinje razgovor:

"Odustani od svoje misije ili ćeš se u protivnom susresti sa smrću. Znajte da otok nije mjesto prikladno za djecu i mlade sanjare.

" Tko ste vi? Što vas zanima u ovome? – pitam.

" Zašto tako govoriš? Zahtijevamo od vas da se identificirate. – dodaje Renato.

" Nitko nema pravo znati moje ime, a ponajmanje tebe. Došao sam vas samo upozoriti u dobroj vjeri jer ono što želite nemoguće je običnim smrtnicima.

"Nije nas briga što se može dogoditi. Već sam otišao predaleko da bih sada odustao. Odmaknite se i pustite nas na miru! – pojašnjavam.

" Točno znamo što moramo učiniti i odlučno i pošteno ćemo nastaviti svoje odredište. Dovršavajući ono što je moj suputnik rekao, ne treba nam vaš savjet. Nestati!

Vidjevši naš otpor, žena je nestala bijesna i tako smo bili opušteniji. Nakon toga nastavljamo pješačiti prema našem odredištu i nakon dugo vremena stižemo ispred velike palače, visoke tri kata i koja se sastoji od mnogih kula. Renato objavljuje da smo stigli i da je sreća toliko velika da bez razmišljanja hodam prema glavnim vratima. Viče da budem oprezan, ali već je prekasno da ga čujem: naletim na štit, neku vrstu polja sile, a udar je toliko jak da mi se zavrti u glavi i svijet se počinje vrtjeti. Na trenutak gubim svijest i ovaj vremenski odmak mi je dovoljan da prikupim informacije o kraljevstvu anđela. Kad dođem k svijesti, Renato je uz mene i trese me. Pun nedoumica, pitam o tome što se dogodilo i detaljno mi odgovara o polju snaga.

Sumnje su se razjasnile, Renato stoji ispred glavnih vrata i govori tajanstvenim jezikom:

"Zarabactana!

Nakon što smo to rekli, poput čarobne lozinke, vrata se otvaraju i imamo pristup palači. Dok ulazimo, zaslijepljeni smo njegovom grandioznošću, dekorom, namještajem i sobama. Ulazimo unutra i stižemo u veliku sobu usred palače, a s desne i s lijeve strane nalaze se posebne spavaće sobe i dnevne sobe. Na kraju odaje nalazimo oltar i impozantnu ženu koja sjedi na svojevrsnom prijestolju. Ona preuzima inicijativu i počinje razgovarati s nama:

" Jeste li vi izgubljeni putnici koji traže znanje?

" Da, jesmo. Moje ime je Aldivan, ali možete me zvati vidovnjak ili sin Božji, a moj se suputnik zove Renato, posvojeni sin čuvara planine. Tražimo potpuno razumijevanje tamne noći duše kako bismo mogli imati mir i mudrost.

" I želio bih vašu pomoć na ovom opasnom putu. – dodaje Renato.

" Onda želiš da te treniram, zar ne? Međutim, moram vas upozoriti da sam vrlo zahtjevan prema svojim učenicima. Prvo, moramo pokazati da si pouzdan i, u tvom slučaju, vidioci, moraš pokazati potpunu kontrolu nad glavnim grijesima.

" Učinit ću sve da pokažem da sam dostojanstven i pouzdan.

"Spremni smo za vaše upute. Rekao je Renato.

" Vidim da ste voljni i to je dobar znak za koga želi napredovati na tako uskom i opasnom putu. Vidovnjaku, moraš ovladati svojom stigmom i biti sposoban podnijeti ekstremne duhovne pritiske. To će biti odgovarajući testovi kako bih mogao procijeniti vaše sposobnosti. Ako prođeš, istrenirat ću te da razotkriješ tajne tamne noći svoje duše. Nakon što prođete ovu fazu, bit ćete spremni primiti tako željenu objavu. Ali za sada se morate odmoriti od dugog putovanja u sobi za goste zajedno sa svojim suputnikom Renatom. Sutra ćemo započeti s testovima.

Rekavši to, svećenica je završila razgovor. Prati nas u sobu i ostavila nas same. Koristim slobodno vrijeme za razgovor s Renatom o njoj, ali njegovi odgovori ne zadovoljavaju desetke sumnji, kao što su: Može li doista probuditi u meni moje najokultnije moći? Hoću li doista moći razumjeti tamnu noć duše? Bez pronalaženja odgovora završavam razgovor s Renatom i koncentriram se samo na odmor kako bih povratio energiju potrošenu na putovanje.

Priprema

Još jednom se budim i svitanje novog dana donosi nove nade. Na kraju sam bio na korak od toga da me obučava svećenica koja je bila predstavnica kraljevstva anđela na Zemlji. Jeste li ikada pomislili kakva će to biti čast? Svakako, moje mogućnosti evolucije bile su veće nego u vrijeme kada sam bio na planini. Međutim, trebao bih obratiti pažnju na sve detalje kako ne bih podbacio.

Nešto kasnije ostavio sam tu stvar po strani i malo se potrudio, otvarajući oči ustajući. Gledam Renata, primjećujem da je budan i pitam za upute do kupaonice. On mi pomaže i onda idem na jutarnju kupku. Slijedeći njegove upute, stižem tamo, ulazim, zatvaram vrata i suočavam se s dobrim brojem opcija, dostojnih hotela. Od opcija biram kadu, puštam toplu vodu kako bih se opustio i uživao u udobnosti. Brzo ulazim i počinjem se prati. U ovom trenutku osjećam se kao netko važan, zbog čega se osjećam nelagodno jer nisam navikao na taj luksuz. Malo razmišljam, dolazim k sebi i odbacujem svoje osjećaje.

Činim to zbog vlastite dobrote, jer je poniznost bila temeljna na mom putu. Od tada se koncentriram na kupku i kad se osjećam potpuno čisto, ustajem iz kade, uzmem ručnik, osušim se i obučem čistu odjeću. Spremao sam se i izašao iz kupaonice. Kad sam izašao, susreo sam Renata koji je čekao svoj red. Srdačno pozdravljamo i vraćam se u svoju sobu.

Kad sam stigao tamo, vidio sam svećenicu, koja me naizgled čekala. Ona započinje razgovor:

"Dobro jutro, jeste li gladni?

" Jesam. Ali prije nego što želim znati o svom prvom izazovu ovdje na otoku. O čemu se radi? Kako će se to postići?

" Opusti se, mladiću. Prije toga moram te bolje upoznati. Recite mi o svojim ciljevima i pretraživanjima.

" Vrlo dobro. Govorit ću malo o svom putovanju do ovdje. Sve je počelo prije otprilike godinu dana, kada sam opterećen svojim najdubljim tjeskobama krenuo na putovanje na planinu za koju se govorilo da je sveta i sposobna da mi pomogne u mojim ciljevima. Kad sam stigao tamo, penjao sam se strmim stazama i suočavao se s ozbiljnim poteškoćama dok nisam stigao do vrha. Moje postignuće dalo mi je priliku da upoznam damu čuvaricu, tisućljetno biće i vrlo mudro, koja mi je obećala pomoći u svim mojim snovima, koji su u tom trenutku sažeti kako bih proširila svoju priču po cijelom svijetu, očarala srca, ublažila bol, odgojila potlačene i pronašla vlastitu sudbinu. Uz njezinu pomoć ostvario sam izazov koji mi je omogućio da uđem u špilju očaja, najopasniju špilju na svijetu. Bez razmišljanja sam ušao, unatoč opasnosti od smrti. U njemu sam uz pomoć svojih resursa izbjegao ogromne zamke i prošao scenarije, sve dok nisam stigao do najviše točke, tajanstvene tajne odaje, u koju nijedan drugi smrtnik prije nije ušao. Još jednom sam riskirao i ulaskom na sveto mjesto dogodila se spektakularna transformacija, moji su darovi evoluirali do te mjere da mogu kontrolirati prošlost, sadašnjost i budućnost, pa čak i vlastite emocije. Osim toga, mogao sam razumjeti najuznemirenija srca i biti sveznajući u svojim vizijama. U konačnici, postao sam vidovnjak spreman dodatno osloboditi svoj proces evolucije. Kad sam bio spreman, napustio sam špilju, ponovno se susreo sa čuvaricom i poslan sam na još nemoguću misiju, da riješim sukobe i nepravde, da pomognem nekome da pronađe sebe i okupi suprotstavljene snage koje su bile neuravnotežene. Prihvatio sam izazov i pomogao svojim novim moćima; Putovao sam kroz vrijeme do zaseoka prošlosti kojim je dominirao "koronalizam". Proživljavanje mnogih avantura tijekom tridesetodnevnog razdoblja. Otišao, vidio i osvojio. Već pobjednički, vratio sam se u svoju sadašnjost, pobrinuo se za neke ovisnosti i nakon što sam se suočio s prethodnom stvari koja me učinila neprospavanom, moja tamna noć duše. Bilo je to vrijeme najintrigantnije u mom životu, kada sam zaboravio na Boga, sveto, prijatelje, bio sam okrutan, arogantan, uobražen, drzak i nadasve tašt. Tamo sam doživio svoje najveće iskustvo s nadnaravnom, susret sa samim vragom u pustinji. Nakon toliko iskustava više se nisam mogla pronaći. Iz tog razloga sam se vratio na planinu. Ponovno su me obučili čuvarica i hinduist i suočio sam se s izazovom kontrole glavnih grijeha. Međutim, moja priprema nije bila završena i poslali su me ovdje. Na putu sam se suočio s poteškoćama, suočio se s opasnim oceanom na gusarskom brodu i evo me, spreman slušati, poslušati i slijediti vaše savjete s namjerom da usavršim svoju evoluciju.

" Vaša je priča vrlo zanimljiva, ali meni nije bila nova. Viši duhovi su mi već rekli o tebi. Što se tiče izazova, ovdje ćete imati priliku prodrijeti u najgušću stranu tamne noći, nešto što je malo smrtnika dokazalo. To su grijesi koji se obično ne mogu oprostiti. Ako prevladate tu fazu, pustit ću se u Eldoradu, mjestu gdje se susreću dva poznata svijeta. Tamo ćete, vjerojatno, moći razumjeti sve što je prošlo u vašoj mračnoj noći duše i bit ćete sposobni primiti tako željeno otkrivenje. Ne brinite, pomoći ću vam u cijelom tom procesu.

" Razumijem. Hvala vam na interesu, svećenice.

Kasnije se Renato vratio iz kupaonice, razgovor se smirio i odlučili smo zajedno otići u kuhinju palače na doručak. Brzim i ujednačenim tempom nije trebalo više od pet minuta da stignemo tamo. Kad stignemo tamo, sjednemo za stol dok nam domaćin ljubazno priprema obrok. Kad je spremno, ona nam služi u drugom pokazivanju poniznosti. Uživamo u trenutku da napunimo energiju palačinkama i kolačićima. Sve nam je toliko dobro da jedemo vrlo brzo. Kad završimo, svećenica nas poziva na šetnju otokom koju odmah prihvaćamo.

Izlazeći iz palače, ona je odabrala smjer sjevera, a mi smo ga slijedili bez pitanja. Tražili smo najbližu stazu i kad smo je pronašli, krenuli smo njome. Na početku šetnje u glavi mi se pojavljuju sumnje u vezi sa svećenicom, ali sam se potrudio da ih se riješim. Na kraju nisam imao drugog izbora nego slijediti je, jer je u tom trenutku ona bila jedina osoba na svijetu koja mi je mogla pomoći. Nastavljamo hodati bez ikakvih briga s moje strane, a trnje koje boli moje tijelo nije tako bolno kao krivnja koju nosim sa sobom. Kako to prevladati? Nisam mogao vidjeti drugu alternativu nego slijediti sadašnji put.

Ubrzo nakon toga, prošetali smo malo dalje i zaboravio sam na svoje brige. Najvažnije, u tom trenutku, bilo je održavati srce i um čistima, kako bi se mogli nositi sa svim izazovima. Nastavljamo hodati i nešto kasnije staza nas vodi do prekrasnog polja punog lisnatog drveća i dubokog korijenja. Zaustavili smo se na odmoru i nakon kratke pauze, svećenica hoda malo naprijed, bira drvo i zove nas. Stigli smo ispod stabla, zamolila me da sjednem i započela razgovor:

"Ovo stablo se zove stablo evolucije. Ima svojstvo pojačavanja moći onih koji ostaju u njegovoj sjeni. Ovo je točno mjesto gdje ćete se testirati. Jesi spreman?

" Mislim da jesam. Što moram učiniti?

"Samo se pokušajte sjetiti vremena kada ste živjeli u mračnoj noći. Pomoći ću vam da kontrolirate svoju "stigmu".

Pokoravam se svećenici, zatvaram oči i koncentriram se na sjećanje na tamnu noć, mračna vremena svog postojanja. U tom procesu osjećam malu ruku koja mi dodiruje glavu i šalje dobre vibracije kroz moje tijelo. Postupno me obuzima neka vrsta sna i dopuštam mu da me nosi. Nekoliko trenutaka kasnije, kao u filmu, odveden sam na duhovno bojno polje, gdje su se dogodila moja najintenzivnija duhovna iskustva. To me podsjeća na mračna vremena, potrage, uzrokovanu bol i nadnaravnu silu koja me u tom trenutku obuzimala. Upravo u ovom trenutku vidim patnju, bijes i nestrpljivost mojih žrtava. Osjećam čudno zadovoljstvo svojih zamki, u koje je palo toliko nevinih ljudi. Osjećam se loše jer sve još uvijek ima neki utjecaj na mene. Nešto kasnije, prebačen sam u trenutak iskušenja, susret s đavlom i njegovim anđelima koji manipuliraju mnome kako bi me uvjerili da nemam nikakve šanse za spasenje. Pobunim se i konačno dođem k sebi kao u stvarnom životu. Obećavam Bogu i sebi da neću ponoviti te pogreške i da se odričem tamne strane svoje duše. Nakon što sam donio ovu odluku, potpuno se vraćam svjetlu i tako se novi čovjek diže iz pepela. Trans prestaje i konačno vraćam savjesnost. Otvaram oči i suočavam se sa svećenicom i Renatom. Započinjem dijalog:

"Kako sam prošao? Jesam li prošao test?

" Nažalost, vaš duh se ponaša na isti način kao u epizodi koja se dogodila prije dvije godine. Po mojoj procjeni, vaša stigma je još uvijek vrlo prisutna u vašoj podsvijesti i nemate ni najmanju kontrolu nad njom. Ali ne brinite, to je normalno. To sam već očekivao po vašem stupnju evolucije.

"Jesi li dobro? – pita Renato.

" Da, jesam. Hvala ti Renato. Svećenice, što to znači? Imam li sposobnosti da nastavim putem?

" To znači upravo da su vaše šanse za preživljavanje u Eldoradu pale na samo 50%. U ovom slučaju, čak se bojim potaknuti vas da uđete u njega.

" Unatoč tome, ne prihvaćam poraz. Koji je sljedeći korak? Želim nastaviti riskirati.

" Jeste li potpuno sigurni u to? Ne bi li bilo bolje odustati prije nego što se ozlijediš? Shvatite da vas sljedeće iskustvo može dovesti do krajnosti gubitka duše, u slučaju neuspjeha.

" Dobro razmisli, vidioce. – komentira Renato.

" Dovoljno sam razmišljao. Nastavit ću, jer nisam navikao dvaput pogriješiti. Spreman sam i neka bude ono što Bog želi.

Nakon mog odgovora, svećenica je učinila dva koraka unatrag i nacrtala križ na tlu, tiho govoreći:

" On je izabrao. Neka bitka počne!

Nakon toga, prilazi mi i šapne mi na uho da moram malo odspavati. Ponovno osjećam kako mi ruka dodiruje glavu i odmah padam u dubok san. Pokušavam se boriti protiv toga, ali to je potpuno beskorisno. Trenutak kasnije, moj duh napušta moje tijelo, brzo putuje kroz vrijeme i prostor i slijeće na veliko mjesto, okruženo planinama i slabo osvijetljeno. Ubrzo nakon toga počinjem osjećati ekstremnu bol kao da se nešto želi osloboditi mene. Vrtoglavo, valjam se po tlu bez ikakve ideje što to znači. Sve dok s kvrgom nešto ne izađe iz mene.

Gledajući na svoju stranu, osjećam najveći strah u životu: postoji osoba fizički slična meni. Uplašen, gledao sam ga bez razumijevanja. U sljedećem trenutku on se približava i kaže da je on tamna strana moje duše, ona koju sam pokušavala sakriti od cijelog svijeta. Osim toga, izjavljuje:

"Nemojte se osjećati superiorno, imamo iste moći.

Ubrzo nakon što je to rekao, tlo drhti, nebo postaje mračno i gravitacijske sile su ozbiljno uzdrmane. S istoka se pojavljuje vitez na bijelom konju, na čijem je licu napisano: Sila visine. Sa zapada se pojavljuje još jedan vitez, na crnom konju, na čijem je licu napisano: Sila podzemlja. Počnu se svađati, a moj brat blizanac učini isto sa mnom.

Upravo u ovom trenutku, suprotstavljene sile se okupljaju i približava se tamna noć duše. U međuvremenu se borbe nastavljaju. U mom konkretnom sukobu, moj brat blizanac me udari i kaže da mu nije ni najmanje žao što je počinio zlo. Kao odgovor, izjavljujem da sam novi čovjek. U protunapadu moj brat blizanac zaziva svog Boga sjena i uz njegovu pomoć stvara krug tame i baca ga u mom smjeru. Krug me nepopravljivo drži, a to utječe i na viteza svjetlosti. Pada pred neprijateljem. Pokušavam se kontrolirati prije nepovoljne situacije i smišljam način reagiranja. U tom smislu, sjećam se borbe između suprotstavljenih sila i sile koju dobivam od svoga Boga. Zazivam Ga i iskra svjetlosti izleti iz mog tijela, prekidajući krug tame. Odmah se vitez svjetlosti oporavlja i ponovno uravnotežuje borbu.

Nakon toga počinjem osjećati snažan pritisak i s njim moj duh leti tražeći mir koji mi je toliko trebao. Putujem ogromnom brzinom, ali čak i tako se ne mogu osloboditi te lude borbe. Bez druge alternative, stajem i odlučujem se suočiti sa svojim najvećim strahovima. S namjerom da se obranim od napada, vičem da Svemir može čuti, govoreći da nisam kriv, da nemam namjeru nikoga povrijediti. U isto vrijeme moj brat blizanac slabi i vitez tame povlači se pred svjetlom. Nastavljam se koncentrirati i razmišljati o krvi, u najvećoj žrtvi od svih. To uzrokuje pojavu vrlo jakog vjetra koji viteza tame odnese jako daleko. Osim toga, moj brat blizanac potpuno pada u nesvijest preda mnom. Poražen, tama više nema utjecaja na mene i osjećam novu bol. S kvrgom, tamna strana moje duše i mene pretvaraju se u jedno. Sada smo samo ja i vitez svjetlosti. Oprašta se, ali prije odlaska hvali me, govoreći da imam veliku okultnu moć i da je moram naučiti koristiti. Zahvaljujem mu i on odlazi ostavljajući me samu. Duhovni pritisak se smanjuje, izlazim iz transa i vraćam savjesnost. Otvarajući oči, ponovno nailazim na svećenicu i Renata. Zatim započinjem dijalog:

" A onda? Jesam li prošao?

" Ako ste još živi, to znači da ste prošli, čestitam. Vjerojatno ste kontrolirali svoju tamnu stranu i došli kao pobjednik ove prve bitke. To bi vas trebalo ohrabriti, jer sada vidim mogućnost pobjede. Međutim, da biste mogli potpuno razotkriti svoju mračnu noć duše, morate uložiti veći napor.

" Čestitam, suputniku. – pohvaljuje Renato.

" Hvala vam, brate i svećenice. Svjestan sam da se moram puno više poboljšati kao osoba i kao vidovnjak. U svakom slučaju, spreman sam nastaviti. Koji je sljedeći korak?

" Od sutra ćete imati priliku suočiti se s najprljavijom stranom ljudskog bića. To je najgušća strana tamnog oblaka koji lebdi nad srcima. Budite spremni, jer su izazovi ogromni i do sada su ih samo sveci uspjeli prevladati. U međuvremenu je bolje vratiti se u palaču odmoriti se i jesti kako biste napunili energiju.

"Svećenica je u pravu. Vratimo se u palaču, vidovnjaku.

Slažem se s obojicom i krećemo na povratak. U ovom trenutku moje prethodne misli, zbunjene i sumnjičave u odnosu na svećenicu, više ne postoje. Sada sam sigurnija u sebe i Svemir koji mi je dao darove, unatoč tome što nisam uspjela kontrolirati vlastitu stigmu prvi put. Pa, sljedeći put bih to sigurno mogao učiniti. Ono što je važno je da sam još uvijek imao priliku suočiti se i pobijediti prepreke strašnog Eldorada. S ovom optimističnom mišlju nastavljamo hodati i idemo naprijed odabranom stazom. Fizički napor izaziva u meni dobar osjećaj, kao da je bio koristan za čovječanstvo, ali ne umiruje moju tjeskobu oko vlastitog puta. Pitam se: Je li moguće da su moji izazovi postigli cilj? To je bilo ono što sam očekivao da će se dogoditi barem na kraju ove avanture. U međuvremenu bih se morao koncentrirati i čekati pravi trenutak za djelovanje, strogo slijedeći upute svećenice, naravno. Trenutak kasnije, ostavio sam svoje probleme na neko vrijeme po strani i nastavio dalje još neko vrijeme dok nismo stigli do palače. Ulazimo kroz glavna vrata, idemo u kuhinju, jedemo, pozdravljamo se sa svećenicom i krećemo (Renato i ja) u svoje sobe. Po dolasku odlazimo svatko u svoj krevet kako bismo se odmorili, razmislili o samom putu i crtali planove za budućnost. Kocka je bačena.

Krađa

Svane novi dan. S pojačanim prirodnim svjetlom budimo se. Uz malo truda, ustajem, istegnem se i razgovaram s Renatom neko vrijeme, razgovarajući o nekim detaljima o našoj misiji. Slažemo se da ću ja biti prvi koji će otići u kupaonicu i okupati se. Tako idem naprijed, izlazim iz svoje sobe i spuštam se niz prolaz u smjeru željenog odredišta. S dobrim brojem koraka i prolaskom kroz druge dijelove palače, konačno stižem. Ulazim, zatvaram vrata i svlačim se. Od dostupnih opcija u elegantnoj kupaonici, odabrao sam tuš i započeo proces čišćenja prljavštine. U ovoj operaciji moj um luta i pitam se hoću li doista moći očistiti sjenu nepovjerenja u sebe. Radije vjerujem u to, jer je bilo važno biti samouvjeren u ovom odlučujućem trenutku u kojem živim.

Nastavljam s kupkom i kad se osjećam potpuno čisto, zatvorim tuš. Zgrabite ručnik, osušite se, obucite čistu odjeću i izađite iz kupaonice. Vani susrećem Renata koji čeka svoj red. Pozdravljamo se i vraćamo se prema sobi za goste. Stigao sam tamo vrlo brzo i dok se Renato kupa, ja koristim to za razmišljanje o svemu što mi se do tada dogodilo. Analizirajući malo situaciju, na kraju zaključujem da još uvijek imam puno toga za razviti u svakom pogledu.

Kad se Renato vratio iz kupaonice, dogovorili smo se da doručkujemo u kuhinji i tako smo i učinili. Kad smo stigli, dočekala nas je domaćica, koja nas je ljubazno poslužila. Jedemo polako i kad završimo, ispričavam se od Renata da nasamo razgovaram sa svećenicom. Otišli smo u posebnu sobu i započeo sam razgovor:

"U koje vrijeme i gdje će to biti sljedeći izazov, svećenice? A o čemu se radi?

"Bit će smješten na jugu i može početi sada. Riječ je o nekoj vrsti poroka koji je uobičajen u današnjem društvu, činu krađe. Budite spremni na to nije lako suočiti se s preprekama na putu.

" Kako se moram ponašati da bih još jednom pobijedio?

" Pokušajte se ne vezati za duhove prošlosti, jer će otok iskoristiti sve vaše slabosti da dođe do vas. U trenutku kada savladate najveću prepreku, koncentrirajte se i upijajte najveću moguću količinu znanja. Trebat će vam upravo to da idete dalje naprijed na putu tame kojim namjeravate putovati.

" Kojim sam opasnostima izložen?

" Ludilo je najčešća posljedica za one koji ne uspiju. Međutim, pokušajte se ne brinuti previše zbog toga.

Zahvaljujem svećenici na informaciji, opraštam se i idem na svoj izazov. S nekoliko koraka napuštam palaču i krećem na put. Početak šetnje obilježen je srednjim tempom, što mi daje priliku da se divim različitim aspektima otoka. Analizirajući ga malo, pitam se: Je li moguće da je taj otok zaista predstavljao neprijatelja mojih želja? U nedoumici sam odlučio djelovati oprezno kako ne bih ugrozio cijelo putovanje. Imajući to na umu, idem odabranom stazom i moja očekivanja rastu u svakom trenutku. Kamo će me moji koraci odvesti? Svakako, na mjesto gdje bi se moj život mogao preokrenuti. Unatoč rastućoj tjeskobi, kasnije pokušavam kontrolirati svoje brige i nastaviti hodati. Na kraju, moram biti potpuno opušten i uvjeren u ono što sam želim, jer sam put tame to zahtijeva.

Nakon nekog vremena hodanja, staza nestaje i postaje dvije različite staze, kao što se dogodilo u "Suprotstavljenim silama". Drugi put je malo vjerojatno, jasno su označeni: Desno i lijevo. Prvi se zove trag nepravde, a drugi trag perverznog. Malo razmišljam o obojici, razmišljam o mogućnostima i dolazim do zaključka da put s desne strane mora predstavljati put svih onih koji su optuženi i osuđeni za zločin koji nisu počinili. To je put učenja, ali me trenutno ne zanima. Samo put s lijeve strane vjerojatno predstavlja sve one koji su počinili zločine i ni na koji način ne žale zbog toga. Uspoređujući dvije strane, odlučujem se za onu s lijeve strane, jer je krađa uključena u kontekst. Definirani smjer; Počinjem slijediti odgovarajući trag. Početak šetnje obnavlja moje uvjerenje, jer se okruženje čini potpuno prikladnim. To mi daje snagu da nastavim dalje otkrivajući put. U određenom trenutku osjećam se umorno, a zatim odlučim stati i odmoriti se neko vrijeme.

Kad uživam u pauzi, dogodi se nešto čudno: trag koji sam slijedio nestaje, niotkuda se pojavljuju dvije baklje i prilaze mi. Kad su vrlo blizu, slijeću mi na ruke, a kad ih zatvorim, dogodi se velika eksplozija.

Ubrzo nakon toga gubim savjesnost i pojavljuju se uznemirujuće slike. Kao da je to putovanje kroz vrijeme, vraćam se u svoje djetinjstvo, točnije kada sam imao četiri godine. Prisiljen sam se prisjetiti krađe koju sam počinio i to je vrlo bolno. U ovom trenutku, optužujući glasovi iskorištavaju moju slabost kako bi potvrdili moju krivnju i zatražili odštetu. Slušajući glasove, malo razmišljam i bunim se protiv tog stanja krivnje. Na kraju, koliko je krivo dijete od četiri godine moglo sanjati da ima igračke čiji roditelji nisu imali sredstava za opskrbu? Čin bi sam po sebi mogao biti opravdan. Glasno vičem Svemiru da sam nevin, ali čini se da moja opravdanja nisu prihvaćena jer me i dalje optužuju. S namjerom da olakšam svoju savjest, nastojim više ne obraćati pažnju na svoje optužbe i usredotočiti se na svoju sadašnjost i čovjeka kakav sam sada: pun etičkih uvjerenja, predan dobru, odgovoran i pomilovan od našeg Gospodina Isusa Krista. To me natjeralo da zaboravim sve što se dogodilo i s praskom glasovi prestaju glumiti. Opušteniji, ponovno dobivam savjesnost. Otvarajući oči, primjećujem prisutnost muškarca pored sebe. Započinje razgovor, pitajući me zanima li me cijela istina. U odgovoru kažem da, a onda mi on jednostavno kaže:

" Dotakni me onda!

Radim kako mi kaže i dodirujući ga, imam sljedeću viziju: "Vidim industrijalca po imenu Peter, vlasnika tvornice metala, potpuno posvećenog svom poslu i obitelji. Njegove druge karakteristike su: Slijepo vjerujte ljudima; ljubazan je i velikodušan; je prijateljski raspoložen i spreman oprostiti. Na poslu poštuje svakoga i voli delegirati zadatke. Primjer za to je da je imenovao zaposlenika po imenu Adenor za generalnog administratora svog poduzeća. U početku je njegov stav bio prikladan, jer je sve potrošeno kako treba. Međutim, na reviziji određenog dana vlasnik je provjerio računovodstvo i primijetio da se neke brojke ne slažu s njegovom stvarnom proizvodnjom, što ga je razočaralo i ispričalo. Nakon toga dogovorio je sastanak s Adenorom, s namjerom da razjasni činjenice. Na sastanku su zaposlenici iznijeli izvješća i obrazloženja koja ga nisu uvjerila. Međutim, cijelo vrijeme Adenor je tvrdio da je nedužan i vrijeđao se. Na kraju sastanka Petar je bio uvjeren da je Adenor kriv i zaprijetio mu da će ga razotkriti. Kao posljednji trik, potonji je iskoristio jedan Peterov pad koncentracije i upucao ga vatrenim oružjem, a nakon toga pobjegao s ostatkom novca u blagajni. Od tog dana Adenor je izbjegavao pravdu Boga i čovjeka i nastavio svoj zločinački život. Kad je smrt došla, tamna noć okupila se oko njega i osudila ga bez mogućnosti žalbe. Bio je integriran u skupinu onih koji plaču i pate cijelu vječnost".

Vizija završava i čovjek nestaje preda mnom. Tada se koncentriram s namjerom da apsorbiram potrebno znanje i kada sam postigao svoj cilj, odlučujem se odmah vratiti u palaču. Ova odluka je donesena, počinjem hodati istom stazom s diskrecijom, oprezom i određenom strepnjom. Ponovno se divim prirodnim krajolicima koji su već prošli, pazeći na detalje, jer sam imao dovoljno vremena da se zaokupim. Sadašnji trenutak zahtijevao je kontrolu i točnu procjenu dobivenih rezultata. Imajući to na umu, nastavljam dalje i prolazim pored referentnih točaka koje sam zabilježio na izlasku. I dalje, prepoznajem blizinu palače što me jako usrećilo. Na kraju sam se vratio s radosnim vijestima i iskustvom koje sam podijelio sa svojim ratnim suputnicima, Renatom i gospodaricom kraljevstva anđela. Razmišljajući konkretno o njima, ubrzavam tempo i za nekoliko trenutaka stižem na odredište. Kucam na glavna vrata; Renato me primio i otišao u svoju prekrasnu privremenu rezidenciju. Ulazeći unutra, prošli smo područja kao što su dnevne sobe i spavaće sobe dok nismo stigli do glavne odaje. Tamo smo sreli svećenicu, koja me odmah pozvala na privatni razgovor. Ispričali smo se od Renata, kao i prošli put, i otišli u istu sobu kao i prije. Kad stignemo tamo, zatvaramo vrata i sjednemo za mali stol. Svećenica me drži za ruke, gleda me duboko u oči i započinje dijalog:

" Vidovnjaku, reci mi o svom iskustvu u prethodnom izazovu.

" Poslušao sam tvoj savjet i otišao na spomenuto mjesto. Tamo sam bio prisiljen prisjetiti se skrivenog zlog čina iz djetinjstva. Iskoristio sam priliku da razmislim i očistim svu krivnju iz svoje podsvijesti. Kad sam završio, upoznao sam čovjeka koji je bio poveznica između mene i saznanja o krađi.

" Do kojeg ste zaključka došli nakon što ste duboko ušli u ovu stvar?

" Prvo, da čin krađe dovodi do druga dva grijeha, zavisti i pohlepe. Drugo, to je karakteristika propalih i lijenih. Oni bježe od svih oblika borbe prirodnog zakona, napretka i borbe. Iz tog razloga na kraju zagađuju svoju dušu i, osim toga, tijekom ovog grijeha čine i druge gore slučajeve. Razmišljajući o ovom konkretnom slučaju, tamna noć ovakve osobe vrlo je opasna i neće ih osuditi samo ako se na vrijeme ne pokaju, promijene život i plate za zločine. Na kraju, pravda mora biti učinjena kako bi se iskupili grijesi.

"Briljantno objašnjenje. Međutim, moram dodati da u određenim slučajevima situacija postaje nepovratna.

" U pravu ste svećenica. Ni na koji način nije na nama da bilo koga osuđujemo. Ta sposobnost pripada nadmoćnim snagama svemira. Naša je dužnost samo upozoriti našu braću na opasnost od tamne noći i to je ono što namjeravam učiniti u knjizi što smišljam.

" Oprezniji si od mene, dobri učeniče, gotovo prestižeš svoju gospodaricu. Pa, ostavit ću te na neko vrijeme, jer pripremam ručak. Kasnije ćemo razgovarati više.

Rekavši to, svećenica je otišla, a ja sam ostao sam u sobi. Kasnije sam odlučio vratiti se u sobu za goste i tamo pričekati do ručka. Na putu sam upoznao Renata i on je odlučio poći sa mnom. Rame uz rame brzo hodamo i s nekoliko koraka stižemo u sobu; Ušli smo, zatvorili vrata i svatko od nas otišao u svoj krevet. Ubrzo nakon toga, Renato započinje razgovor:

"Kakav je bio izazov? Jeste li još jednom pobijedili?

" Suočio sam se s velikim preprekama na otoku, ali sam ih na kraju prevladao i stekao potrebno znanje. Sada sam spreman za još jednu.

" Što se tiče otkrića, jeste li dobili kakav trag?

"Ne. Mislim da moram još više evoluirati da bih bio počašćen svim odgovorima. Zbog toga ću nastaviti koračati stazom tame sve dok to ne bude moguće.

" Želim reći da možete računati na mene. U ključnom trenutku, znam da ću biti važan kao što sam bio u "Suprotstavljenim snagama".

" Hvala ti, brate. Zajedno smo u ovoj avanturi znanja.

Zagrlio sam Renata i njegova ljudska toplina daje mi više snage da nastavim riskirati na putu koji bi me čak mogao odvesti u smrt. Ostali smo zagrljeni neko vrijeme, a čarolija je prekinuta samo zato što nas je svećenica došla pozvati na ručak. Slijedili smo je i otišli u kuhinju. Malo kasnije ušli smo, sjeli za stol i domaćica nas je poslužila kao i obično.

Izgled obroka činio nam se čudnim, pitali smo o tome i svećenica nas je smirila, rekavši da će nam pomoći da se suočimo s nedaćama. Protiv naše volje, počeli smo jesti i čini se da loš okus predviđa opasnosti s kojima ćemo se suočiti u budućnosti. Započinjem dijalog:

"Je li doista potrebno da ovo pojedem?

" Ne budi tvrdoglav. Već sam rekao da će vam to pomoći u bitkama i duhovnoj evoluciji.

" Budući da će ih samo vidovnjak ostvariti, možeš li mi molim te dati nešto ukusnije za jelo?

"Ne. Suputnik također mora imati pripremljenog duha.

"Uz dužno poštovanje, mogu li pitati kako se zove ova delicija?

" To su lica rijetkog guštera na ovom otoku, sposobnog preživjeti ekstremnu glad i žeđ. On pomaže stvoriti duh sposoban suočiti se s najgorim nesrećama.

Uz odgovor, žalim što sam pitao i gurnuo ostatak hrane s krajnjim gađenjem. Kad završim, oprostim se od ostalih i otrčim u kupaonicu da pokušam povratiti. Pokušam nešto pokušati, ali na kraju odustanem od ideje. Na kraju, jesti to bila je samo vrh cijene koju bih morao platiti za dragocjeno znanje. Nakon te epizode, odlučujem se vratiti u svoju sobu ono što radim za nekoliko minuta. Kad stignem tamo, odem u svoj krevet, sjednem i malo razmišljam o svojim slabostima i žrtvama koje moram podnijeti. Zar nisam bio spreman nastaviti? Tada bih se morao naviknuti na neugodne i teške situacije. Da je to od vitalnog značaja za moj trening, učinio bih to, čak i ako bi se moje tijelo žalilo i govorilo suprotno. Nakon ovog razmišljanja, prilagođavam se svojoj sudbini i odlučujem odrijemati kako bih odmorio tijelo i um. Kad bih se probudio, opet bih jeo i nadao se da je ovaj put jelovnik normalan. Kasnije bih se bavio nekim opuštajućim aktivnostima, crtao planove za budućnost i na kraju dana ponovno spavao i razmišljao samo o svom putu i izazovu sljedećeg dana.

Silovanje

Opet su me probudili jutarnji povjetarac i vrućina sunčevih zraka. Malo se potrudim otvoriti oči, ustati, istegnuti se i prvi put, iz znatiželje, priđem prozoru. S nekoliko koraka stižem tamo i stojim diveći se neizmjernosti mora. Time me podsjetio na svo vrijeme provedeno na brodu i čeznem za ljudima s kojima sam imao zadovoljstvo živjeti. Kako su preživjeli? Bi li kapetan Jackstone pronašao tako traženo blago? Bi li već prevladao tamnu noć? Na ova i druga pitanja moglo se odgovoriti tek kad ih ponovno sretnem. Razmišljajući o njima, bio bih sretan ako bi se moj savjet poslušao i ako bih ih ponovno sreo, otkrio da su promijenjeni. Razmišljajući malo bolje, zahvaljujem posebnom svjetlu koje sam imao kad sam ih napustio, unatoč težini koju osjećam u prsima. Na kraju sam morao ispuniti misiju i dvije priče koje sam morao spasiti. Moje vlastito, koje je još uvijek bilo neriješeno i jedno od otkrića koje sam toliko tražio.

U sljedećem trenutku odlučujem nakratko zaboraviti na svoje brige, svoj put i odlučiti se za jutarnju kupku. S tom namjerom odlazim u kupaonicu i prolazeći pored Renata primjećujem da još uvijek spava. Poštujem njegovo vrijeme, idem naprijed i napuštam sobu brzim korakom niz hodnik koji vodi do odredišta. S još nekoliko koraka, konačno stižem, ulazim u kupaonicu, zatvaram vrata, skidanjem se i tuširam. Voda počinje teći niz moje tijelo i prvi kontakt smanjuje moju napetost i rastuću tjeskobu. Što dalje? Što god to bilo, u tom trenutku mi nije bilo važno. Na rijedak trenutak zaboravio sam da sam vidovnjak i da sam ja odgovoran. Nakon zatvaranja tuša vraća se racionalnost. Odlučujem se koncentrirati samo na kupku, sapunanje i ribanje s namjerom da postanem potpuno čista, tijelom i dušom. Dosegnuvši sve dijelove tijela, ponovno uključim tuš i isperem se. Primjećujem da sam potpuno čista, a zatim zgrabim ručnik da se osušim. Kad završim, obučem čistu odjeću i izlazim iz kupaonice. Kad sam izašao, nisam mogao pronaći Renata i počeo sam se pomalo brinuti. Je li moguće da ga je lijenost obvladala ili je možda imao noćnu moru koja ga je potpuno paralizirala? Postoji nekoliko pretpostavki koje ispunjavaju moj um.

Pun njih, brzo krećem prema sobi za goste i kad stignem tamo, primjećujem Renata kako još uvijek u krevetu potvrđuje moje sumnje. Vidim ga i dalje, približim se, probudim ga i pitam što mu se događa. Jednostavno odgovara da se boji jelovnika. Smirim ga i jamčim da će ovaj put biti drugačije. Moje riječi djeluju i on se odlazi okupati. Dok se kupao, primjećujem mali medaljon koji sam dobio od Božice mora i uvjeren sam da je čudesan, jer otkako sam ga objesio na vrat, osjetio sam posebnu zaštitu u svim osjetilima. Tada odlučujem da ga zadržim za potomstvo. Nakon što sam sredio kutiju malog medaljona, čekam neko vrijeme dok se Renato ne vrati. Kada se to dogodi, odlučujemo odmah otići na doručak u kuhinju. Krenuli smo mirnim i sigurnim tempom, a usput smo malo razgovarali s nekoliko riječi Renato priznaje da je prevladao svoje strahove. Sretan sam zbog njega i nastavljamo dalje. Stižemo na odredište, sjednemo za stol i poslužuje nas svećenica. Ovaj put, kao što se i očekivalo, hrana je normalna i tada počinjemo jesti. Kad završim, ispričavam se od Renata i odlazim nasamo razgovarati sa svećenicom. Namjera je bila naučiti o mojim sljedećim koracima i dijalog počinje na tihom i privatnom mjestu:

" Kada će se održati drugi izazov i o čemu se radi?

" Održat će se čim doručkujemo. Morate ići prema istoku i potražiti razvratnu jazbinu. Tamo ćete imati otkrivenje koje će vam pomoći da shvatite opasnosti neoprostivog zločina, silovanja.

"U ovom slučaju, koje upute moram slijediti da bih imao ikakve šanse za pobjedu?

" Moramo zaboraviti vaše traume iz prošlosti i zadržati čisto srce i um. Osim toga, ne dopustite da vas instinkti prevare i odvedu u propast.

"Hoću li svjedočiti razuzdanim djelima?

" Samo one koje se odnose na viziju, u slučaju da pobijedite u izazovu. Ali ne brinite. Već ste odrasla osoba i sigurno ste svjesni uzroka.

S tim odgovorom osjećam se zadovoljno, završavam razgovor i opraštam se od svećenice i Renata. Napuštam palaču i počinjem provoditi još jednu fazu svog učenja. Odlazeći, osjećam kako mi srce brže kuca i disanje mi se mijenja. Zbog toga malo gubim kontrolu pa sam odlučio stati kako bih se pribrao. Kad se osjećam bolje, nastavljam šetnju i biram najprikladniju stazu da dođem do istočne strane otoka. Nakon što sam donio ovu odluku, počinjem hodati odgovarajućom stazom. Stalnim i sigurnim tempom idem naprijed promatrajući krajolik koji se čini istim kao i prethodni izazov i to me čini sumnjičavom. Je li moguće da sam bio na pravom putu?

Provjeravam svoju orijentaciju i shvaćam da je ispravna. Nastavljam hodati odlučnije i uvjerenije. Nešto kasnije približavam se istočnoj strani otoka. U tom sam trenutku zaboravio na strah, tjeskobe i brige i razbistrio um. Tako se osjećam bolje pripremljeno i povećavam tempo hodanja. To me tjera da u kratkom vremenu prijeđem velike udaljenosti i ubrzo stižem na istočnu stranu. Još nekoliko koraka i nalazim se ispred špilje, za koju sve ukazuje da je jazbina razvratnika. Impulzivno odlučujem ući.

Dok ulazim, osjećam veliki mentalni poremećaj zbog kojeg padam i čujem vrlo glasnu buku tako glasnu da gubim savjesnost. Trenutak kasnije, niz vizija počinje napadati moj um i jedna od njih me tjera da se prisjetim svojih prošlih trauma. Nenamjerno se koncentriram na to zbog čega se moje tjeskobe, patnje i drugi ožiljci iz prošlosti ponovno pojavljuju. Pokušavam reagirati na to nametanje, ali moj se trud u početku čini uzaludnim. Ne odustajem i sjećam se savjeta svećenice, primjenjujem ih u praksi, a ova mjera ima pozitivan učinak, postupno odmičući tjeskobnu viziju. Nakon još nekoliko sekundi završava i tada vraćam savjesnost.

Otvarajući oči, s iznenađenjem primjećujem prisutnost osvijetljenog bića. On prilazi, bojim se i pokušava uspostaviti kontakt. Tada sam ga čuo kako govori:

"Dotakni me!

Udovoljavam njegovom zahtjevu i time se događa velika eksplozija, kao da se dva svijeta susreću. To me tjera da otputujem u prošlost i imam viziju priče: "Jednom je bila tinejdžerica po imenu Maria. Bila je članica jednostavne obitelji iz unutrašnjosti Pernambuca, koju čine četvero ljudi: ona, njezin brat Joaquim i njezini roditelji Amaro i Joana. Njezina obitelj bila je glavni oslonac njezina života, jer je prenosila niz vrijednosti koje je prakticirala na dnevnoj bazi. Te su vrijednosti obogatile njezinu dušu i učinile je tipičnom obiteljskom djevojkom punom snova i ambicija. Među njima joj je najveći cilj bio pronaći svoju pravu ljubav i sačuvati se do dana vjenčanja. Međutim, jednog dana njezine su planove uništila sudbina susreta s beskrupuloznim lovcem, kada je kao i obično prala snop odjeće na brani u blizini svoje kuće. Spomenuti muškarac joj je prišao, pohvalio njezinu ljepotu i počeo je zavoditi. Pogađajući njegove loše namjere, Maria je pokušala pobjeći, ali brzina i kapacitet potoka spriječili su je. Sustigao ju je i odveo u šikaru gdje ju je silovao. Na kraju čina, bijesna, Marija mu prijeti i kako ne bi bio uhvaćen odlučio ju je ubiti. Nakon toga je otišao i nastavio činiti ovaj i druge zločine. Ali s vremenom je došla njegova smrt i tada ga je tamna noć, potpomognuta svjedočenjem žrtava, konačno mogla osuditi. Zatim je bio sastavljen sa svima onima koji su tijekom svog života izopačili sveto značenje seksa. Na tom će mjestu biti plač i grickanje zubima, kaže Biblija.

Nakon tog trenutka, vizija završava i osvijetljeno biće nestaje iz moje prisutnosti. Tada iskorištavam koncentraciju i pokušavam apsorbirati maksimalno znanje o silovanju. Kad to uspijem, odlučujem se odmah vratiti u palaču, nestrpljiv da se ponovno sretnem s Renatom i svećenicom. Ohrabren, tražim istu stazu koja me dovela ovamo i kad je nađem, počinjem njome hodati. U početku se već osjećam opuštenije i samopouzdanije, što je rezultat mojih napora. Ostvario sam još jednu fazu, dalje evoluirao i bio blizu da otkrijem jednu od istina skrivenih stoljećima. Činilo se da je sve pokazivalo da sam na pravom putu. Međutim, trenutak je i dalje zahtijevao oprez i potpunu predanost. Razmišljajući o tome, držim svoj ritam i nastavljam ići naprijed na stazi. S još nekoliko koraka ugledao sam palaču i moje očekivanje još više raste. U bolnici ubrzavam tempo i ubrzo nakon toga nalazim se ispred svog privremenog prebivališta. Dok ulazim, ulazim u glavni salon, upoznajem svećenicu i Renato, pozdravljamo se i grlimo. Odjednom me svećenica uhvati za ruku i ponovno me odvede u privatni salon. Sjedimo oko raspoloživog stola; Gledamo se i ona započinje dijalog:

"Reci mi, vidovnjaku, o svom prvom iskustvu sa silovanjem?

" Slijedeći tvoj savjet, krenuo sam u odgovarajućem smjeru i stigao na naznačeno mjesto. Tamo sam se suočio s vlastitim traumama i prevladao prepreke, što mi je omogućilo susret s tom temom koja je za mene bila tabu. Naučio sam iz predstavljene situacije, evoluirao i stekao znanje koje mi je bilo potrebno.

" A nakon onoga što ste vidjeli, kako vidite silovanje?

" Da je porok kršenje svetog značenja seksa i potječe od jednog od najopasnijih kardinalnih grijeha, požude. Oni koji su navikli počiniti takvu vrstu zločina nemaju nikakvog poštovanja prema drugima, niti prema sebi. To me navodi na zaključak da tamna noć takve osobe ima široku moć osude, s obzirom na patnju, bol i traumu koju uzrokuje žrtvama.

" Dobro objašnjeno. Moram dodati da je silovanje jedan od najkukavičnijih i najniže stvari koje ljudsko biće može počiniti, jer je tijelo hram Duha Svetoga i ne smije se ni na koji način oskvrnuti. Tko to radi, lako se pridružuje vanjskoj tami.

" Istina je. Silovanje je konfigurirano kao jedan od najgorih zločina protiv ljudskog dostojanstva. Svakako, sa svakim od tih činova tamna noć postaje jača. Kako izbjeći osudu? U ovom slučaju nemam pojma.

" Pravda je jedini oblik oproštenja takve vrste grijeha, pa čak i tako ožiljci se ne mogu lako izbrisati. Što je s vama, jeste li uspjeli prevladati svoje traume?

"Nažalost, ne još, ali vjerujem da ću na kraju ovog puta to učiniti. Mir za kojim toliko čeznem mora biti blizu.

" Podržavam da nastavite prevladavati prepreke i kao rezultat toga se razvijate. Međutim, od sada je potrebno mnogo pažnje, jer ste korak od dozvola za ulazak u Eldorado.

" Znam za to. Nastavit ću ići naprijed s oprezom bez skretanja ni lijevo ni desno na svom pravom putu.

" To je dobro. Pa, sada moram ići na ručak. Kasnije ćemo razgovarati više.

Rekavši to, svećenica je izašla iz salona, a ja sam ostao razmišljati sam. Kad se ne koncentriram i nisam svjestan, odlučujem se vratiti u gostinjsku sobu. Potaknut ovom odlukom, napuštam salon, počinjem hodati hodnikom, prolazeći pored područja palača dok ne stignem na odredište. Uđem, nađem Renata kako se odmara i razgovaramo o mojim izazovima i općim stvarima. Kad sam umoran, odlučim ići spavati. Kad bih se probudio, otišao bih na ručak, a zatim bih ostatak dana iskoristio za izradu planova za svoju još uvijek neizvjesnu budućnost.

Terorizam

Budim se i svitanje novog dana obnavlja moje nade. Na kraju sam već završio dvije etape i za treću bih otišao samouvjereniji. Razmišljajući o sljedećem koraku, otvaram oči, veselo ustajem, istegnem se približiti prozoru, imam priliku diviti se neizmjernosti mora i to mi daje hrabrost i raspoloženje da se suočim s onim što dolazi. U ovom trenutku pojavljuju se male sumnje i pitam se bih li završio kao pobjednik na kraju tako složenog puta. Razmišljajući o tome, vjerujem da svi to očekuju, jer sam do tada bio jedini čovjek koji se suočio sa špiljom očaja i bio uspješan. Međutim, bio sam svjestan da je ovaj put izazov bio mnogo veći nego prije: duboko razumjeti složenu mračnu noć duše, nešto što su postigli samo sveci.

Kasnije skrenem pažnju s krajolika i odlučim se jutarnje kupanje. Žustro hodam dok ne stignem na odredište. Uđem, zatvorim vrata, skinem se, uključim tuš i ostanem dvadesetak minuta uklanjajući nečistoće. Kad sam potpuno čista, osušim se, obučem čistu odjeću, izađem iz kupaonice, nađem Renata kako čeka svoj red, pozdravimo se i onda se vratim u našu sobu. Kad se Renato vratio, malo smo razgovarali i odlučili otići u kuhinju doručkovati. Izlazimo iz sobe i nakon nekoliko minuta stižemo i susrećemo svećenicu kao i obično. Sjednemo za stol i ona nas poslužuje. Počinjemo jesti i nakon nekoliko trenutaka u tišini odlučujem se izraziti:

"Vjerujem da sam spremna za sljedeći izazov, svećenice. Kada će se održati i o čemu se radi?

" Jesi li siguran da stvarno jesi? Znajte da je sljedeći izazov o neravnoteži koja predstavlja najdeblji dio tamnog oblaka otvrdnulih srca. To obično nazivamo neravnotežom terorizmom. Što se tiče datuma i vremena, izazov će se održati nakon doručka, na zapadnoj strani otoka, gdje ćete potražiti tunel propasti. Ako prođete ovo iskustvo, tada ću vam dati dopuštenje da uđete u Eldorado i priliku da ponovno proživite svoju mračnu noć duše. Svakako, ovo bi u potpunosti razjasnilo vaše sumnje.

"Kako? Hoćete li reći da ću se još jednom suočiti sa svom tom patnjom?

" Da. To je jedini održivi način koji trenutno mogu vidjeti.

-"Slijedimo savjet gospodarice. – savjetuje Renato.

" Vrlo dobro, Renato. Razumjela sam poruku, svećenice. Kako se moram ponašati da bih još jednom pobijedio?

" Pokušajte razmisliti o svojim prošlim pogreškama prije nego što odete u tunel. Osim toga, potrudite se kontrolirati svoje strahove i duhove.

" I dalje budite razboriti i držite noge na zemlji. – Nadopunjuje Renato.

"Hvala vam obojici. Znajte da ako pobijedim, velik dio zasluga bit će za vas dvoje.

" Ne treba zahvaljivati. Ne činim više od svoje obveze. – navodi Renato.

" Tvoje riječi postajem mojima, Renato. Moja je nagrada vidjeti sreću mojih učenika.

Nakon toga smo se dugo grlili, radeći to osjećam prijenos pozitivnih energija. Kada trenutak prođe, nastavljamo jesti, a kada završim, sjetim se svoje predanosti da provedem još jednu fazu u svojoj evoluciji. Kako bih to postigao, opraštam se od ostalih, izlazim iz palače i tražim najbližu stazu koja me vodi na zapadnu stranu otoka. Kad ga pronađem, počnem hodati naprijed. Na početku puta usredotočujem svoju pažnju na svoju strategiju, predvodim prepreke s kojima ću se možda suočiti, analiziram situaciju i na kraju zauzmem stav, ali čak i tako ne mogu prestati sumnjati, koje nagrizaju moje misli. Trenutak kasnije, trudim se kontrolirati svoje emocije i nastaviti ići naprijed na stazi.

Sada je vrijeme iščekivanja. Što bi moglo dolaziti? Kako god, suočio bih se s tim, jer se već smatram iskusnim i s tom mišlju nastavljam put iscrtan stazom. Svakim korakom snagom i hrabrošću se približavam planiranom cilju. Trenutno još uvijek imam neke nedoumice, poput: Hoće li ovaj put biti teže pobijediti? Malo razmišljajući o tome, dolazim do zaključka da bi uopće moglo biti tako, ali moja vjera i stav ostali su isti kao i drugi put i mislim da je to dobar znak. Na kraju, svaki pobjednik mora imati neku vrstu samopouzdanja kako ne bi riskirao neuspjeh. Pogledajte moj primjer. Prije toga, kada se nisam tako ponašao, bio sam podvrgnut nizu neuspjeha koji su me gotovo natjerali da odustanem od vlastite priče. Uz veliki trud uspijevam se rehabilitirati, a razlog tome bila je nada koju je pružala planina Ororubá i njezina veličanstvena špilja, koja je uspjela ostvariti najdublje želje. Tamo sam krenuo na putovanje s odredištem do njega i gdje sam započeo putanju prema uspjehu, a posljedice toga dovele su me do otoka, također svetog mjesta, koji će me uskoro osloboditi mračnog dijela mog ranijeg života.

Nastavljam dalje stazom i nešto kasnije zaboravio sam svoje prijašnje brige. Sadašnji trenutak zahtijevao je to i još malo planiranja i opreza sa sljedećim koracima. Djelujući na ovaj način, još jednom sam se akreditirao da budem uspješan i povećam svoje vidno polje u odnosu na složenu materiju koju predlažem razumjeti: tamnu noć duše. Razmišljajući o tome i svom putu, potvrđujem da su moje dosadašnje odluke bile ispravne i da sam stvarno evoluirao. Međutim, još uvijek nisam dosegao stupanj dovoljno dobar da otkupim svoje sumnje i morat ću prevladati sadašnji izazov i ući u strašni Eldorado kako bih donio konačnu odluku. Samo tako bih mogao stvoriti nepristranu priču o dotičnoj temi, dajući kontinuitet svom intelektualnom putu kao pisca.

Pješačeći još malo, idem dosta naprijed i konačno stižem na željeno odredište: zapadnu stranu otoka. Hodam malo dalje i ravno naprijed pojavljuje se znak onoga što tražim i pun znatiželje odlučujem se približiti. Stigavši na naznačeno mjesto, osjećam kako tlo drhti, nebo postaje tamnije i gravitacijske sile se tresu. U sljedećem trenutku preda mnom se pojavljuje tunel i sila me gura u njega, bez alternative dopuštam da me odvedu. Nakon nekoliko sekundi ulazim u tunel i trpim snažan udar koji me čini nesvjesnim. S udarcem, moj um putuje prema horor planu u kojem su lukavstva mračnih sila naoružana protiv ljudi dobre volje. Ovom prilikom imam priliku vidjeti rastuću mržnju, mržnju i pasivnost u očima kriminalaca. Osim toga, vidim njihovu sreću što uzrokuju tragedije u životima ljudi.

Čak i suočen s ovom teškom stvarnošću, odbijam vjerovati da postoje takvi ljudi i pokušavam pobjeći s mjesta s namjerom da budem slobodan i zaboravim na scene. U svom pokušaju slijedim savjet svećenice i uz malo truda i sreće uspio sam. Kao rezultat toga, postupno vraćam savjesnost i kada se to dogodi, nađem se vezan i u blizini je čovjek koji kaže da mu je bomba u kaputu i prijeti da će je eksplodirati. Mirno ga pokušavam uvjeriti da ne provodi takvo ludilo, ali to nimalo ne pomaže. Ne mareći za posljedice, on čini naglu gestu i ubrzo nakon toga čujem zvuk velike eksplozije. Ne mogavši pobjeći, predao sam se u Božje ruke i na kraju imao viziju o terorizmu:

"Charlie je bio obrazovan mladić, pristojan i inteligentan jer je bio dio obitelji srednje klase iz Paulovog kapitala, dobro strukturiran i moralno utemeljen, dobrih načela i vrijednosti. Budući da je bio mlad, bogat i nije radio, Charliejeva rutina bila je samo učenje, a vikendom je često putovao u razna područja države i Brazila. Na jednom od tih putovanja upoznao je Rafaela i odmah se sprijateljio. U prikladno vrijeme, Rafael ga je pozvao da bude dio njegove grupe, grupe koja je propovijedala netoleranciju prema manjinama. Rafael je koristio tako divne argumente da je ostvario svoje namjere. Ali prije nego što se pridruži, Charlie mora proći test, kako bi potvrdio je li dostojan biti dio grupe. Izazov je bio istrijebiti skupinu homoseksualaca i Charlie se velikom vještinom uspio infiltrirati u njih. U određenom trenutku iskoristio je nepažnju žrtava i pridonio ubojstvu. Od tog dana uživao je u tome i nastavio činiti zvjerstva, uglavnom nad onim neobičnim. Ali došao je određeni dan smrt i, uz pomoć svjedoka, tamna noć ga je na kraju osudila, gotovo bez obrane. Tada je počeo patiti i bio je spojen sa svima onima koji plaču i stišću zube.

Vizija završava i na moje iznenađenje ponovno dobivam savjesnost, primjećujući da sam još uvijek živ. Zatim izlazim iz tunela i tražim najbližu stazu, kako bih se vratio u palaču. Kad ga pronađem, idem naprijed. Na početku povratka već se osjećam opuštenije i odlučnije, što je rezultat sadašnje pobjede. Sve me navelo da vjerujem da se približavam tako očekivanoj istini i da trebam zadržati isti mentalni stav kako bih postigao potpunu pobjedu bez nezgoda. Međutim, od sada moram ostati oprezan i obratiti pažnju na svaki detalj. S tim uvjerenjem nastavljam brzo hodati stazom. U određenom trenutku prešao sam pola puta i moje su misli potpuno usmjerene na ponovni susret sa svećenicom i Renatom. Što su točno očekivali od mene? Bi li bili zadovoljni mojom izvedbom? Pa, na jednu stvar se nisu mogli žaliti: Moje nastojanje da stvorim čistu i dostojanstvenu putanju. Od početka sam zadržao svoje etičke i moralne vrijednosti, stečene u vrlo mladoj dobi i to su bili moji stupovi protiv životne nemilosti. Analiziram svoj slučaj i odlučujem ih zadržati, bez obzira na situaciju. Kasnije se koncentriram na šetnju i već mogu vidjeti palaču. Idem dalje naprijed i nakon nekoliko trenutaka sam ispred njega. Bez razmišljanja hodam prema ulaznim vratima da su samo odškrinuta. Odlučujem ga gurnuti i ući. Kad uđem, imam pristup glavnom salonu i upoznam Renata i svećenicu. Kao i u drugim prilikama, gospodarica me uhvati za ruku, koja me vodi u privatni salon. Ulazimo u sobu; zatvorite vrata i sjednemo na slobodne stolice oko stola. Nakon što me nekoliko trenutaka pogledala, započela je dijalog:

" Reci mi, vidovnjaku, što si naučio s ovim posljednjim izazovom i kako definiraš pitanje terorizma nakon što si bio u kontaktu s njim.

" Naučio sam kako se suočiti s najvećim strahovima i podnijeti najveća svetogrđa bez okretanja želuca. Nakon onoga što sam prošao, mogu definirati terorizam kao vrstu bolesti koja potječe iz mržnje, mržnje, netolerancije i nedostatka poštovanja prema sebi i drugima. Oni koji slijede te instinkte na kraju zgušnjavaju tamnu noć i čine je još opasnijom.

" Dobro objašnjenje. Treba dodati da je terorizam vrsta zločina koja je neprihvatljiva, jer nemamo pravo uništavati ili oštećivati živote iz razloga etničke pripadnosti, vjere, kulture, seksualnih mogućnosti i drugih. Oni koji prekrše pravilo uzajamnog poštovanja podložni su osudi.

" Potpuno se slažem. A sada, mogu li ući u Eldorado?

" Ako osjećate da ste potpuno spremni, da. Međutim, prije vas moram upozoriti da je opasnost od koje ćete se od sada izlagati vrlo velika. Osim toga, svi oni koji su okušali sreću nisu uspjeli na svojim ogromnim vratima. Čak i uz te uvjete, želite li i dalje nastaviti?

" Da. Volim izazove, ako ne riskiram, nikada neću razumjeti vlastitu priču. Možete li me onda odvesti tamo?

" Vrlo dobro. Prati me.

Rekavši to, svećenica je napustila privatni salon i ja sam je pratio. Nakon nekoliko koraka stigli smo do glavnog salona i krenuli prema izlazu. Nekoliko trenutaka kasnije, već izvan palače, tražimo prvu stazu koja će nas odvesti prema sjeveru. Kad ga pronađemo, krećemo u šetnju uz njega. Hoćemo li pronaći svoje odredište? Nastavi pratiti, čitatelju.

Eldorado

Početak šetnje na odgovarajućoj stazi daje mi velika očekivanja. Može li Eldorado biti tako fantastično mjesto kao što svi kažu? Upravo sam trebao saznati odgovor, jer će to biti moj posljednji pokušaj da shvatim tamnu noć. U međuvremenu, moram obuzdati svoju želju i nastaviti slijediti tajanstvenu damu iz kraljevstva anđela. To je upravo ono što ja radim i sigurno stalnim tempom nastavljamo u tišini stazom. Na taj način imamo priliku još jednom se diviti ljepotama prirodnog krajolika tog mjesta, uključujući teren, vegetaciju, faunu i floru. Bili smo zaprepašteni, ali to me ne čini da gubim fokus, niti brige, jer me upravo ta palača pokušala uništiti u drugim prilikama. Ovo je bio još jedan detalj koji treba primijetiti.

Malo dalje smo se osjećali pomalo umorno i oboje smo se složili da ćemo stati na neko vrijeme. Sjeli smo na zemlju, na suhu travu, a ja koristim priliku da razjasnim neke sumnje oko sljedećeg izazova. Čak i ako bi željela pomoći, gospodarica ne može odgovoriti na moje sumnje, jer ona sama nikada nije imala iskustva u tome. Ispovijed svećenice povećava moje strahove, ali čak i tako ne žalim zbog donesene odluke. Na kraju, koliko vrijedi život bez svrhe? Tako sam se našao od svog iskustva s mračnom noći, u pustinji gdje sam sreo Đavla u ljudskom obliku. Da bih jednom zauvijek riješio svoje sumnje, bilo je neophodno nastaviti slijediti nepredvidiv i opasan put tame. Zatim ponovno razgovaram sa svećenicom i odlučujemo ponovno hodati.

Hodali smo još malo i u određenom trenutku svećenica se zaustavila i zamolila me da učinim isto. Poslušam i gospodarica odmah nacrta krug na tlu. Hodali smo oko njega, počela je izgovarati nerazumljive riječi i činiti čudne i zagonetne geste. Nakon što sam neko vrijeme obavljao ovaj ritual, unutar kruga se niotkuda pojavljuje portal i svećenica me zamoli da krenem prema njemu. Slušam gospodaricu; Prolazim kroz polje snaga i ulazim kroz vrata. Kao ulazak, imam pristup velikom i lijepom vrtu. Tada odlučujem hodati okolo tražeći svoje odredište. U ovom trenutku moj um je bombardiran s nekoliko sumnji i malo mi se zavrtjelo u glavi. Pokušavam se kontrolirati i nastaviti hodati bez određenog smjera.

Situacija me podsjeća na labirint špilje i kako sam se osjećao u tom trenutku. Osjećaj se vraća jači i ne znam što da radim. Bez puno razmišljanja, slijedim svoje instinkte, skrećem lijevo i nakon dosta dugog hodanja u tom smjeru ne nalazim apsolutno ništa. Što se događalo? Pitam se. Ne odustajem i nastavljam hodati naprijed. Kad stignem točno u središte vrta, odlučim se odmoriti pod drvetom. Iskoristim stanku da se divim njegovom lišću i osjećam se pomalo gladno kad vidim neko voće. Zatim sam brzo ustao, zgrabio granu i uz malo truda dobio sam voće. Ponovno sjednem i počnem ga jesti. Čineći to, događa se nešto nadnaravno: tlo se trese, nebo potamni i tamna noć duše počinje potpuno dominirati mojim bićem. Nesposoban da se kontroliram, u impulsu, ponašam se kao u prošlosti, osjećajući istu grešnu silu iz prošlosti. Ovaj trenutak me tjera da ponovno proživim okrutne prizore i osjećam isto tajanstveno zadovoljstvo u grijehu. Osim toga, osjećam se moćnijim i vlasnijim vlastite sudbine. Kako vrijeme prolazi, pogreške se ponavljaju i kada sam na vrhuncu tame, glas me optužuje da sam poput samog đavla. Ta činjenica me tjera da dođem k sebi, i žao mi je zbog svojih slabosti, ljutim se, gledam u horizont i glasno vičem da cijeli svemir može čuti: Nikada nisam bio niti sam đavao!

Ja sam samo ljudsko biće koje nije moglo dobro vidjeti istinu. Sada želim oproštenje, mir, sreću i sve je to moguće jer vjerujem u milosrdnog Boga i sigurno ću razumjeti svoje motive. Nakon što sam to rekao, nebo se razvedri, tlo se trese i tamna noć duše konačno odlazi od mene. U ovom trenutku, po prvi put sam u stanju to razumjeti i takva činjenica čini da odmah osjećam olakšanje. Sada, nakon što je sve riješeno, sila me gura izvan vrta i kada stignem tamo, imam pristup međuprostoru između Neba i Zemlje. Ovo mjesto se može opisati kao ravno i prostrano mjesto, prosječne svjetline i puno tragova. Tražeći svoj put, biram stazu, krećem njome i nakon duge šetnje stižem blizu vodopada. Sjedio sam blizu vode koja je padala i trenutak kasnije dobio sam veliki strah jer je iz nje izašao čovjek. Prilazi, gleda me i započinje dijalog:

" Zašto si došao ovamo, momče moj? Znate li kojim slučajem da je to put u propast?

" Moj cilj je suočiti se s Eldoradom, tražiti otkriće i pronaći vlastitu priču.

" Bolje je da odustaneš od tog puta, dok ima vremena, jer nemaš moći suočiti se s čudovištem tog mjesta.

" Čak i ako je to bilo nemoguće, nisam navikla bježati od svojih odgovornosti i svojih izazova.

"Ako ste se odlučili za to, onda se suočite sa silama tame.

Rekavši to, čovjek se preobrazio i obavio nas je vatreni krug. Odmah počinjem osjećati intenzivan duhovni pritisak, zbog čega kleknem. Istodobno, u svom umu osjećam tamu koja koristi svoje ritualne sile usmjerene na mene. U ovom trenutku stigma počinje djelovati, prizivam svoju bijelu magiju s namjerom borbe protiv tame i to ima trenutni učinak, ostavljajući me opuštenijom. Ubrzo nakon toga, sjećam se svetaca i herojskog načina na koji su prevladali svoju tamu, crpili inspiraciju iz njih, razmišljali o najvećoj dobroti koja postoji u svemiru i tražili oprost za sve zlo koje sam prouzročio. Čineći to, krug tame se prekida i njegov predstavnik je poražen. Tada sam u stanju ustati, početi hodati i opet sila gura iz sadašnjeg mjesta, srednju. Kako odlazim, dolazim u novu dimenziju i ulazim u nju.

U novom prostoru osjećam se jako pospano i slabim, odlučujem leći da se odmorim. Nešto kasnije, postajem nesavjestan, moj duh se odvaja od mog tijela i leti u smjeru svijeta duhova. Imam pristup dvjema različitim duhovnim stvarnostima: raju i paklu. Na strani Neba, susrećem se s razvijenijim duhovima, oni me testiraju i prolazim ispit, dostojan primiti tako traženu objavu. Što se tiče dijela koji odgovara paklu, iskušavaju me moćne đavolske sile koje mi nude sve vrste materijalnih koristi, usmjeravajući ih posebno prema mojim slabostima. Kao čudom, mogu se oduprijeti i tada me smatraju odobrenim. Nakon ove faze, vraćam se u svoje tijelo i budeći se ponovno sam gurnut izvan sadašnje dimenzije. Imam pristup izlazu i s nekoliko koraka izlazim iz Eldorada.

Zatvor

Kad sam izašao, ponovno sam upoznao svećenicu, razgovarali smo neko vrijeme i ona je iskoristila priliku da mi čestita. Instinktivno smo se zagrlili i osjećali smo se vrlo emotivno. Nakon zagrljaja, zamoli me da je slijedim, poslušam je i krenemo natrag u palaču. Usput nastavljamo razgovarati o izazovima i mom stavu u suočavanju s njima. Nakon što smo neko vrijeme analizirali situaciju, zaključili smo da su moja vjera, odlučnost, hrabrost i ustrajnost bili temeljni za postizanje uspjeha. Nakon toga zavlada tišina i koncentriramo se isključivo na šetnju, zbog čega preostalu udaljenost dovršavamo za tridesetak minuta.

Kada stignemo, ulazimo na glavna vrata i s još nekoliko koraka smo u salonu. Tamo nalazimo Renata i pozdravljamo ga. Kao i prije, svećenica me uzima za ruku kako bismo imali privatni razgovor u privatnoj sobi. Idemo na uobičajeno mjesto, zatvaramo vrata i sjednemo za stol. Svećenica me bez odgađanja pogleda i započne dijalog:

"Moje čestitke na još jednoj pobjedi. Sada počinje nova faza, potraga za otkrivenjem. Imam savjet za vas o ovoj fazi, trebali biste pronaći odgovor koji vam je potreban na sjeveroistoku otoka, gdje se nalazi zatvor maksimalne sigurnosti koji se zove vražje lice. Međutim, mjesto je dobro čuvano i teško dostupno.

" Što ćemo točno ja i Renato tražiti?

"Morate pronaći zatvorenika koji je ekstreman primjer u odnosu na tamnu noć. Njegova priča trebala bi vam poslužiti kao osnova za pisanje o ovoj složenoj temi.

"Razumijem. Hvala vam na savjetu.

Kad završimo razgovor, pada mi na pamet ideja kako ući u zatvor i tražim pomoć svećenice. Ona pristaje i ubrzo nakon toga vrati se donoseći ono što sam tražio, a zatim sam joj zahvalio. Opraštam se od nje, izlazim iz privatne sobe, ponovno se susrećemo s Renatom i odlučujemo odmah zajedno otići u potrazi za našim ciljem, doći do zatvora. Napustili smo palaču i potražili najbližu stazu koja nas je vodila na sjeveroistočnu stranu otoka. Vrlo brzo ga pronalazimo i počinjemo hodati. Početak puta je intenzivan i odražava naše sadašnje duhovno raspoloženje: žurili smo prevladati izazove i kao rezultat toga postići ciljeve. Na kraju smo dovoljno dugo čekali. Osim žurbe, osjećao sam se pun sumnji u vezi s budućnošću i cijelo vrijeme sam si postavljao pitanja, poput: Koja će se tamna noć otkriti i koja je njezina važnost? Što me čekalo na ovom opasnom putu? Malo razmišljam i dolazim do zaključka da je besmisleno biti zabrinut, jer u ovom trenutku nisam imao pristup odgovorima. Najbolje što sam u međuvremenu mogao učiniti bilo je kontrolirati svoje želje i nastaviti hodati bez razmišljanja o bilo čemu.

Šetnja se nastavlja dosta dugo i u određenom trenutku možemo vidjeti zatvor. Približavamo se, kako bismo ga bolje proučili, i primjećujemo da ga sa svih strana čuvaju brojni vojnici i to umanjuje naše nade. Analizirajući situaciju i nakon dugog razmatranja, razrađujemo strategiju: Pokušali bismo ući sa sjeverne strane, one najmanje čuvane, koja ima prozor ne previsok, kroz koji bismo mogli ući. Trenutak kasnije, odvlačim pažnju stražara dok se Renato pokušava popeti na zgradu do prozora. Budući da je malen i okretan, ne privlači pažnju i uz malo truda konačno ulazi u zatvor. Ispričavam se, gubim stražare, a Renato baca uže odozgo kako bih i ja mogao ući u tvrđavu. Počinjem se penjati po užetu, što zahtijeva veliki napor, zbog čega se prisjećam kada sam se popeo na strmu planinu Ororubá. Kao i drugi put, teško se koncentriram i uspijem doći do konačnog odredišta bez izazivanja neprijateljske pažnje.

Kad uđem unutra, upoznam Renata i oboje počinjemo hodati unutar tvrđave prema ćelijama. Na putu smo prošli pored nekoliko odjeljaka i ćelija dok nenamjerno u jednoj od njih nismo aktivirali alarm. Očaj nas pogađa, jer se odmah pred nama pojavi nekoliko stražara. Bez ikakve šanse za bijeg, zatvoreni smo zbog provale u kaznionicu i odvedeni u jednu od ćelija i stavljeni među ostale zatvorenike. Dugo smo ostali bez ikakve ideje kako pobjeći, sve dok Renato nije počeo praviti reket, privlačeći pozornost stražara. Kao rezultat toga, odvedeni smo u mračnu, hladnu i praktički praznu sobu. Postoje samo tri osobe, uključujući Renata i mene. Bez ikakvog posla, drugi zatvorenik započinje dijalog:

"Tko ste vi i što vas je dovelo ovdje?

"Moje ime je Aldivan i on je moj avanturistički suputnik, Renato. Došli smo daleko u potrazi za razumijevanjem tamne noći duše. A vi, kako se zovete, odakle ste i što vas je dovelo ovdje?

" Moje ime je Clodoaldo i dolazim iz grada Pesqueira, grada srednje veličine iz divljine Pernambuca, ali iznimno razvijenog na ekonomskom polju. Razlog koji me doveo ovdje je taj što sam počinio mnoge iracionalne zločine. Ali što to znači za ovu mračnu noć duše koju ste spomenuli?

" Tamna noć duše je trenutak kada se odvajamo od Boga i Svetog i mislimo samo na taštinu i sebičnost. Kada se dobro iskoristi, služi kao učenje na liniji evolucije, ali ako zanemarimo, može čak i osuditi.

" Tamna noć može predstavljati i razdoblje iskušenja koje trpimo i razotkrivaju naše slabosti. – Nadopunjuje Renato.

" Čini se da se to objašnjenje savršeno uklapa u veći dio razdoblja koje sam proživio prije nego što sam bio zatvoren. Unatoč dobrom odgoju koji sam imao, dugo sam hodao stazom tame i pobjegao sam samo namjerno i potpuno se oporavio. Unatoč tome, na kraju sam morao platiti za svoje zločine i tako sam patio u ovom zatvoru trideset godina. Jednako dobro da je moj mandat skoro gotov.

" Čestitam na oporavku, brate. – Hvali Renata

" I ja vam čestitam. Znači li to da ste se potpuno oslobodili svoje mračne noći? Ako je to tako, to je vrlo rijetko. – komentiram.

" Mogu reći, bez imalo sumnje, da. Bilo je to zaista čudo koje me spasilo, nešto što je potpuno promijenilo moj način razmišljanja. Nakon odlaska odavde, želim ponovno osjetiti zadovoljstvo slobode, uživati u njoj s odgovornošću i tko zna ponovno izgraditi svoj život, unatoč činjenici da imam pedeset godina.

"Nikad nije kasno za ponovno pokretanje. Impresioniran sam tvojom pričom, brate. Mogu li te dodirnuti? Pretpostavljam da ste vi ključni dio priče koju tražim. –Rekao sam.

"Naravno. Osjećaj se slobodno.

Nakon Clodoaldovog pozitivnog odgovora, prilazim mu i približavam se ispruživši ruku. Kad ga dotaknem, dogodi se fantastična mistika susreta dvaju svjetova, zbog čega imam viziju tako tražene priče.

Vjenčanje

Nakon dvije godine veze, par koji su činili zidar John Cavalcanti i kućna sluškinja Sofia Ramos konačno su zapečatili zajednicu. Nakon što potpišete dozvolu za vjenčanje, formalno se poljubite, fotografirajte i uputite se na pravu zabavu, u mladenkinom domu, u susjedstvu na periferiji Recifea. Na putu par koristi posuđeni automobil, suočava se s kaotičnim prometom uobičajenim u glavnom gradu i nakon nekog vremena, beskrajno, stižu na odredište u pratnji neke bliske rodbine.

Izlaze iz auta, otvaraju vrata i ležerno ulaze u kuću. Po dolasku ih primaju gosti, uključujući obitelj para i najbliže prijatelje. Nakon što pozdrave sve i dobiju želje za sreću, zovu fotografa, naprave nekoliko fotografija i zatim odu otvoriti poklone, s imenom svakog gosta. Otvaraju se jedan po jedan i osobno se zahvaljuju na pažnji i brizi svih. Nakon te ceremonije počinje hrana i piće, uključujući večeru i desert slatkog i slanog. Sve nevjerojatno jednostavno, ali s dobrim ukusom. Par sjedne za ogroman stol i kao i obično su u središtu pozornosti svih. Nakon večere režu svadbenu tortu i posvećuju pažnju nekim posebnim gostima. Na kraju se opraštaju i odlaze u svoj novi dom u istom susjedstvu.

Udaljenost koja ih dijeli od kutka i davno planirana sreća napravljena je u dvadeset minuta, u istom automobilu koji je posudio jedan od mladoženjinih prijatelja. Po dolasku izlaze iz auta, hodaju neko vrijeme, a kada dođu do prednjeg dijela kuće, otvaraju vrata tajnim ključem, ulaze u salon i odlaze u sobu uživati u medenom mjesecu. U sobi sjede na krevetu, razgovaraju, vode ljubav i već umorni spavaju kao dvije bebe. Sutradan bi počeli provoditi u djelo planove koje su davno nacrtali, uključujući želju da se popnu na društvenoj ljestvici, imaju djecu i budu sretni.

Prvi dan nakon vjenčanja

Napokon svane dan, a jutarnje prirodno svjetlo istovremeno budi mladence. Po buđenju se grle, malo razgovaraju i razgovaraju o nekim detaljima. Dok Sofia priprema doručak, John se odlazi okupati. Oboje žure sa svojim zadacima i završavaju u isto vrijeme. John, (ljubazan kakav jest) čeka neko vrijeme ženu, koja se također kupa. Za razliku od većine žena, Sofiji ne treba dugo vremena pod tušem, jer ne želi živcirati svog prvog muža na novo konsolidiranom vjenčanju. Kad se vrati u spavaću sobu, pronalazi iznimno uzbuđenog suputnika. Drže se za ruke i odlaze u kuhinju na doručak.

Kad stignu na odredište, sjede za dobro postavljeni stol i poslužuju se. Ovaj prvi ritual traje dovoljno dugo da steknu prvi dojam o odnosu para i za to vrijeme razgovaraju i planiraju dan. Kad završe, John se oprašta, jer će raditi u građevinskoj tvrtki, kao zidar, i bliži se vrijeme početka rada. Prije odlaska, međutim, daje nekoliko savjeta i daje oproštajni poljubac i zagrljaj. Nakon toga konačno odlazi na najbližu autobusnu stanicu kako bi otišao na posao, a to je u istom susjedstvu. Dok Sofia ide u kućanstvo, čistiti, kuhati, glačati i obavljati druge poslove. Kad završi, odlazi i na posao, kućanske poslove, u susjedovu kuću. I tako započinje teška rutina ovog novo vjenčanog para, sastavljenog od jednostavnih ljudi, punih snova, ali prije svega sretnih.

Na kraju dana, po završetku svojih poslova, vraćaju se kući, ponovno se sastaju i nastavljaju uživati u medenom mjesecu. Slijede uobičajenu rutinu u većini brazilskih domova i navečer: večeraju, gledaju televiziju i vode ljubav sa svom slobodom, a kad su iscrpljeni, odlaze spavati. Odlaze kako bi povratili energiju provedenu tijekom dana radeći brojne aktivnosti. Sutradan će napraviti novi plan, ako Bog da.

Inspirativni san

John je zaspao. Kao i svaki smrtnik, njegov se duh odvaja od tijela i luta nepoznatim razinama i prostorima. Na jednom od tih mjesta ima rijetku priliku za prosvjetljenje i sve što radi duhovno pohranjeno je u memoriji njegovog fizičkog tijela. I tako počinje njegov san, posrednik između Boga i stvorenja. Njegov se događa na sljedeći način: John je na čistom, prostranom i bistrom mjestu, točnije na velikoj ravni, prekrivenoj prirodnom vegetacijom i voćkama, okružen vijugavim stazama, gdje kroz njegovu sredinu teče široka rijeka. Po dolasku počinje lutati besciljno i bez očekivanja. Nakon 30 minuta bez ikakvih konkretnih rezultata, odlučuje malo razmisliti o svemu tome. Usredotočuje se na svoju priču, svoju obitelj i nedavni brak sa Sofijom. S vjerom ulazi u kontakt s nadmoćnim duhovima, govori malo o svemu i upućuje zahtjev: Biti sretan u braku, izgraditi obitelj i živjeti da bude njegova moralna i financijska okosnica. U ovom trenutku, kao pucketanje prstima, osjeća kako ga netko tapka po ramenu, privlačeći mu pažnju. Okrenuvši se prema biću koje je to učinilo, ugleda plavokosog mladića, niskega, blistavog, mršavog i mišićavog. Gledajući ga, postaje oduševljen. Mladić govori započinjući dijalog:

"Bok, blagoslovljeni, ovdje sam u ime Svemogućeg da te vodim. Ako želite, možete postići svoju milost, ali potrebna je vjera, predanost, nevezanost i hrabrost da se suočite s onim što dolazi. Jesi spreman?

"Mislim da jesam. Tijekom cijelog svog života, od djetinjstva, borio sam se za svoje ciljeve i malo po malo sam ih postigao. Sve je moguće, unatoč tome što je moja trenutna situacija iznimno teška.

"Opusti se, ne brini ni o čemu. Bog se brine u pravom trenutku. Jeste li spremni odreći se nečega u zamjenu za nešto veće?

"Možda. O čemu se radi?

"Objasnit ću. U stvarnom planu u kojem se nalazite ne možete imati sve. Ljudsko biće mora stalno donositi odluke, a većina ih je teška i nije uvijek ispravna. Da biste ostvarili svoj zahtjev, morate prihvatiti suočavanje s poteškoćama. Mogu li vam postaviti odlučujuće osobno pitanje?

"Možeš. Pažljiv sam.

"Što vas više privlači? Bogatstvo ili siromaštvo? A u slučaju da ste odabrali jednu od opcija, biste li bili spremni prepustiti sebe i nekoga iz svoje obitelji velikim emocionalnim poteškoćama?

"Bez ikakve sumnje, izabrao bih biti bogat, ali nisam razumio čega se moram odreći. Možete li mi bolje objasniti?

"Naravno. Duhovni neprijatelj izazvao je Boga i rekao da ne vjeruje u oporavak ljudskog bića potpuno obavijenog tamnom noći duše. I žele dokazati da je u krivu, da je doista moguće da se netko oporavi iz sjene. Trebamo nekoga, tko svojom voljom prihvaća živjeti u opasnim sjenama tame. Jeste li spremni biti ovaj pokusni kunić?

"Ovisi. Kakav je plan?

"Osoba se mora predati slobodnom voljom neizmjerno moćnoj upravljačkoj sili, koju nazivate sudbinom, i tako dokazati brojna iskušenja u životu. I na kraju provjerite što nam treba.

"Vrlo dobro, prihvaćam, čak i ako ne razumijem opseg prijedloga. Što moram učiniti?

"Slijedite me i pokazat ću vam.

Rekavši to, mladi su postali blistaviji i počeli hodati u suprotnom smjeru. John ga je bez treptaja pogleda slijedio. Nastavljaju naprijed dvadeset minuta, dok nisu stigli do obale rijeke. Mladić se približio rubu, čučnuo, dotaknuo vodu i počeo se tiho moliti. Nakon nekoliko minuta nebo se zamračilo, oblaci su se brzo skupili, počela je padati jaka kiša i struja je iz sekunde u sekundu sve jača. Smoče se i struja postaje sve jača. U jednom trenutku mladić je rekao:

"Pusti nas, suoči se sa strujom ove rijeke i dokaži da si dostojan.

Ne vjerujući u ovu tvrdnju i cijenu koju bi morao platiti za svoju ambiciju, John, da ga ne bi nazvali kukavicom, zaranja u rijeku. Unatoč svom životnom i plivačkom iskustvu, ne može kontrolirati svoje tijelo i počinje podlijegati struji. Unatoč tome, inzistira, bori se, ustraje, ali njegova se situacija ne mijenja. Naprotiv, stalno se pogoršava. Nakon nekog vremena počinje se utapati, a kad se ne može povući, dužan je zamoliti mladića za pomoć. Sa sažaljenjem Mladić leti poput anđela i spašava ga. Držeći ga za ruke izvlači ga iz rijeke, daleko od te olujne i opasne rijeke.

Po dolasku na obalu rijeke smiruje ga i kada je spreman, odlučuje mu dati presudu.

"Nažalost, Johne, pao si na testu i nećeš moći ostvariti svoj san, osim ako ne želiš dalje riskirati.

"Kakva šteta. No, postoji li još uvijek mogućnost uspjeha?

"Da, ali to je iznimno opasno. Želite li dati muku voljenoj osobi u zamjenu za bogatstvo?

"Imam li drugu alternativu?

"Ne, samo ovaj.

John je sjeo i razmišljao neko vrijeme. Odvagnuo je prednosti i nedostatke. Kad je ustao, napravio je izbor, ali ne znamo je li to bila prava alternativa. Samo će budućnost pokazati.

"Prihvaćam. Možemo nastaviti.

Nakon što je Ivan pristao, mladić ga je držao za ruke i s nekoliko čarobnih riječi prodro u njegov um. Impresionirao je u njemu neke brojke koje bi ga natjerale da postigne svoj cilj.

Rutina i lutrija

Kad se probudi, John se jasno sjeća svog sna i čarobnih brojeva utisnutih u njegovo sjećanje. U početku ne obraća puno pažnje na ovaj predosjećaj i nastavlja sa svojom uobičajenom rutinom. Ustaje, proteže se, pogleda kroz prozor da vidi promet i prije tuširanja probudi ženu kako bi mogla pripremiti doručak. Nakon prolaska smjernica, odlazi prema kupaonici, stiže, otvara vrata, zatvara ih i počinje se svlačiti. Nakon što se skine, uključuje tuš, pušta malo ledene vode da mu teče niz tijelo neko vrijeme, isključuje tuš i pjeni se. U ovom trenutku vraća se relevantno pitanje koje muči njegov um: Što je značilo tih šest magičnih brojeva u njegovom sjećanju? Može li to biti ruka sudbine i postoji mogućnost da se njegov san ostvari?

Unatoč euforiji, trudi se ne zanositi iluzijama, jer je tijekom svog dosadašnjeg postojanja bio strogo kažnjen srećom i životom. Pokušavajući se uvjeriti da sve to nije ništa više od gluposti, prisjeća se nekih vremena iz djetinjstva i adolescencije provedenih u favelama Recifea. Iz djetinjstva se sjeća da je radio u kafiću bliskog rođaka i služio javnosti. U to vrijeme često su ga zbog njegovog položaja prezirali neozbiljni ljudi, bez karaktera i dostojanstva, budući da je većina imala viši društveni status od njega. Kakvo su pravo imali da ga maltretiraju? Nisu li u školi naučili da je svatko Božje dijete, bez obzira na vjerodostojnost, rasu, spol, seksualne sklonosti i nogometnu momčad? Nažalost, stvarnost je drugačija. I to je u njemu izazvalo svojevrsnu pobunu, jer to nije trpio samo tijekom radnog djetinjstva, već su se predrasude pojavile u mnogim situacijama u njegovom susjedstvu, školi, obitelji i krugovima prijatelja.

Kako to promijeniti? Do sada nije pronašao najadekvatniji odgovor, jer je odrastao i razvijao se u neprijateljskom okruženju u kojem preživljavaju samo jači i utjecajniji. S vremenom je naučio i kako reagirati, prevladati i izdržati trvenja, u skladu sa situacijom. To je bilo potrebno da bi mogao preživjeti, ali već je dosezalo njegovu fizičku, duhovnu, intelektualnu i psihološku granicu, i stoga se morao držati svake nade kako bi se mogao osloboditi marazma, rutine i septičke jame. Bez puno razmišljanja, donosi iznenadnu odluku: igrat će šest sretnih brojeva koji mu nisu prestali udarati glavom i pustiti sudbinu da odluči što je najbolje. Barem ne bi požalio što nije pokušao.

Nakon ove odluke, koncentrira se na kupku, ulazi pod tuš, dopušta više ledene vode na tijelu, ponovno isključuje tuš, ponovno se pjeni i riba nekoliko puta, dok se ne osjeća potpuno čisto. Nakon toga zgrabi ručnik, osuši se i vrati u spavaću sobu kako bi obukao čistu odjeću. Kad je spreman, odlazi u kuhinju, pozdravlja ženu, doručkuje, oprašta se od žene i odlazi na posao.

Bezbrižno prolazi kroz svoju uobičajenu rutinu i na kraju dana, u vrijeme pauze, odlazi u lutrijsku trgovinu i igra svoju obećavajuću okladu. Kladi se samo na jednu kombinaciju, uvjeren u rezultat, u ždrijeb vikenda. Nakon toga, vraća se kući ponovno upoznaje svoju ženu, ljubi se i grli, razgovara, vodi ljubav i gleda televiziju. Kad se osjećaju umorno, odlaze spavati i razmjenjuju zavjete sreće kontinuirane i uspješne zajednice. Barem su se supružnici nadali.

Povratak u normalu

Svane novi dan i par se budi. Kao i svakog normalnog dana, ustaju, istegnu se i odluče se okupati zajedno, iskoristivši ovaj trenutak da izraze svoju ljubav jedno drugome, a kad završe, odlaze u kuhinju, gdje će supruga pripremiti doručak, a John čeka da ga posluže. Za to vrijeme razgovaraju o svakodnevnim stvarima i prave planove. U početku se ne slažu u nekim točkama, svađaju se, ali budući da je njihova ljubav vrlo duboka, na kraju postižu dogovor. Nakon što je sve sređeno, napokon je doručak spreman, poslužuju se i kad završe, opraštaju se. Dok John odlazi u građevinsku tvrtku, žena se brine o kući i trideset minuta kasnije odlazi raditi u kuću u susjedstvu.

Prvo, pratit ćemo Johna na putu do posla nakon odlaska od kuće, zatvoriti vrata, otići do najbližeg autobusnog kolodvora, uzeti autobus na posao. Ne treba dugo da stigne prijevoz, jer je avenija izuzetno prometna. Ulazi u autobus, plaća kartu i prolazi kroz okretište. Kako je na početku reda, vozilo još nije puno i uspijeva pronaći mjesto. Odmara umorne noge od kratke petnaestominutne šetnje od kuće do autobusne stanice i gleda kretanje kroz prozor, sa strane i sprijeda. Divi se urbanom širenju i električnom ponašanju ljudi, unatoč osjećaju da malo tišine i svježeg zraka nikome ne šteti. Budi ludu želju za životom u unutrašnjosti, uživanjem u životu i zaboravljanjem svih briga svog teškog, monotonog i iznimno siromašnog života. Ali ta misao traje samo trenutak prije nego što se probudi u stvarnosti. Kad dođe k sebi nakon nekoliko zaustavljanja, autobus se napuni, ljudi se stisnu u male prostore, a jutarnja vrućina, unatoč tome što još uvijek nije iznimno jaka, mnoge ljude znoji. Smrad uzrokovan njome čini mu mučninu, želi povratiti, ali izdržava, jer je navikao svakodnevno se suočavati s ovom situacijom. Nekoliko trenutaka kasnije, oslabljena starica koja ustaje, traži mjesto i kao dobrostojeći čovjek John joj nudi svoje dragocjeno mjesto.

Nakon ovog velikodušnog čina, vozač ide brže i ubrzo je na odredištu. Stoga pristojno zamoli ostale na svom putu da ga puste da prođe i uspijeva doći do najbližih vrata. Kad stigne na stanicu, zatražite da ga puste van, a odmah ćete dobiti odgovor. S osmijehom na licu zahvaljuje vozaču i izlazi iz autobusa. Hoda tristo metara do radnog mjesta (mjesto raznolikog projekta) i kada stigne pozdravlja svoje kolege s posla koji ga pozdravljaju. Bez odgađanja počinje raditi pod jakim i užarenim suncem. U podne bi imao oko pola sata pauze za ručak. Nakon toga bi se vratio na posao i završio tek na kraju dana. Ovo je Johnova radna rutina.

Što se Sofije tiče, nakon što je uredila svoj dom, otišla bi raditi u kuću u istom susjedstvu. Budući da je to kratka udaljenost, ona iskorištava šetnju, što je obično dovodi u dobro raspoloženje. Nakon trideset minuta srednjim tempom stiže, kuca na vrata, dobiva pomoć, pozdravlja glavu kućanstva, zvanu Berenice i druge mještane, i odmah počinje pomagati u kućanskim poslovima. Čisti kuću, usisava, riba pod i briše vlažnom krpom ostavljajući mjesto besprijekornim. Kasnije priprema ručak, čisti kupaonicu, a u danima kada ima dobru količinu odjeće, pere i pegla. Ukratko, radi sve kod kuće, ali samo pola dana. Kad završi, vrati se kući, brine se o muževoj večeri i gleda televiziju, posebno sapunice, ili, ovisno o raspoloženju, sluša glazbu. To je njezina uobičajena rutina. Kako oboje ne rade u nedjelju, planirali su otići u kino i kazalište, što je obećavalo dobre predstave vikendom.

S vremena na vrijeme John se prisjeti svog sna, obećanja koje su dali mladi i nada se da će dobiti na lutriji. Ako se to dogodilo, znao je da postoji cijena koju treba platiti, ali zasad se nije brinuo o toj mogućnosti, jer nije imao djece i njegov brak je sve jači. Nastavi pratiti, čitatelju.

Rezultat lutrije i odluka

Dani prolaze uobičajenim, s istim stresnim načinom za Johna i Sofiju, i dolazi tako očekivani dan: dan kada se održava izvlačenje na lutriji, u kojem je Ivan igrao. Nakon uobičajenih obveza, odlazi u najbližu lutrijsku trgovinu kako bi potvrdio istinitost svog sna. Vidno u žurbi, prešao je znatnu udaljenost za nešto više od trideset minuta. Po dolasku na odredište, preskače red i kada je blizu prozora za posluživanje, ispričava se i izjavljuje da natjecanje traži od pratitelja dobitne brojeve. Odmah je prisutan i kada dobije rezultate, papir ga poljubi čak i prije nego što ga provjeri. Pun znatiželje, odlazi u kut trgovine i provjerava brojeve jedan po jedan i na svoje iznenađenje potvrdio je ono što nije očekivao, unatoč tome što je to želio i toliko sanjao. Osvojio je glavnu nagradu. Suzdržanim uzvikom slavi rezultat, privlačeći svačiju pozornost. Bez odgađanja, odlučuje se vratiti kući kako bi počeo praviti planove, koji bi sada, barem s financijske strane, bili mirni i sigurni.

Na povratku susreće poznanike, pristojno ih pozdravlja, unatoč tome što mu je um daleko. Što bi sada učinio? U trenu je od siromašnog čovjeka bez budućnosti postao uspješan čovjek. Unatoč početnom zasljepljivanju, obećava sebi da će i dalje slijediti dobre etičke vrijednosti i zadržati svoje stare prijatelje, iako sada pripadaju različitim klasama. Nakon toga nastavlja hodati sporije, uzimajući četrdeset minuta da prijeđe udaljenost. Kad konačno stigne, već je noć, a supruga mu je kod kuće. Sastaju se u salonu, a kad ona otvori vrata i bez ikakvih riječi, odmah je zagrli. Osjeća mužev čudan stav i gestu da će nešto pitati, ali prije nego što je to uspjela učiniti, John eksplodira Dobio sam na lutriji! Bogati smo. Sofia postaje emotivna, viče, plače, smije se i na kraju se ljube. Namjeravali su započeti novi život, bez poteškoća, ali nije sumnjala da sve ima cijenu.

Nakon što prođe trenutak euforije, okupljaju se i razgovaraju o tome što je u tom trenutku najbolje za oboje. U međusobnom dogovoru odlučuju se preseliti u unutrašnjost i na farmu kako bi uzgajali stoku i bavili se komercijalnom poljoprivredom. Odlučuju se za Pesqueira, prijestolnicu rajčice i odmah počinju pakirati kofere za putovanje. Što sudbina sprema za oboje od tada? Nastavimo s pripovijedanjem.

Putovanje i dolazak u Pesqueiru

Nakon što spakiraju kofere, odlaze na autobusni kolodvor kako bi uhvatili autobus s odredištem za Pesqueiru. Na putu moraju nekoliko puta presjesti autobus i još uvijek moraju pješačiti znatnu udaljenost prije dolaska na odredište. Kad stignu na blagajnu, pitaju za informacije o sljedećem autobusu koji polaze. Poslužitelj odgovara da odlazi za dva sata. Zatim odu i sjednu na stolice u čekaonici. Dok čekaju vrijeme polaska, kako bi ubili vrijeme, razgovaraju o raznim stvarima i sprijatelje se s drugim ljudima koji čekaju isti autobus. Oni su lijep par.

Vrijeme prolazi, a vrijeme polaska se približava. Bilo je to 11. siječnja 1960., nekoliko dana nakon njihovog vjenčanja. Do sada su bili sretni zajedno i njihova je ljubav postajala sve jača iz trenutka u trenutak. Ništa nije imalo moć poremetiti sklad, barem su to bile dvije ptice koje su ih voljele i čemu su se nadale. U određenom trenutku se ometaju, nastaje komešanje i konačno odlazi vrijeme. Ulaze u autobus, dolazi do malog kašnjenja i konačno autobus odlazi. Tamo započinje zajedničko putovanje u nepoznato i u budućnost u vrlo obećavajućem zanimljivom interijeru.

Putovanje je trajalo točno dva sata i trideset minuta, uljuljkano glazbom, razgovorima i očekivanjima mnogih avanturističkih ljudi koji traže istu stvar: bogatstvo, uspjeh i sreću u prosperitetnoj Pesqueiru, glavnom gradu rajčice u Pernambucu. Postoje brojne tvornice, koje se hrane regionalnom poljoprivredom, proizvode najrazličitije proizvode od rajčice, sokova, ekstrakata i slatkiša. Industrijski razvoj uzrokovao je dolazak mnogih posjetitelja i pustolova koji su proširili grad i nahranili lokalnu industriju i trgovinu, pretvarajući Pesqueiru u regionalno središte od iznimne važnosti u unutrašnjosti. Ivan i Sofija bili su dio te skupine i s novcem osvojenim na lutriji neće im biti teško ostvariti svoje planove i snove o zemlji milosti, koju je tako nazvalo ukazanje Djevice Marije u okrugu Cimbres, točnije na mjestu Straža. Iako ih nije religija dovela tamo, ali to je bila važna činjenica koju je trebalo uzeti u obzir. Kad autobus stigne, izlaze i pitaju za informacije o jeftinom i ugodnom hotelu, kako bi proveli prvih nekoliko dana dok ne pronađu stalno prebivalište u mjestu. Odlaze tamo i dobro su primljeni. Čak i umorni, nastavljaju tražiti informacije i rečeno im je da se sljedeći dan održava aukcija farme. Bili su zainteresirani, tražili su više informacija i upoznali se s tim pitanjem. Nakon toga nešto pojedu i smjeste se u svoju sobu. Otkopčavaju kofere, razgovaraju neko vrijeme, leže na krevetu, miluju se i na kraju vode ljubav. Kad završe, zajedno se okupaju i odlaze spavati. Sljedeći dan zasigurno bi donio više emocija i avantura.

Aukcija

Svane novi dan, a snažno i utješno jutarnje sunce budi osjetila mladenaca. Čim se probude, malo razgovaraju, razgovaraju o koraku koji treba poduzeti tijekom dana, prave planove, razmjenjuju milovanja i na kraju odlučuju ustati ono što uspijevaju učiniti, unatoč neizbježnom umoru uzrokovanom putovanjem. Kad ustanu iz kreveta, odluče se zajedno okupati. Da bi to učinili, hodaju prema udobnoj kupaonici, a kada stignu tamo, zatvore vrata i započnu ritual čišćenja. Potrebno im je petnaestak minuta i kad se osjećaju potpuno čisto, završe kupku, svatko zgrabi ručnik da se osuši, napusti kupaonicu i stavi čistu odjeću. Kad su spremni, odlaze u hotelski restoran na doručak. Potrebno im je oko pet minuta da stignu tamo, sjednu za stol i odmah im prisustvuje konobar. Daje im jelovnik, oni biraju hranu koju žele, spominju što žele, a konobar preuzima narudžbu. Dok čekaju da ih posluže, razgovaraju s drugim gostima i dobivaju više informacija o aukciji farme i drugim stvarima. Nakon toga razgovaraju o općim stvarima i započinju prijateljstvo. Kad najmanje očekuju, njihova narudžba je spremna i konačno su posluženi. Bez odgađanja počinju uživati u delicijama unutrašnjosti Pernambuca, kao tradicionalnoj "manioki", "tapioki" i kolaču od kukuruznog brašna te voću.

Nakon što je obrok završio, opraštaju se od ostalih gostiju i kreću prema Trgu Dom Jose Lopes, u centru grada, ispred katedrale Santa Agueda, s namjerom da sudjeluju na aukciji farme. Budući da je trg u blizini hotela, odlučuju prošetati tamo, jer je još bilo dovoljno vremena. Na putu planiraju najbolju strategiju za pobjedu na aukciji i početak nove ere u svojim životima. Nakon što je sve definirano, nastavljaju hodati i petnaestak minuta kasnije stižu na odredište. Po dolasku se udobno smjeste za jedan od dostupnih stolova, krenu na događaj i čekaju neko vrijeme dok ne dođe vrijeme za nadmetanje.

Kada dođe trenutak počinje aukcija vodopada Farma, gdje se vlasnik u posljednje vrijeme neopravdano zadužio. Na ovom događaju bili su prisutni razni autoriteti i utjecajni ljudi iz regije i daleka, zainteresirani za kupnju. Nadmetanje je počelo, poštujući minimalnu postavljenu vrijednost, a John je bio na oprezu, počevši nadmašivati ostale ponude. Čak i suočeni s velikom konkurencijom, on i njegova supruga ne odustaju od svog sna i s novcem od nagrade na lutriji imaju dovoljno za isplatiti. Nakon jednog sata borbe između potencijalnih kupaca, oni na kraju pobjeđuju i proglašeni su vlasnicima poduzeća. Pozvani su na pozornicu, potpisuju papire, daju ček vlasniku i službeno postaju vlasnici vodopada Farma.

Nakon aukcije vraćaju se u hotel, pakiraju kofere, podmiruju račun, opraštaju se i odlaze na drugu kupnju. Odlaze u autosalon, kupuju popularnu marku automobila, traže informacije i na kraju odlaze na svoju novu rezidenciju, farmu, koja se nalazi u ruralnom području općine Pesqueira. Suočeni su s uobičajenim opasnostima na neasfaltiranoj cesti, šute i nakon otprilike sat vremena konačno stižu na mjesto. Prima ih prethodni upravitelj; Predstavili su se i dobili sve potrebne informacije o farmi. Među informacijama postoje vijesti da na tom području postoje doseljenici koji su nezadovoljni načinom na koji se prema njima odnosio prethodni vlasnik i prijete mu da će ga tužiti i vratiti zemlju. John tada odlučuje sazvati sastanak s njima kako bi riješio pritužbe i budući da mu se svidio prethodni upravitelj, odluči ga zadržati na poslu. Nakon toga se opraštaju od njega i odlaze upoznati kuću i odmoriti se od napornog putovanja. Sretni su s onim što vide i obećavaju da će se jako obvezati na profesionalnoj i bračnoj strani. Tako je započela nova faza u životu para.

Sastanak

Nakon što bolje upoznaju kuću i farmu općenito, vlasnici primjećuju postojeće probleme i razmišljaju o najboljoj strategiji za njihovo rješavanje. Prije nego što mogu doći do konsenzusa, morali bi poslušati doseljenike, koji su imali više iskustva u praktičnoj strani i mogli bi biti od velike pomoći, osim što su bili u njihovom vlastitom interesu. John i Sofia nadali su se da će postići dogovor s disidentima. Dok čekaju vrijeme sastanka, rješavaju probleme imanja s radnicima, zalihama i čišćenjem općenito. Kad završe, odlaze na verandu uživati u malo sunca i povjetarcu koji slobodno puše na tom mjestu.

U dogovoreno vrijeme sastanka stižu predstavnici doseljenika, Ezequiel i Elias, koji se predstavljaju i objašnjavaju razlog posjeta. John ih prima s pažnjom i pažnjom i odlazi na sastanak u privatnu sobu, zajedno s upraviteljem farme po imenu Jackson. Sjede za stol i započinju raspravu. Ivan započinje dijalog:

"Dobro, želim vam reći da sam ja novi vlasnik ove zemlje i spreman sam postići dogovor s vama. Jackson me obavijestio o trenutnoj situaciji, ali želim čuti iz vaših vlastitih usta koje su točno vaše pritužbe.

"Prvo, želimo da se naša prava poštuju u svakom smislu. Mi smo sila koja pokreće ovo poduzeće i želimo aktivan udio u dobitku, zalihe za naše obitelji i dobru plaću. – Reci Ezequiel.

"Osim toga, zahtijevamo dio zemlje za sadnju naših usjeva i fleksibilno radno vrijeme za zadovoljstvo i kontakt s našim obiteljima. – dodaje Elias.

"Dobro razmisli, Johne. Prethodni šef ukinuo je sve privilegije i prava i tamo je spreman za štrajk. Što možete predložiti? – pita Jackson.

"Vaši zahtjevi imaju smisla i oni su apsolutno pravo doseljenika. Također sam bio zaposlenik i znam kako je. Moj prijedlog je sljedeći, pravedna plaća i s vremenom, normalni obroci za radnike, sudjelovanje u dobicima bit će moguće ako postoji dobra profitna marža, iznad 50%, dva hektara po obitelji za uzgoj usjeva, osam radnih sati sa sat vremena za pauzu za ručak. Što misliš?

"To je dobar prijedlog, ali moramo ga analizirati i mirno razgovarati s ostalim doseljenicima. Ali sviđa nam se tvoj stav. Nadam se da nas možete izvući iz krize. – Komentirajte Ezequiel.

"I meni se svidjelo. Razgovarat ćemo s ostalima, a odgovor ćemo vam dati uskoro. Nadopunjuje Eliasa.

Nakon toga, oboje se opraštaju i obećavaju da će se uskoro vratiti. John i Jackson sada su bili sami. Tada je Jackson napravio pozitivnu gestu i pohvalio Johnov stav. Jasno je dao do znanja da vjeruje da s ovim novim mentalnim pristupom farma ima perspektive za ostvarivanje velike zarade, posebno zato što je industrija rajčice još uvijek u fazi širenja oko Pesqueiru. Nakon toga, pozdravio se i otišao, kako bi se pobrinuo za svoje dužnosti podučavanja radnika o poljoprivrednim poslovima i brizi o stoci. U međuvremenu su John, zajedno sa Sofijom, namjeravali nacrtati nove planove za uspjeh na farmi. Bi li to bilo da imaju uspjeha u ovoj fazi svog života? Nastavi pratiti, čitatelju.

Odgovor

Nakon sastanka, Ezequiel i Elias odmah su otišli razgovarati s ostalim doseljenicima i predstavili im Ivanov prijedlog. Nakon velike rasprave, složili su se da će prihvatiti prijedlog i da će odgoditi sve planove za štrajk, barem za sada. Ezequiel i Elias bili su zadovoljni ovim rezultatom i ponovno ih je grupa imenovala da ih zastupaju pred šefom. Njih dvojica su bez odgađanja otišli obaviti ovu misiju.

Nakon nekog vremena, hodajući, konačno su stigli na odredište, pokucali na vrata seoskog imanja, ljubazno ih je primila vlasnica Sofia i zatražili audijenciju kod šefa. Odmah su ih odveli u privatnu sobu gdje su prenijeli odgovor doseljenika. Ivan ih je odmah zamolio da potpišu komad papira, obećavajući da će svoje dužnosti obavljati na normalan način i bez mogućnosti štrajka. Prihvatili su i sporazum je stavljen u pisanom obliku. Razgovarali su još malo i slušali upute i planove u vezi s farmom. Odlučeno je da odmah ponovno počnu saditi i John je obećao svu potrebnu potporu za to. Nakon što je sve bilo riješeno, oprostili su se i otišli. Od tada John nastavlja planirati svoje sljedeće korake prema uspjehu i svojoj neizbježnoj budućnosti.

Početak uzgoja rajčice

Nakon što je sve bilo planirano, John odlučuje djelovati kako bi farmu izvukao iz osjetljive situacije koja je postojala. Otišao je u grad i s popisom pri ruci kupio najpotrebnije predmete za početak sadnje: alat, sjeme, strojeve, gnojivo i gnojivo. Kupnja je završena, otišao je u banku riješiti neke probleme, kupiti stoku i ponuditi svoju žetvu jakom proizvođaču iz tog područja. Bio je uspješan u svom pothvatu: pregovarao je o svom bankovnom kreditu i izašao s dobrim, potpisanim ugovorom o prodaji svojih proizvoda.

Nakon što je sve bilo riješeno, vratio se na farmu kako bi uživao u društvu svoje supruge i provjerio napredak svojih projekata. Zajedno sa suprugom proveo je dugo vremena organizirajući dom, dajući i primajući naklonost, zajedno planirajući, vodeći ljubav i baveći se drugim ugodnim aktivnostima, poput zajedničkog kupanja, slušanja glazbe, gledanja filmova i sapunica. Osim ovih aktivnosti i idite u šetnju i čitajte divnu knjigu. Na kraju dana, John je potražio Jacksona i zamolio ga za izvještaj o uzgoju, s novom sadnjom rajčice i drugih proizvoda, osim stoke koju je nedavno kupio. Rečeno mu je da sve ide po planu. To ga je usrećilo i zatražilo više predanosti od svojih zaposlenika.

Nakon toga, oprostio se i otišao se odmoriti u svoju udobnu sobu, točnije na krevetu, da malo razmisli. Počeo je razmišljati o svom putovanju i ponovno proživljavajući korake do sadašnjosti, već se osjećao kao gotovo ostvaren čovjek. Kažem zato što još nije postigao svoj profesionalni uspjeh, unatoč tome što je sve išlo kako treba i nije ostvario svoj najveći san: imati sina. Ali nije vjerovao da će to dugo trajati, jer je već učvršćivao odnos i žena ga je voljela. Dok je čekao taj trenutak, pobrinut će se za sadašnje odgovornosti. Ustaje iz kreveta, odlazi do prozora i divi se produžetku farme. Iznutra se obvezuje da će uložiti maksimalan napor i iscrpiti sve mogućnosti kako bi ostvario najveći mogući profit. Ako je sve ispalo u redu i ekološki uvjeti pomogli, s izdvojenim novcem planirao je postati poslovni čovjek u agroindustrijskom sektoru, upravo tamo oko Pesqueiru, ali to za sada nije bio san, niti je predstavljalo jedini prioritet u njegovom životu. Umoran, nastavlja računati u odnosu na farmu na noćnom ormariću. Ostaje dva sata radeći ovaj posao i prekida ga žena koja ga poziva na večeru, ali on odbija, jer nije gladan, jer je jeo nezdravu hranu dok je bio u gradu. Zatim su odlučili otići spavati jer je bilo prošlo jedanaest sati navečer.

Prva prijateljstva

Nakon što su korak po korak naučili rutinu na farmi, započeli uzgoj rajčice i stočarstvo, par John i Sofia počeli su govoriti u regiji Pesqueira, zbog svoje predanosti i pokazanog zajedništva. Time počinju pobuđivati pažnju važnih vlasti, susjeda i ljudi općenito. Prilikom posjeta gradu prilazili su im i uljudno upoznali sve zainteresirane ljude, iz koje god klase bili. Već važni ljudi počeli su rezervirati posjete farmi, gdje su također bili dobrodošli bez diskriminacije i puno ljubaznosti. I tako je par počeo imati važne prijateljske veze. Upoznali su gradonačelnika Tobiasa i njegovu suprugu gradonačelnicu, neke članove vijeća i njihove obitelji, predstavnike trgovine i poljoprivrednika, od kojih su neki bili susjedi. Među njima su postali bliski prijatelji sa susjedom Moacir i njegovom suprugom Alice, koji su se zajedno stavili na raspolaganje kako bi pomogli u bilo kakvim sumnjama u poslovnim ili obiteljskim odnosima.

Nakon što su započeli ove veze, John i Sofia počeli su detaljnije planirati svoju budućnost kao par općenito, budući da je profesionalna strana bila u tijeku. Razgovarali su o svim aspektima veze, postavili sat, a John je iskoristio priliku da im predloži da bi se trebali učvrstiti i povećati obitelj. Sofija se slaže s prijedlogom i potvrđuje da je to u Božjim rukama i da će učiniti sve što je u njezinoj moći. Johnu se svidio odgovor, zagrlio ju je, razmijenio milovanja i na kraju vodio ljubav. Nakon ekstaze odmarali su se, a kasnije su se pobrinuli za svoje dužnosti tijekom ostatka dana. Prošlo je neko vrijeme otkako su došli u unutrašnjost i činilo se da se stvari slažu i imaju dobre izglede.

Puno kiše i sunca

Vrijeme je prolazilo i kišna sezona bila je sasvim normalna, izmjenjujući tople dane s kišom. Time su sjemenke rajčice, graha, kukuruza, lubenice i bundeve, među ostalim proizvodima, napredovale, rasle i donosile plodove. Kad je došlo pravo vrijeme, ubrani su i isporučeni kupcima. Zarađenim novcem John i Sofia platili su svoje račune, plaće radnika, kupili osnovne potrebe za nadolazeće mjesece i još uvijek im je ostala dobra količina novca koju su uložili u sigurnu vrstu ulaganja.

Nakon što je konsolidirani uspjeh i oporavak farme bio osiguran, odlučili su prirediti komemorativnu zabavu, pozivajući sve odgovorne radnike, od najvažnijih do najmanjih, kao sve najbliže prijatelje. Bila je to prekrasna ceremonija, s glazbom, puno hrane i pića, plesom i drugim zabavama. Mladi su iskoristili priliku zaprositi svoju voljenu osobu i tako su nastali novi parovi. Na kraju su domaćini odali počast svim prisutnima i zahvalili im na podršci te završili zabavu. Kad su svi otišli, Sofia ga je nazvala nasamo i rekla mu najočekivaniju vijest u zajedničkom životu para: bila je trudna. John je vikao, divljao, grlio je, ljubio i obasipao ljubavlju. Nakon što su se njih dvoje odlučili obilježiti privatno i intimno, a na kraju, već umorni, otišli su spavati.

Kad su se probudili, počeli su planirati topao doček prosvijetljenog djeteta koje su očekivali da će dobiti kao dar s neba, za tako lijepu zajednicu njih dvoje.

Razdoblja trudnoće

Devetomjesečno razdoblje Sofijine trudnoće normalno prolazi u njezinom profesionalnom i privatnom životu. Na profesionalnom polju nastavila je zajedno sa suprugom brinuti o svom domu i upravljanju farmom. U tom su razdoblju prodali dio stoke koju su kupili pri prvom uzimanju, povećali poljoprivredne aktivnosti i pripremili se za novi uzgoj usjeva, sklopili ugovore s bankom i industrijom u vezi sa sljedećom žetvom. U odnosu na doseljenike, oni su umirili njihovu tjeskobu, ponudili više pogodnosti i bolje se brinuli o njima; Dakle, prijetnja štrajkom više nije postojala. Uspjeli su održati miran odnos, transparentan, ozbiljan i predan odnos, sa zadovoljavajućim rezultatima. Uz sve ove mjere, farma se pokazala prilično obećavajućom. Na osobnom polju, Sofia je imala dobar odnos sa svojim suprugom, unatoč tome što je imala uspone i padove kao i svaki par. U cjelini, obojica su ostali u miru, i to je objasnilo njihov sadašnji uspjeh.

Što se tiče društvenog života, bio je prilično prometan. Svaki dan par je imao priliku upoznati nove ljude, izgraditi obećavajuće odnose i održavati postojeće. Kao i svaki uspješan i sretan par, pobuđuju dosta zavisti, ali to nije utjecalo na njih u svakodnevnim aktivnostima. Naprotiv, oni nastavljaju ići naprijed, s više snage, odlučnosti i vjere. Osim toga, zadržali su isto poštovanje, ljubav i iskrenost koju su izgradili od početka veze i to je napravilo svu razliku.

Što se tiče dolaska djeteta, pripremili su se psihološki i duhovno, kako ne bi razočarali tako željenog novog člana. Postavili su dječju sobu za bebu, sa svim namještajem, ukrasima, odjećom i igračkama. Ali znali su da to nije dovoljno i svakodnevno su vježbali kako bi postali najbolji roditelji na svijetu ili barem dobri roditelji, sposobni djetetu pružiti moralnu, duhovnu i intelektualnu formaciju. Ivan se, konkretno, nadao da kletva povezana sa snom koji je imao u vrijeme kada je dobio na lutriji nije pala na njega. Već je požalio zbog cijene koju je morao platiti, ali već je bilo prekasno. Vrijeme je prolazilo, a dan rođenja se približavao.

Rođenje

Bilo je tiho i suncem grijano travanjsko jutro, kao i svaki drugi dan. John i Sofia sastaju se u uredu farme, razmjenjuju ljubav i razgovaraju o stvarima općenito. U određenom trenutku Sofia povuče lice i kaže da počinje osjećati bolove. John joj pomaže, ali čak i tako ne može se prestati žaliti. Kako se ova situacija nastavlja, oboje sumnjaju da će se dijete uskoro roditi. Zatim je John ubacuje u auto i odlazi u bolnicu Pesqueira. Putovanje traje trideset minuta zemljanom cestom, a kada su stigli, odmah joj se obraćaju i odvode u sobe dok John sjeda u čekaonicu. Nekoliko trenutaka kasnije, medicinska sestra kontaktira Johna i potvrđuje prognozu: Sofia se spremala roditi i pokušava smiriti Johna, navodeći da je kompetentni liječnik dobro nakon što ju je pregledao.

Vrijeme prolazi bez ikakvih vijesti. John ne može obuzdati svoju znatiželju i prilazi sobi u kojoj se obraća njegovoj ženi. Ali prije nego što je uspio ući, ista medicinska sestra izlazi iz sobe i prilazi mu, priopćavajući mu radosnu vijest: Sofija je dobro i upravo je rodila prekrasnog dječaka. Pun znatiželje odlazi u vrtić, gdje se prvi put divi svom sinu. Gledajući ga, mješavina sreće, opreza i ponosa ispunjava njegovo biće. Smatra da je dječak tako nježan, da se ne usuđuje podići ga i držati u naručju, jer se osjeća neugodno. Nakon toga odlazi u sobu da upozna svoju ženu koja se odmara. Pređe udaljenost za manje od pet minuta i po ulasku u sobu zagrli je, poljubi i započne dijalog:

"Čestitam nam, ljubavi moja. Naš mali dječak je prekrasan. Kako ćeš ga zvati?

"I ja sam ga vidio i mislim isto. Što se tiče imena djeteta, što kažete na to da ga nazovete Rogerio? To je bilo ime mog oca.

"U redu. Ti si majka i ostavljam ovu odluku u tvojim rukama. Hvala vam na ovom daru. Učinio si me najsretnijim čovjekom na svijetu.

"I ti me činiš sretnim. Kada se vraćamo kući?

"Kad liječnici dopuste. Bez žurbe. Važno je da je sve prošlo dobro.

Nakon što je to rekla, medicinska sestra je ušla u sobu i rekla Johnu da liječnik Dionisio Ferreira, liječnik zadužen za porod, želi hitno razgovarati s njim. John se oprostio od svoje žene i otišao ga posjetiti. Napustio je toalet i otpratio medicinsku sestru u drugu sobu, privatnu sobu spomenutog liječnika. Po dolasku, zamoljen je da zaključa vrata i pronalazi čovjeka svijetlosmeđih očiju, tamne kose, pomalo naboranog lica, ali profinjenog i dobro građenog tijela, mršavog, s debelim nogama, izbočenim trbuhom i crnom kosom. Dok ulazi, Dionisio započinje dijalog:

"Jeste li vi suprug gospođe Sofije? Imam nešto ozbiljno za razgovarati s vama.

"Da, moje ime je John. O čemu se radi?

"Pa, gospodine Johne, moja je dužnost obavijestiti vas da je porod bio kompliciran i da smo zbog toga morali obaviti hitan kirurški zahvat. Operacija je bila uspješna jer smo spasili živote vašeg sina i žene, ali to je ostavilo posljedice. Vaša žena ne može ponovno zatrudnjeti. Ovo će biti vaše jedino dijete ako ga ne usvojite.

"Je li to moguće? Ne mogu vjerovati. Cijeli život sam sanjao o vojsci djece, a sada je li to voda ispod mosta? Postoji li neki drugi način, doktore? Imam puno novca i ne smeta mi ga potrošiti.

"U vašem slučaju imati puno novca ne znači ništa za vašu ženu koja je izgubila matericu. Ne možete učiniti ništa drugo nego se pomiriti s tim. Slijedite moj savjet, dobro se brinite za ovog sina, dobro uživajte u svom očinskom stanju i zaboravite činjenicu da više nećemo imati djece. To je najbolje što možete učiniti.

"Hvala, doktore. Ali teško mi je to prihvatiti. Kada mogu odvesti svoju ženu kući?

"Ako želiš, odmah. Oporavila se i uz osnovnu njegu neće biti nikakvih komplikacija.

John se oprašta od liječnika, vraća se u sobu buduće majke, pakira joj stvari za ponijeti, ali je radije pošteđi teške i okrutne stvarnosti. Kad su spremni, opraštaju se od svih, izlaze iz bolnice, ulaze u auto, kreću na put i za tridesetak minuta stižu do impozantnog imanja vodopada Farme koje se sastoji od dvanaest soba, od kojih se sastoji pet spavaćih soba, dnevni boravak i kuhinja, dvije kupaonice, veranda i uslužni prostor i ured. Kad su stigli, dočekuju ih upravitelj Jackson i nedavno unajmljena kućna sluškinja Marta, s dužnošću da pomognu Sofiji u kući i brinu se o njihovom sinu Rogerija. Nakon što se skrasi, Sofia odlazi na uhićenje u blizini bebe, dok John odlazi s Jacksonom riješiti probleme s farme. Nakon toga vraća se kući, nešto pojede, obrati pažnju na ženu i kad zakasni, odlaze u sobu. Sljedeći dan bio bi uzbudljiv s novim akcijama i planovima.

Teška odluka

Svane zora, John i Sofia se probude rano kao i obično. Ustaju kako bi obavili svoje dužnosti. Dok Sofia odlazi provjeriti kako joj je novorođenče, John se odlazi okupati. Sofia čisti bebu koja je mokrila tijekom noći i mijenja mu salvetu. John ostaje pod tušem, ribajući se i pjeni, uklanjajući nečistoće pažljivo i precizno, i ostaje tamo dvadeset minuta. Zgrabi ručnik, osuši se i konačno napusti kupaonicu koja se nalazi u njegovoj spavaćoj sobi. Izlazeći van, ne nalazi se žena, koja se već brinula o djetetu i otišla napraviti doručak, jer Marta čistačica još nije došla na posao.

Dok čeka da doručak bude spreman, John koristi slobodno vrijeme da razmisli o izvedivim rješenjima svog najnovijeg problema: činjenici da je otac sina jedinca. Ono što ga je najviše zabrinjavalo bila je činjenica da se u to vrijeme muškarac smatrao istinski muževnim i mačo samo ako je tijekom svog seksualnog života imao barem dva sina. Racionalno analizirajući svoju osjetljivu situaciju, postigao je konsenzus i odlučio da je jedino rješenje usvajanje sina, ali da će morati djelovati oprezno, kako supruga ne bi posumnjala u istinu. Upravo sada nakon odluke, supruga ga zove na doručak, a zatim odlazi pregledati radove koji se izvode na farmi.

Kratku šetnju do kuhinje prelazi za manje od 2 minute, prolazeći pored dnevnih soba i spavaćih soba. Kad stigne tamo, sjedne za stol, pozdravi ženu, poljubi je i ona ga posluži. Počinje uživati u ponudi hrane, tapioki, palačinkama, kolačima i voću. Trebalo je dobro doručkovati, jer će to biti dugo jutro i on više neće imati hrane. Tek u podne bi ručao. Dok jede, razgovara sa svojom ženom i daje opće upute o tijeku dana i žali se da Marta i Jackson kasne, jer još nisu stigli. Nakon što je završio s jelom, John zastaje i zahvaljuje nebesima na hrani i na dosadašnjem uspjehu. Dok izgovara milosti, čuje se kucanje na vratima, Sofia se javlja i pronalazi dvoje zakašnjelih koji su stigli u isto vrijeme: Martu i Jacksona. Traže dopuštenje, ulaze u kuću, kažu dobro jutro i ispričavaju se što kasne. Unatoč tome, šefovi ih grde se. Marta preuzima dužnosti doručka i počinje služiti Jacksonu. Sofia odlazi brinuti se o djetetu i odmoriti se.

John razgovara s Jacksonom dok jede. Ponovno daje upute i naredbe. Pet minuta kasnije, Jackson završava, odlazi zajedno s Johnom i oprašta se od ostalih i odlazi na posao. John odlazi provjeriti radnike na sadnji, a Jackson odlazi čuvati stoku. Napuštaju imanje farme, svaki jaše na svog konja i počinje kasati, svaki ide prema svom mjestu.

Jackson stiže do stada za petnaest minuta. Brine se o operaciji mužnje, susreće se s kupcima, određuje vrijeme privremenih radnika i vrši plaćanja i druge dužnosti praćenja i istrage svojstvene njegovom položaju. Johnu je potrebno dvadesetak minuta da dođe do područja uzgoja, a kad je tamo, daje upute zaposlenicima, požuruje ih, ne dopuštajući im da se opuste i provjerava sadnice. Zadovoljan je onim što vidi i koristi priliku da pokaže svoju poniznost, pomažući im da posade sadnice. U međuvremenu, koristi prednost za dobivanje informacija od doseljenika, je li među njima bilo nekoga zainteresiranog za stavljanje beba na usvajanje i dobiva pozitivan odgovor, detaljno informiran. Na ovom poslu ostaje do 11 sati ujutro. Nakon toga, opremljen potrebnim informacijama, odlazi u kuću doseljeničkog para. Ponovno jaše na konja i prelazi znatnu udaljenost za trideset minuta dok ne stigne do mjesta u blizini koje se zove "mali konj".

Po dolasku na točno mjesto, pokuca na vrata odgovarajuće kuće i nekoliko minuta kasnije dočeka ga niska, vitka, svijetlosmeđih očiju brineta. Ona pita razlog njegovog posjeta, a on se predstavlja i kaže da traži par, Claru i Nunes, te je govorio o interesu za bebu. Ona odgovara da je ona ta i poziva ga unutra. John ležerno ulazi i zamoljen je da sjedne za stol u salonu. Odlazi do kraja kuće i vraća se u pratnji mladića, plavokose, visoke, dobro građene tjelesne građe, preplanule od sunca čvrstih i tvrdih crta lica. Predstavi se, rekavši da se zove Nunes i John to čini mudrim. Njih troje počinju razgovarati, a John odmah prelazi na stvar, spominje svoj interes za posvajanje njihovog sina, da će u zamjenu dati dobru svotu novca i da će njihov sin imati svijetlu budućnost uz sebe. Clara u početku pokazuje određenu suzdržanost, ali na kraju poslušajte savjet svog supruga i nakon dugog razgovora i pristanka na osnove pregovora, predaja djeteta. Jedini zahtjev koji postavljaju, osim novca, jest da imenuju sina, koji će se zvati Clodoaldo. John pristaje, zahvaljuje im na velikodušnosti, oprašta se i odlazi. Za trideset minuta stiže na seosko imanje, ležerno ulazi i predstavlja svog novog sina svojoj ženi. Iznenađena je muževim stavom, ali na kraju prihvaća bez postavljanja previše pitanja i obećava da će se dobro brinuti o njemu uz Martinu pomoć, naravno. Osim toga, oboje obećavaju bezuvjetnu ljubav svom posvojenom sinu bez diskriminacije od svog prirodnog sina Rogerija. Započela je nova faza u životu ovog veselog i simpatičnog para. Ručak je poslužen, John odlazi u ured da se pobrine za neke računovodstvene poslove cijelo poslijepodne, žena i sluga odlaze brinuti se za sinove i pripremiti večeru. A večer bi prošla normalno kao i svaki drugi dan.

Petnaest godina kasnije

Vrijeme je prolazilo, Rogerio i Clodoaldo odrasli učeći osnovne važne i čvrste vrijednosti, kao što su važnost obitelji, pravilno ponašanje u javnosti i kod kuće dobrostojeće osobe, etika i zdrav razum. Dobro su to razumjeli, jer su bili ekstrovertni, inteligentni, dobro odgojeni, karizmatični i simpatični tinejdžeri. Škola je obojici bila važna u tom udjelu znanja i imaju privilegiju ne raditi dok ne diplomiraju. Ovaj ustupak dao je otac. Što se tiče njihove veze, bili su vrlo ujedinjeni u svemu što su radili. Od djetinjstva su se igrali zajedno i svaki je međusobno poštovao privatne i individualne odluke drugoga. Također, nisu osporavali ljubav roditelja, pa čak ni djevojaka. Sve je to bilo moguće jer su dobili potpunu podršku obitelji i uvijek su se zajedno bavili sportom, educirali igre u školi, pa čak i prijateljstva. Nije bilo samo braće, već i suputnika, unatoč tome što nisu bili braća po krvi, nešto što su roditelji držali u tajnosti. Sve ove karakteristike držale su ih podalje od ilegalnih poslova i droga uobičajenih za mlade njihove dobi i zbog toga i drugih razloga bili su poznati i poštovani u tom području. Oni su bili ponos obitelji.

U odnosu na obiteljska poduzeća, John je postao najveći proizvođač rajčice na području Pesqueiru, a dobit je uložio u trgovinu, industriju i financijske proizvode. Smatrali su ga poduzetnikom i uspješnim čovjekom. Na farmi je kontrolirao poticaj doseljenika, nudeći dobre radne uvjete, dobre plaće i sudjelovanje u dobiti; Početni duh udaranja više nije postojao. Zdravlje svih je bilo dobro. Pesqueira se konsolidirala kao industrijska, komercijalna, umjetnička i ljudska snaga cijelog Pernambuca. Primjer koji slijede drugi gradovi manje razvijeni. Sve je bilo u redu i više se nije sjećao sjene prošlosti, sna koji je John imao. Bi li sve ostalo tako dugo vremena? Nastavi pratiti, čitatelju.

Stranka i neslaganje

Rogerio i Clodoaldo učili su u onome što danas odgovara prvoj godini srednje škole, na koledžu Santa Rita, koji se nalazi u središtu Pesqueiru. U školi su bili primijenjeni i predani učenici, dobro se integrirajući u grupu kojoj pripadaju. Iz tog i drugih razloga lako su se sprijateljili i bili su vrlo voljeni. Na satu su bili željni i željni učenja. Kad nešto nisu razumjeli, što se rijetko događa, zamole učitelja da im bolje objasni, ako je moguće, pitaju svoje kolege za pomoć. Tijekom cijele godine ponašali su se na ovaj način i dobro su se snalazili u predmetima, provodeći godinu s lakoćom, baš kao i drugi njihovi prijatelji. Najbliži su im bili Elvira, Claudia, Roberto i Mateu.

Na kraju godine i s postignutim rezultatima, razred je odlučio održati zabavu uz jelo i piće, na kojoj su sudjelovali samo učenici i učitelji. Sazvani su sastanci, svaki je dao pošten doprinos i određen je datum komemoracije, koja će se održati u poznatom klubu u gradu. Kad je došlo vrijeme, svi su se sastali i na određeno mjesto, ušli su, zatvorili vrata, počeli slušati dobru glazbu, plesati i uživati u dostupnim zalogajima. Nešto kasnije parovi koji su flertovali počeli su se okupljati. Vidjevši sreću svojih kolega, Rogerio i Clodoaldo prišli su istoj djevojci kako bi plesali i flertovali s njom. Oboje su joj prišli i zamolili je da pleše u isto vrijeme, a dijete se nije zabavljalo; kada su shvatili da su se počeli svađati i po prvi put osporavati nečiju pažnju i brigu. Svake minute koja je prolazila postajali su sve iritiraniji, jer nijedno od njih nije htjelo odustati ili se ispričati. Toliko su se svađali da su se zamalo posvađali. To se nije dogodilo samo zbog pravovremene intervencije njihovih kolega. Iznerviran i bez bijega, Clodoaldo odlučuje napustiti zabavu i otići kući, ostavljajući Rogerio slobodnim. Ne čekajući da mu se zahvali, uzeo je taksi i stigao kući za tridesetak minuta. Po dolasku ušao je u kuću poput metka i primijetivši da je blijed, roditelji ga pitaju što se dogodilo. Prepričao je činjenice i rekao da je otkrio da su on i njegov brat Rogerio mislili sasvim drugačije. Shvativši njegovo veliko razočaranje i slomljeno srce, John i Sofia nazvali su ga da razgovaraju s njim. I onda, što bi se dogodilo? Nastavi pratiti, čitatelju.

Otkrivenje

Njih troje su se uputili u ured i stigli tamo za nekoliko minuta. Po dolasku ulaze, zatvaraju vrata da ih ne ometaju i sjede za jedini slobodni stol. Nakon razmjene pogleda, John je odlučio započeti dijalog:

"Pa, prvo, želim reći da volim svoja dva sina na isti način i ništa na svijetu to neće promijeniti. Tijekom cijelog ovog vremena dok sam bio u društvu oboje, Svemir je svjedok mojih napora da ih učinim dobrim ljudima i postižem svoj cilj.

"Zašto ovaj razgovor? Što mi imate reći je li toliko važno?

"Da, važno je, sine. Ponavljam ono što je vaš otac rekao i ovdje sam da vas oboje podržim cijelim putem. – rekla je Sofia.

"Vrlo važno, sine. Najbolje je sve odmah reći, Clodoaldo, sine moj, ti nisi moj krvni sin, već samo mog srca. Posvojeni ste.

Neobično i neočekivano otkriće ostavilo je Clodoaldo zamrznutog na trenutak. Nije mogao vjerovati što čuje. Tada odlučuje razjasniti svoje sumnje s majkom.

"Pričaj sa mnom mama, jesam li stvarno posvojeni sin?

Prošlo je nekoliko sekundi nakon pitanja; Ivan je na znak prepustio odgovornost Sofiji. Malo je oklijevala, ali napokon je smogla hrabrosti progovoriti.

"Da, istina je, Clodoaldo, stvarno si posvojen. Međutim, znajte da vas nisam prestao voljeti iz tog razloga. Što se mene tiče, uvijek ćeš biti voljen na isti način kao i moj prirodni sin, Rogerio.

"I za mene. Ja sam bio taj koji je otišao po tebe iz kuće tvojih roditelja i taj trenutak bio je najsretniji u mom životu. Ne žalim zbog toga.

"Zašto mi to nisi rekao prije? Odrastao sam vjerujući da sam sin vas dvoje i sada shvaćam da cijeli moj život nije bio ništa više od laži. Što ću raditi od sada? Ne znam ni tko sam.

"Ništa se neće promijeniti. Jamčim. Ovaj detalj nije bitan. Važan je odgoj koji vam pružamo. – rekao je John.

"Riječi tvog oca činim svojima. Ništa se ne mijenja.

"A što je s mojim pravim roditeljima? Kako ih mogu upoznati?

"To u ovom trenutku nije moguće, jer su se prije nekog vremena odselili iz tog područja i ne znamo gdje su. – rekao je John.

"Je li to još jedna laž? Ne vjerujem da išta drugo dolazi od tebe.

"Smiri se, sine. Ozljeđujete nas. Mislite li da bismo, kad bismo znali, to sakrili od vas? Zar nas ne poznajete dovoljno? – rekla je Sofia.

"Oprostite, ali ova vijest me potpuno izbacila iz tračnica. Moram malo razmišljati i probaviti sve to.

Rekavši to, Clodoaldo je napustio ured, a da nije ni pozdravio svoje lažne roditelje. Otišao je u svoju sobu i s nekoliko koraka stigao tamo. Ulazi, zaključava vrata i odlazi dobro razmišljati, pokušavajući pronaći izlaz za svoj život koji se u nekoliko trenutaka okrenuo naglavačke.

Nakon objave

Kad se Rogerio vratio sa zabave, roditelji su se također sastali s njim i rekli mu istinu. S otkrivenjem je shvatio pravi razlog za male razlike koje ga razlikuju od brata i koje su dovele do prošlog sukoba. Ali to nije bilo dovoljno da umanji bratski osjećaj koji ih je ujedinio. Osjećajući sažaljenje i podršku, otišao je popričati s Clodoaldom, ispričao se za ono što se dogodilo prije nego što je potvrdio svoje osjećaje i na kraju se pomirio. Na kraju, dvojica braće nisu kriva ni za što. Što se tiče odnosa s roditeljima, isto se nije moglo reći i upravo je to otežavalo Clodoaldu da im oprosti kako su očekivali.

Nakon vijesti, Clodoaldo je negativno reagirao na činjenicu da nije biološki sin svojih roditelja. Počeo je djelovati impulzivno, izgubio je poštovanje prema svojim vršnjacima, čak i ne poštujući autoritet svojih nadređenih, uključujući i roditelje. Primijetivši sinovljevu pobunu, roditelji su počeli zauzimati različite stavove i postajali zahtjevniji prema njemu, ali usvojene mjere nisu imale učinka i svakim danom njegovo raspoloženje i ponašanje postajali su sve gori. U javnom životu nije bilo drugačije: kao na primjer, u školi, Clodoaldo je postao nekontroliran i nepoštovan, do te mjere da mu je ravnatelj nekoliko puta prijetio izbacivanjem. To je bilo samo zbog prijateljstva i utjecaja koji je njegov otac imao u gradu. U crkvi je Clodoaldo samo stvarao probleme. Kako se situacija pogoršavala iz trenutka u trenutak, John i Sofia su se u posljednjem pokušaju posavjetovali sa specijaliziranim stručnjacima kako bi pokušali saznati što se događa s njihovim sinom. No, unatoč brojnim savjetima i prijedlozima, situacija se nije poboljšala. Zaista je bila pogreška skrivati nešto tako važno od njihovog sina, kao što je njegovo podrijetlo.

Što se tiče Rogériova ponašanja, on je prirodno reagirao na situaciju, bez ikakvih predrasuda u odnosu na Clodoaldo, ne osjećajući se superiorno ili s više prava što je legitimni sin. Naprotiv, nastavio se ponašati ispravno, odgovorno, ali veselo, sa svojom prirodnom karizmom. U javnom životu također se ponašao na isti način, postižući zadovoljavajuće rezultate u školi i održavajući prijateljstva i flertove za razliku od svog brata, koji se izolirao od svega i svakoga. Ono što se događalo je da oboje imaju različite načine suočavanja s problemom i da bi njihovi roditelji trebali razumjeti njihove stavove. Do kada? Nitko nije točno znao, ali oni moraju patiti zbog ove situacije, samo zato što su i sami krivi za stvarnu situaciju. To je bila cijena koju je trebalo platiti za laganje.

Nekoliko mjeseci kasnije

John i njegova supruga nastavili su sa svojom uobičajenom rutinom, suočavajući se s problemima koji su se pojavljivali prije i onima koji se pojavljuju kako vrijeme prolazi. Unatoč brojnim sukobima, dobro su se snašli i razumjeli, odlučivši se da ne vrše nikakav pritisak na Clodoaldo ili ga čak spominju, odlučuju mu dati vremena. Ali ta strategija nije imala trenutni učinak, jer se prema obojici odnosio hladno i distancirano.

U javnom životu, John i Sofia i dalje vrše veliku fascinaciju na sve, zbog činjenice da posjeduju najveću farmu za proizvodnju rajčice oko Pesqueiru. Bili su dovoljno oprezni da ne izazovu više skandala, poput posvojenog sina, koji je uzdrmao obiteljski prestiž među važnim ljudima, aristokratima i pristranim predstavnicima društva Pesqueira, jednog od najvažnijih i referentnih u unutrašnjosti Pernambuca. Što se tiče sinova, oni nastavljaju ispunjavati svoje glavne obveze. Obojica su uspjeli završiti srednju školu s većom uočljivošću za Rogerija, koji je bio najbolji u razredu. S druge strane, Clodoaldo nije bio tako bistar i ponekad je bio ometen, što mu je stvaralo više poteškoća, ali je dobivao, prosječne ocjene, prošao godinu, ali je u međuvremenu zadržao svoje eksplozivno i buntovno ponašanje, od trenutka kada je postao svjestan da je usvojen. Unatoč tome, nikoga nije omalovažavao, jer drugi nisu bili krivi za njegove osobne probleme. Njegov najveći gnjev bio je usmjeren na one koji su ga zaveli. A život se nastavio bez većih vijesti.

Nova faza

Nakon što su završili današnju ekvivalentnu srednju školu i proslavili tu prigodu s prijateljima i rodbinom, Clodoaldo i Rogerio dobivaju kao poklon priliku da se upišu na pred sveučilišni pripremni tečaj i pripreme za odlazak na sveučilište, koje je u to vrijeme postojalo samo u Recifeu. Dok je Rogerio sanjao o studiju prava, Clodoaldova ambicija bila je studirati medicinu, točnije granu psihoterapije. Želio je razumjeti što se događa s njim.

Bila je to godina intenzivnih priprema od strane obojice, gdje jedva da su imali slobodnog vremena ili odmora. Nekoliko izleta bilo je na Clodoaldovoj strani, uvijek u pratnji njegovih nekonvencionalnih prijatelja. Izlazio je s ovisnicima o drogama, beskućnicima, kriminalcima, siromašnima, crncima i svim manjinama. To mu je dalo priliku da nauči nešto o tamnoj strani života, podzemlju. Ali zasad nije slijedio njihove navike i posvetio se studiju. Što se tiče Rogerio, radije je ostao na vratima i imao je malo prijatelja kojima je vjerovao.

Kao rezultat toga: Rogerio je bio najbolji u klasi, a Clodoaldo je prošao, ali ne tako dobro. Nakon uspjeha i dvostruke komemoracije, oboje su razgovarali s roditeljima i pružili su im svu svoju podršku. Odlučeno je da će živjeti u glavnom gradu i da će biti financirani do mature. Nakon toga oboje bi otišli u potragu za poslom i uzdržavali se kako bi naučili cijeniti najjednostavnije stvari i imali samostalniji život.

Izlet u Recife

Nakon što je odluka donesena, Clodoaldo i Rogerio počeli su pakirati svoje kofere i krenuti u svoju novu rezidenciju. U kofer su spakirali odjeću, knjige i osobne i higijenske predmete. Nakon što su se koferi spakirali i pripremili, posljednji detalji, oprostili se od majke i dobro se emotivno isplakali, stigli su do automobila noseći teške kofere i u pratnji oca, koji ih je trebao odvesti u glavni grad. Ulaze u auto, zatvaraju vrata, a otac odlazi. Nakon nekog vremena na putu, seoska kuća, u kojoj su njih dvoje živjeli sedamnaest godina, daleko je i mala mala tjeskoba guši im prsa. Zbog neizvjesnosti pojavljuju se mnoge sumnje, među njima hoće li biti uspješni u ovom novom pothvatu ili što bi mogli pronaći na putu. Kako to nije bilo zdravo, njih troje su počeli razgovarati među sobom, s namjerom da skrenu misli s toga.

Tema razgovora vrti se oko očekivanja koja su dobili od novog života s kojim će se suočiti i tečaja koji treba završiti nakon pripremnog tečaja. Clodoaldo kaže da je odabrao biti liječnik psihijatar kako bi mogao razumjeti poremećaje duše i razumjeti najbolji način da ih izliječi. Osim toga, nada se da će moći razumjeti vlastitu bol. Rogerio kaže da je odabrao zakon kako bi obranio stvar pravednih, siromašnih i nepravednih. Jedan od razloga za to bile su nepravde koje je trpio i vidio tijekom cijelog svog života. Što se tiče Ivana, on im daje savjete i vodi ih o mjerama opreza koje trebaju poduzeti u svom novom životu. Očekuje da će sinovi poštovati ime Cavalcanti, što je toliko važno u državnom scenariju. Oboje obećavaju da će pokušati. Razgovor se nastavlja, ali teme se mijenjaju. Sada govore o politici, vijestima, nogometu i ženama. Pričaju pomalo o svemu i ne primjećuju kako vrijeme prolazi. Točno tri sata kasnije stižu na odredište. Stižu u prekrasan stan smješten u otmjenoj četvrti grada: Sretan put. Apartman je dobio samo dvije spavaće sobe, dnevni boravak, kuhinju i kupaonicu, ali prostran i komforan. Kad su se smjestili, otac se oprašta i odlazi. Od tog dana obojica su morali poštovati prezime Cavalcanti u gradu koji im je obojici nepoznat.

Pripremni tečaj

Dan nakon što su stigli u glavni grad, probudivši se nakon iscrpljujućeg dana, oboje se okupaju, spremaju i doručkuju; Počinju se pripremati za svoj prvi školski dan. Ne treba im više od trideset minuta, napuštaju stan i odlaze po taksi kako bi ranije stigli na odredište, jer je, unatoč tome što se nalazi u istom susjedstvu, škola još uvijek daleko.

Nakon nekoliko pokušaja, uzmu jednu, otvore vrata automobila, uđu i zatvore vrata, kažu vozaču kamo žele ići, a on se odveze. Ne prođe dugo prije nego što vozač započne razgovor, upozoravajući ga na opasnosti na mjestu na koje ide. Clodoaldo i Rogerio zahvalili su mu na brizi, obećali da će biti oprezni i razgovor se vrti oko drugih tema. Primijetivši njihov seljački način, vozač pita jesu li iz unutrašnjosti i potvrđuje svoje sumnje. Sretan je i otkriva da je i on odande. Dotičući se ove teme, spominje svoj grad, nazvan Triumph, i govori o njegovim prekrasnim mjestima. Dva brata su se iznimno zainteresirala i obećala su da će je posjetiti kad god budu imali slobodnog vremena i prilike.

Nakon toga, razgovor se odmah ohladi, a u automobilu lebdi neugodna tišina. Tišina ostaje sve dok ne stignu na odredište, a zatim braća otvaraju vrata, izlaze, plaćaju kartu, zahvaljuju i opraštaju se od vozača. Počinju hodati prema zgradi u kojoj se održava pripremni tečaj. Nakon što su prešli nekoliko metara, konačno ulaze u zgradu. Pitaju za upute i odlaze u ured tajnika, a kad stignu tamo, za oba iznenađenja, oni su u istom razredu. Pitaju za druge upute i odlaze u odgovarajuću učionicu. Kad stignu tamo, smjeste se u dvije susjedne klupe i dok sat ne počinje, razgovaraju s drugima i počinju sklapati prijateljstva.

Kada učitelji stignu i nastava započne, oboje pokušavaju razumjeti koncepte koje su objasnili učitelji, ali budući da je nastava na višoj razini, u početku se muči. Međutim, to ne obeshrabruje Rogerio, koji se malo po malo miješa i asimilira što se tiče Clodoaldo, odustaje i nešto kasnije više ne obraća pažnju. I tako, vrijeme prolazi i kada se najmanje nadaju prvi školski dan je gotov i oni su pušteni.

Nakon toga napuštaju učionicu, odlaze prema izlaznim vratima i odlaze do najbližeg taksi stajališta kako bi uhvatili još jedan, kako bi se vratili na povratak. To bi bila svakodnevna rutina njih dvoje, a kad bi došli kući, obavili bi neke kućanske poslove i pripremili ručak kako bi kasnije napravili domaću zadaću, jer je prijemni ispit na kraju godine zahtijevao ranu predanost ako žele biti uspješni.

Dan na plaži

U skladu s onim što je dogovoreno s roditeljima, Rogerio i Clodoaldo ispunjavali su svoje obveze, jer su se trebali koncentrirati na studij i zaboraviti na mogućnosti slobodnog vremena koje nudi glavni grad Pernambuco. Međutim, budući da su bili slobodni i neangažirani mladići, nisu to mogli dugo poštovati. Od njih dvojice, prvi koji je preuzeo inicijativu bio je Clodoaldo, koji je nakon jutra na tečaju predložio da odu na plažu i neko vrijeme uživaju u suncu umjesto da se odmah vrate u hladan, mračan i monoton stan u kojem su živjeli, Sretan put.

Kao i obično, bili su prilično pristojni s vozačem i razgovarali cijelim putem, tražeći savjete kako bi izbjegli probleme na tako prometnom mjestu. Nakon što je sve mentalno registrirano, konačno stižu na odredište. Po dolasku zahvaljuju vozaču i odlaze na more. Približavajući se divovskom Atlantiku, osjećaju se iznimno maleni i uplašeni, diveći mu se neko vrijeme. Sjede neko vrijeme i promatraju reakcije ljudi oko sebe, koji osjećaju istu čarobnu atmosferu velike prirode koju je stvorio Bog.

Nakon nekog vremena, Rogerio pronalazi malo hrabrosti i odlučuje zaroniti. Što se tiče Clodoaldo, on radije ne riskira i ostaje gdje jest, iskorištavajući flert s najbližim ženama koje su bez pratnje. U određenom trenutku prekorači oznaku i jedna od žena, izirtirana, pita je li iz unutrašnjosti. To ga boli, ali on ne pogne glavu i odgovara tvrdo i suhoparno da je ponosan na to. Razgovor se hladi i djevojka odlazi kako bi izbjegla daljnje neugodnosti.

Nakon zamišljenog vremena, Clodoaldo još jednom pokušava zavesti, a ovaj put cilja bolje. Nakon kratkog razgovora, Marcia prihvaća njegov poziv na sladoled i imaju priliku bolje se upoznati. Svaki govori malo o životu (očekivanjima i željama) i osjećaju obostranu privlačnost. Kad dođe vrijeme, medicinska sestra, Marcia ga poziva na zabavu u obližnji bar. Clodoaldo odmah prihvaća, imaju svoj prvi poljubac i zagrljaj i opraštaju se. Nakon što je Marcia otišla, Rogerio se vraća i prima grdnju od Clodoaldo, pitajući ga gdje je bio. Objasnio je da je stekao nove prijatelje i zabavio se s njima, ali je opovrgnuo i pitao što Clodoaldo radi, sumnjičav prema njegovom sretnom licu. Izmišlja neki izgovor i nastavlja se tamniti dugo vremena. Kad su se umorili, odlučili su se vratiti u stan i odmoriti se od prošlog dana. Za manje od sat vremena stignu tamo. Dođu, odrijemaju i kad se probude, spremaju nešto za jelo. Kasnije bi se još malo opustili, gledajući dobar akcijski film. Na kraju bi otišli spavati i tek sljedeći dan bi razmišljali o rutini i problemima.

Stranka

Sljedećeg dana, Clodoaldo i Rogerio pridržavali su se svoje uobičajene dnevne rutine, koja je uključivala nastavu ujutro, kućanske poslove, domaću zadaću poslijepodne i zabavu navečer. Nakon večere, Clodoaldo smišlja izgovor i izlazi. Izvan stana odlazi na obližnju autobusnu stanicu i dobiva prijevoz do bara gdje ga je Marcia čekala. Tijekom putovanja osjeća se zbunjeno, tjeskobno i puno sumnji, ali donio je čvrstu odluku da bolje upozna ovu zanimljivu ženu i bio je spreman riskirati. Kad konačno stigne, plaća kartu, izlazi i hoda nekoliko metara do bara.

Odmah traži Marcia i nakon nekog vremena pronalazi je blizu pulta kako naručuje piće. Kad se vide, njih dvoje se pozdravljaju poljupcima i zagrljajima. Marcia ga uzima za ruku i vodi do stola gdje su bili neki prijatelji koji su bili dio njezine grupe. Marcia djeluje kao posrednik i predstavlja Tiago, frizera snažnih i čvrstih crta lica, Elviru, Marcijinu rođakinju, i Tatiane, kolegicu s fakulteta za medicinske sestre. Upoznavanje je završeno, sudionici grupe počinju piti, jesti i pozivaju Clodoaldo. Prihvaća samo piti pivo. Popije gutljaj i počne razgovarati s ostalima o raznim stvarima i ostati neko vrijeme uživajući u atmosferi zabave.

Kad bend počne svirati romantičnu i lijepu glazbu, Clodoaldo se uzbudi i pozove Marcia na ples. Ona pristojno prihvaća i odlaze u sredinu salona, gdje se drugi parovi zabavljaju. Kad su u sredini, kreću se u skladu s ritmom i u impulsu Clodoaldo počne mrmljati slatke stvari na uho svog partnera. Ona se zanese, stavi ruke oko njegovog struka i on to doživljava kao da. Bez previše razmišljanja, on je poljubi, a ona odmah uzvrati.

Kada je glazba gotova, očaravajući trenutak se prekida i oboje se vraćaju za stol. Kad stignu, daju vijest, a svi daju ovacije. Trenutak kasnije, ponude Clodoaldu smrdljivu mapu, ali on odbija, rekavši da mu to ne treba da riješi svoje probleme. Marcia se divi njegovom stavu i grli ga.

Bend svira i započinje novu melodiju, a Clodoaldo poziva Marcia da još malo zapleše. Ponovno prihvaća i po drugi put odlaze na plesni podij.

Kad stignu tamo, nastavljaju se kretati glatkim i sigurnim koracima, u skladu s glazbom. Uz neke sumnje, Clodoaldo tiho razgovara sa svojom novom djevojkom, a ona je od pomoći i potpuno ih razjasni. Par ostaje dugo plesati, sve dok netko ne potapša Clodoaldo po leđima. Prestaje plesati i okreće se da vidi tko je to učinio. Saznaje da je pijanica, ustrajno traži ples s Márcijom, svojom djevojkom. Kako odbija, pijanac započinje tučnjavu. Agilniji, Clodoaldo izbjegava pokušaje svog suparnika i udara pijanca kako bi ga smirio. Pada na pod, a drugi ljudi interveniraju kako bi ih razdvojili. Vlasnik bara zamoli Clodoalda da ode, on posluša i oprosti se od svojih prijatelja i djevojke, dogovarajući sastanak u neko drugo vrijeme. Izlazi iz bara, hvata autobus i stiže u svoj stan za manje od trideset minuta. Dolaskom kući, upoznaje brata, koji mu počinje držati propovijed, ali on uopće ne obraća pažnju, jer je umoran i iznerviran. Odmah odlazi u svoju sobu da se odmori i zaboravi incident koji se dogodio navečer.

Sljedeći dan

Nakon večeri pune događaja u baru, Clodoaldo se budi s jutarnjim suncem koje obasjava njegovo muževno i hrapavo lice muškarca iz unutrašnjosti. Pokušava, pokušava ustati i u drugom pokušaju uspijeva ustati. Rasteže se, pere lice u umivaoniku u kupaonici, svlači se i uključuje tuš. Voda osvježava njegovo umorno tijelo i um; Misli mu se okreću Marciji. Tko je bila ta žena tako zavodljiva i dodvoravajuća? Može li to slučajno biti vještica puna moći koje bi se nepopravljivo uhvatile u njezinu mrežu? Nije bio siguran. Znao je samo da ne može prestati misliti na nju cijelo vrijeme. Je li to bilo dobro? Također nije znao. Bilo je to prvi put da mu se ovako nešto dogodilo i bio je spreman iskoristiti ovu priliku da otkrije granice ljubavi, čak i ako bi to ozbiljno boljelo u budućnosti. Nije bilo alternative. Na kraju, u životu svi moramo donositi odluke i riskirati, ili onda pasivno pustiti život da prođe i nakon toga žaliti. Odabrao je prvu opciju.

Nastavlja dugo puštati vodu da teče niz tijelo, malo se trlja, stavlja sapun i šampon i pušta više vode po tijelu. Čeka neko vrijeme i počinje se oporavljati od stresa poznatog mamurluka. Nakon još nekoliko minuta osjeća se bolje, nastavlja se kupati i kad se osjeća potpuno oporavljeno i čisto, isključuje tuš, zgrabi ručnik i osuši se. Na kraju oblači čistu odjeću. Nakon toga pogleda budilicu i dobije šok. Vrijeme nastave je odavno prošlo. Izlazi iz sobe, traži brata u kuhinji, u dnevnom boravku i na kraju u drugoj sobi. Ne pronalazi ga, već samo poruku. Na njemu Rogerio označava vrijeme za kasniji susret i želi dobar oporavak. Također mu daje do znanja da je otišao.

Nakon što je pročitao poruku, Clodoaldo odlučuje ostati kod kuće, potpuno se oporavljajući i planirajući što reći svom bratu u ovom razgovoru koji je obećavao da će biti presudan u njegovom životu. Posljednjih dana shvatio je da je odvojen od glavnih ciljeva, koji su ga doveli da živi u glavnom gradu Pernambucu, a to su da ozbiljno završi pripremni kurs i da se oporavi od dubokog udarca koji je pretrpio sada kada je saznao da je usvojeni sin. To nije moglo ostati ovako i ako na vrijeme ne povrati samopoštovanje, mogle bi se dogoditi ozbiljne posljedice u njegovom životu i obitelji, a to nije bilo ono što je planirao, unatoč bijesu, tjeskobi, strahu i ludilu koji njime dominiraju u ovom trenutku. Trebao mu je način da kontrolira sve te aspekte.

Nakon što je neko vrijeme razmišljao, u glavi pravi neke planove za svoju sadašnjost i budućnost; odlazi u kuhinju kako bi pripremio doručak. Sigurnim i postojanim koracima potrebno mu je samo nekoliko trenutaka. Kad stigne tamo, uzme tavu i isprži jedno jaje. S malo iskustva, opeče se uljem i psuje. U tom je trenutku poželio da ima vještine zajedničke ljudima koji mogu dobro upravljati štednjakom, ali kako se čuda rijetko događaju, morao je raditi s onim što je mogao. Nakon što se jaje isprži, traži brašno u ormariću i rajčice u hladnjaku za miješanje s jajetom. Sve miješa, pravi gutljaj i jede. Na kraju se osjeća zadovoljno. Čeka neko vrijeme i odlazi leći kako bi se potpuno oporavio od mamurluka. Odlazi u spavaću sobu, legne na krevet i zaspi.

Njegovo drijemanje nije baš mirno, ali potpuno opušta njegovo tijelo i buđenjem se osjeća u boljem raspoloženju. Potaknut nevidljivom silom, dva sata odlaže po strani svoju uobičajenu lijenost i učenje, podijeljen na dva temeljna predmeta: matematiku i portugalski. Osjeća se dobro i obećava da će češće ponavljati ovu vježbu. Kasnije sluša glazbu i gleda TV; Jutro se bliži kraju, jede ručak od graha s rižom i mesom, koji je već bio napravljen u hladnjaku. Kad je zadovoljan, napušta stan i odlazi u šetnju susjedstvom, da se malo opusti i sprijatelji. On provodi oko tri sata radeći to.

Nakon nekog vremena dosadi i odluči se vratiti kući. Kad stigne tamo, upoznaje brata, pozdravlja ga, zaključava vrata stana i imat će važan razgovor kako je dogovoreno. Sjede jedan nasuprot drugome i Rogerio započinje dijalog:

"Što se događa, brate moj? Već neko vrijeme primjećujem da ste daleko od studija i mene. Što je bilo?

"Prolazim kroz prijelaznu fazu u svom životu, još se nisam oporavio od udarca koji su mi zadali naši roditelji, a upoznao sam osobu koja me natjerala da malo promijenim svoj stav. Želim živjeti s većim intenzitetom i otkriti što mi sudbina sprema.

"Sudbina? O kakvoj sudbini mislite? Sudbinu gradimo iz dana u dan, herojskim naporom i radom, jer tko zna da će biti nagrađen u budućnosti.

"Djelomično ste u pravu. Za neke stvari koje se događaju u našim životima vi ste odgovorni, ali ne u mom slučaju, konkretno. Jesam li ja kriv što su nam roditelji lagali cijelo ovo vrijeme o mom podrijetlu? Znate da nije lako doživjeti odraslu dob i otkriti da niste osoba za koju mislite ili zamišljate da jeste.

"Pretjerujete, morate naučiti oprostiti i zahvaliti našim roditeljima za ono što rade i što su učinili za nas. Što biste bili bez njih? Jeste li razmišljali o tome?

"Nisam ja kriv što sam takav kakav jesam. Bio sam i još uvijek sam ljut na svoje roditelje i svoj život. Bio sam sretan i sada mislim samo na sebe.

"Pa, brate moj, vidim da je uzaludno raspravljati s tobom. Zašto? Želim vam puno sreće i zdravog razuma. Neka vas Bog zaštiti.

Nakon što je tako govorio, Rogerio je zagrlio svog brata Clodoaldo i obojica su puno plakali u ovom položaju, a kad su se oporavili, otišli su na večeru. Navečer su gledali televiziju i konačno otišli spavati. Sljedećeg dana suočili bi se s uobičajenom rutinom.

Novi sastanak

U dogovorenom danu i vremenu, Clodoaldo je otišao od kuće, spreman još jedna seansa s Marcijom. Dogovorili su sastanak u kinu. Na ulici hvata taksi koji ga ostavlja točno na mjestu. Kad stigne, još uvijek mora neko vrijeme čekati voljenu osobu. Nakon što su se upoznali, uputili su se prema impozantnoj zgradi. Odlaze na blagajnu, kupuju karte i ulaze. Sjede na sjedalima u prvom redu i čekaju da predstava počne. Kad se svjetla ugase, došao je trenutak. Film počinje. Riječ je o romantičnoj vezi mladog para. U početku obraćaju pažnju na sve scene, zamišljaju sebe u priči, ali ubrzo se vatra ugasi i oni iskoriste priliku za flert. Razmjenjuju milovanja bez straha i srama, jer ih nitko ne vidi u mraku. U određenom trenutku Clodoaldo zastaje, razgovara neko vrijeme i zatraži da ga upoznaju s njezinom obitelji.

U isto vrijeme, Marcia daje neki izgovor i mijenja temu. Clodoaldo odlučuje ne inzistirati, da ne uznemiri djevojku. Nakon toga ponovno počinju obraćati pažnju na film. Plaču, postaju emotivni, osjećaju se kao da sudjeluju i oduševljeni su svakim trenutkom. Kad završi i upale se svjetla, strastveno se ljube. Jedan po jedan ljudi nastavljaju izlaziti i odlučuju i oni idu. Imaju sendviče za ručak na obližnjem štandu i opraštaju se. Obećavaju da će se uskoro ponovno sresti. Clodoaldo dolazi kući pozdravlja brata, koji ga ispituje, ali on ne odgovara na njegova pitanja. Na kraju, nikome nije morao davati zadovoljstvo svog osobnog života. Trebao bi gledati svoja posla. I tako je prošao još jedan dan u životu problematičnog Clodoaldo.

Park

Nakon sastanka s djevojkom, tjedan je prošao normalno s Clodoaldom i Rogeriom, nastavljajući svoju uobičajenu rutinu učenja, rada kod kuće i šetnji s vremena na vrijeme. U unutrašnjosti njihovi roditelji nastavljaju s prestižem i snagom sadnju rajčice i kontaktirali su sinove telegramom, pismima ili telefonom kada je tema bila hitnija. Činilo se da je sve do tog trenutka u životu te obitelji prošlo normalno, ali nitko nije znao koliko dugo, jer je Clodoaldo inzistirao na tome da iz srca ne izvuče trajni bijes.

U subotu su se dva brata probudila, ustala i obavila svoj uobičajeni jutarnji ritual. Završavajući doručak, Clodoaldo obavještava da izlazi i da možda kasni. Sa znatiželjom, Rogerio postavlja nekoliko pitanja, ali ne dobiva odgovore. Počinje se oblačiti i kad je spreman, odlazi bez žaljenja i straha. Odlazeći, brzo dobiva prijevoz koji ga vodi na naznačeno mjesto: miran ekološki park u gradu. Izlazi, plaća kartu i uzima telefonski broj vozača, u slučaju da mu zatrebaju njegove usluge.

Clodoaldo malo hoda do ulaza u park i ide stazom dok ne pronađe svoju djevojku. Drže se za ruke i počinju hodati i razgovarati bez da im itko smeta. Kad pronađu ravno i čisto mjesto, odluče kampirati i pojesti grickalice koje su donijeli. Također koriste priliku da nastave razgovarati i bolje se upoznaju.

"Znate, ovo me mjesto podsjeća na moje djetinjstvo i početak adolescencije na Farma vodopada, u ruralnom području Pesqueiru. Tamo sam imao mnogo sretnih trenutaka uz svoju obitelj, prijatelje, kolege i poznanike. Barem dok ne otkrije svu istinu. – kaže Clodoaldo.

"Mora da je zaista lijepo živjeti na farmi. Što se mene tiče, od djetinjstva sam navikao na žurbu i udaljenost između ljudi velikog grada. Kad dođem ovdje, osjećam se kao da sam se ponovno rodio u svim svojim osjetilima. Ali zašto ste uzrujani prošlošću? Na koju istinu mislite?

"Zato što sam kao odrasla osoba otkrila da su mi roditelji, koje sam obožavala, cijelo vrijeme lagali. Uistinu, nisam bio njihov zakoniti sin, već doseljenika koji su živjeli na njihovoj zemlji.

"Razumijem da je za svakog sina velika muka da to sazna. Ali morate pokušati zaboraviti, inače će vam to uzrokovati mnogo problema u životu. Zašto ne oprostite? Nije li lakše?

"Ne za mene. Činjenica je ozbiljna, ali nije samo to. Ono što me najviše boli i uznemirava bila je laž koja je trajala toliko godina. Ali ne želim razgovarati o tome s vama. Želim uživati u ovom danu s puno sreće. Recite mi nešto o svojoj rutini, poslu i obitelji.

"Pa, kao što već znate, ja sam medicinska sestra i radim u bolnici tri puta tjedno. Volim rad koji pomaže u oporavku bolesnih ljudi i žrtava nesreća. Osjećam se posebno korisno radeći ovaj posao. U slobodno vrijeme volonter sam u nevladinoj organizaciji koja pomaže ovisnicima o drogama u njihovoj rehabilitaciji. Živim sam. Moja obitelj me nikada nije podržavala u mojim ciljevima. Željeli su da postanem poznati odvjetnik poput svog oca. Zbog toga sam se odvojio od njih i iz tog razloga još uvijek imam traume odnosa do sada. Ne mogu nikome vjerovati i ne želim da mi muškarci govore što da radim. Po svojoj prirodi više volim biti neovisan. I ti? Koji su vaši projekti?

Marcijin odgovor ohladio je Clodoaldovo raspoloženje. Kako se ponašati od sada? Kako je uvjeriti u ideju da nemaju svi muškarci mačo mentalitet? Počela mu se sviđati i nije htio tako lako odustati od veze.

"Pa, s profesionalne strane pohađam pripremni tečaj za prijemni ispit na kraju godine. Namjeravam pohađati tečaj medicine, jer želim razumjeti sve ljudske nevolje, znati kako ih liječiti i tako razumjeti vlastite probleme. Živim ovdje sa svojim bratom Rogeriom, koji namjerava studirati pravo. Što se tiče mojih roditelja, oni žive na Vodopad na farmi, u ruralnom području Pesqueiru. Ti to znaš.

"Ne još, ali čuo sam za to." Zemlja meda i mlijeka." Nadam se da ćete me jednog dana pozvati da ga posjetim. Hoćete li nastaviti s našom šetnjom? Dovoljno smo se odmorili.

"Da. Idemo.

Završavaju piknik i ponovno se drže za ruke. Hodaju dalje i nakon što prate novu stazu dvadesetak minuta, dolaze do cvjetnjaka. U ovom trenutku Marcia primjećuje da obožava orhideje i ruže. Clodoaldo uzima hrpu svake vrste i predstavlja ih djevojci. Nevjerojatno je sretna. Nastavljaju šetnju i kako prilično uživaju, vrijeme brzo prolazi, a oni odlučuju otići. Idu drugim putem prema izlazu. Usput još malo razgovaraju i dogovaraju se da se ponovno nađu za tri dana. Nakon svih dogovora i uz još nekoliko koraka stižu do izlaza. Prije nego što krenu svojim putem, grle se i ljube, miluju i konačno se opraštaju. Svatko odlazi u svoj dom. Clodoaldo nazove istog taksista, kaže mu kamo da ide i razgovara tijekom cijelog putovanja. Sklapaju prijateljstva i obećavaju da će ostati povezani. Kad stigne na odredište, Clodoaldo siđe, plati kartu i oprosti se. Čvrstim, velikim i sigurnim koracima ulazi u stan. Brat razgovara o kašnjenju, ali na kraju se razumiju. Rogerio je već sumnjao na te česte izlaske i mogao je istražiti u bilo kojem trenutku, unatoč tome što se nije njegovo. Ostatak dana prolazi normalno, oboje obavljajući uobičajene aktivnosti kao i uvijek.

Kazalište

Tri dana koja su dijelila Marciju i Clodoaldo od novog sastanka prošla su normalno, a oboje su radili svoje rutine. Kad je stigao trenutak novog sastanka, oprostio se i uputio se na dogovoreno mjesto. Izlazeći iz stana, nazove istog vozača kao i prošli put, nazvao je Ronalda, i dogovori da ga pokupi. Dvadesetak minuta kasnije, stigao je transport, otvorio je vrata auta, ušao, pozdravio Ronalda i rekao mu gdje želi ići (kazalište) i na kraju se odvezu.

Na ruti malo razgovara s njim o raznim stvarima, a kad razgovor utihne, malo razmišlja o svojoj djevojci i njezinom sadašnjem utjecaju na njegov život. Za nju je san o tome da bude liječnik stavio u drugi plan, živeći za nju i njezine projekte. Može li se ovo isplatiti? Pa, do sada nije pokazala ništa što bi ga natjeralo da povjeruje u to, jer se činila povučenom i naglom. Ali unatoč tome nastavio bi se petljati s njom, zbog njezine zavođenja i šarmantnosti. S tim uvjerenjem promatra promet i u određenom trenutku Ronaldo ponovno započinje razgovor, govoreći o čudima općinskog kazališta. Razgovor postaje zanimljiv i pobuđuje Clodoaldovu znatiželju. Dolazi do zaključka da je to idealno mjesto za odvažniji poziv Marciji, prijedlog da bude njegova žena. Ali to je zahtijevalo puno hrabrosti s njegove strane.

Nakon sat vremena suočavanja s gustim prometom, konačno stižu na odredište. Clodoaldo plaća kartu, oprašta se, otvara vrata automobila i izlazi. Hoda još nekoliko metara do ulaza u staru i impozantnu zgradu, gdje pronalazi svoju djevojku. Drže se za ruke, kupuju karte i ulaze u potragu za mjestom u prvom redu. Kako je još bilo rano, uspijevaju sjediti ispred glavne pozornice. Do predstave je još pola sata. Javnost nastavlja pristizati, a njih dvoje u međuvremenu koriste priliku za razgovor i flert. Kad osjete da uznemiravaju druge, zastanu i u tišini čekaju da predstava počne.

Ne prođe dugo prije nego što se glumci pojave na pozornici, igrajući tipičnu dramu iz sjeveroistočne unutrašnjosti, priču o migrantu koji je umoran od gladi i suše u svojoj zemlji, odlučuje se s obitelji preseliti na jugozapad zemlje u potrazi za boljim životnim uvjetima. U gradu se suočava s novom bitkom, s nedostatkom kvalifikacija upravlja samo nižim poslovima, pa čak i na kraju živi na ulici. Na lijep dan anđeo u obliku žene pomaže mu i mijenja mu život. Postao je čovjek uspjeha, kako u profesionalnoj tako i u osobnoj strani. Oboje plaču od drame priče i uspješnog završetka. Kad predstava završi, njih dvoje ipak uspijevaju otići iza pozornice i čestitati svima koji su sudjelovali u projektu. Naposljetku napuštaju kazalište, odlaze ručati na štand s hranom i onda se opraštaju. Obećavaju da će se ponovno kontaktirati, a Clodoaldo je propustio izvrsnu priliku da pokuša uvjeriti Marcia da ima smisleniju vezu. Ali ne bi nedostajalo prilika. Nazove Ronalda, potraži ga i krenu na povratak. Kad stigne kući, Clodoaldo susreće svog brata koji se ne raspituje o sastanku. Ostatak dana Clodoaldo bi obavljao svoje svakodnevne aktivnosti i pravio planove kako bi konačno pokušao osvojiti Marciju. To je sada bio glavni cilj u njegovom životu.

Razdoblje od godinu dana

I tako, kako je vrijeme prolazilo, Rogerio je sve marljiviji u studiju; Clodoaldo je bio podijeljen između studija, unutarnjeg bijesa, problema i čestih susreta sa svojom opskurnom djevojkom. U stanu su njih dvoje podjednako dijelili aktivnosti, a u osobnom životu sklopili su pakt da se neće miješati u život drugoga. To je učinilo svijet dobrog obojici i održalo potreban sklad kod kuće. S vremenom su postali poznati i stekli mnogo prijateljstava s drugim mladim ljudima iz susjedstva. Što se tiče odnosa između Marcia i Clodoaldo, nije bilo mnogo napretka u odnosu da bi se zauzela ozbiljnija faza. Marcia je ostala nesvodiva u svom načinu razmišljanja u odnosu na muškarce i odnose. Ali Clodoaldo nije htio lako odustati od ideje da je osvoji. Za sada su oboje uživali u čudesnim trenucima u raznim dijelovima grada. Budućnost je bila nešto o čemu se još nisu brinuli. Ovim tempom prolazili su tjedni i mjeseci, a oni su se upisali na strašni savezni prijemni ispit i dan testiranja se približavao. Što bi se dogodilo? Je li moguće da će biti uspješni nakon toliko truda? Nastavi pratiti, čitatelju.

Prijemni ispit

Konačno je stigao dan zastrašujućeg prijemnog ispita: Clodoaldo i Rogerio se probude, spremaju se za kupanje i doručak te se oblače za odlazak na sveučilište na test. Kad su bili spremni, izašli su iz stana, a Clodoaldo je nazvao Ronalda da dođe po njih. Dvadeset minuta kasnije, on stiže, oboje otvaraju vrata automobila, ulaze, pozdravljaju vozača, govore mu kamo idu i konačno se auto odvozi. U početku vlada tišina, željna isprazniti sve sadržaje stečene tijekom ove duge godine učenja na pripremnom tečaju i kod kuće. Što će biti od njih? Uskoro su saznali.

U ovom trenutku svi trenuci provedeni zajedno i njihovi različiti putevi isplivaju na površinu. Clodoaldo je pronašao djevojku, zbog koje je trajno izgubio fokus u učenju i drugim obavezama. Što se tiče Rogerio, on se u potpunosti posvetio sebi i kućanskim poslovima, zaboravljajući barem za sada ostale svoje ciljeve, ambicije i probleme. Hoće li oboje uspjeti? Analizirajući to nepristrano, obojica su zaslužili pobjedu, unatoč svemu, ali na natjecateljskom prijemnom ispitu poput Federalnog, rezultati su uvijek bili nepredvidivi. Sve se moglo dogoditi, a ovaj put inteligencija i sudbina bili su posebno ključni čimbenici.

U određenom trenutku odlučuju prekinuti tišinu i razgovarati s vozačem. Razgovarajte malo o svemu, uključujući politiku, posao, sport, književnost i žene. To im zaokuplja um tijekom putovanja i tjera ih da pomalo zaborave na ogromnu odgovornost prema roditeljima, prema sebi i budućnosti. Kad se najmanje nadaju, stignu na testno mjesto, plate kartu, oproste se od vozača i izađu. Prelaze aveniju, hodaju još nekoliko metara, stižu do ulaza, identificiraju se i dobivaju upute o lokaciji sobe i na kraju ulaze. Sada je sudbina bačena.

Oni su na odvojenim mjestima, ali zamršeno povezani empatijom koju osjećaju. Svaki traži najprikladnije sjedalo, sjedne, pripremi pribor potreban za test, poput olovke, gume i olovke. Čekanje da test počne i kada im se to dopusti, počinju se suočavati s izazovom. Ostaju oko tri sata kako bi riješili probleme koji su im predstavljeni. Neke poznaju, druge ne poznaju, ali ipak, označavaju opciju. Na kraju vraćaju odgovore na test i povratne informacije, nadajući se da će biti među odobrenima. Napuštajući svoje sobe, sastaju se, hodaju prema izlazu iz zgrade i kada su vani, ponovno zovu Ronalda da ih dovede. Pričekajte malo, a kad stigne auto, ulaze i zajedno se vraćaju u stan. Unatoč gustom prometu, stižu za sat vremena, plaćaju kartu, opraštaju se od Ronalda i izlaze iz auta. Kad dođu kući, spremaju brzi obrok i brinu se o kućanskim poslovima. Morali bi pričekati rezultate ispita za pet dana.

Neuspjeh i pobjeda

Pet dana brzo prođe s uvijek uobičajenom rutinom za Clodoaldo i Rogerio, osim pripremnog tečaja koji je završen. Na određeni datum za rezultate, njih dvoje su putovali na sveučilište kako bi saznali jesu li njihove prijave odobrene. Ponovno su nazvali Ronalda, a on ih je brzo doveo. Otišli su kako je dogovoreno. Na putu su se emocije njih dvoje rasplamsale i s namjerom da ih drže pod kontrolom, počinju čavrljati.

Strategija je došla kako treba, a oni su se malo smirili. Razgovor se nastavlja sve dok ne stignu na odredište. Po dolasku plaćaju, dogovaraju povratak, opraštaju se, otvaraju vrata automobila i izlaze.

Hodaju nekoliko metara, dođu do ulaza, identificiraju se i usmjeravaju se gdje su rezultati, hodaju kroz odjele ustanove dok ne stignu do zida s rezultatima. Nervozno traže svoja imena i u određenom trenutku jedan od njih viče. Rogerio je bio taj koji je pronašao svoje ime objavljeno na najvišim mjestima. Što se tiče Clodoalda, on proučava popis rezultata od vrha do dna, ali nažalost njegovo ime se ne pojavljuje. Dva brata se grle, Rogerio prima čestitke dok se Clodoaldo tješi. Od ovog trenutka život i snovi njih dvoje krenuli su različitim tijekovima. Što bi se dogodilo s Clodoaldom? Hoće li prevladati još jedno razočaranje u svom životu? Samo će vrijeme pokazati. Nakon što su saznali rezultate, oboje su otišli na brzi ručak. Upoznaju Ronalda i vraćaju se u stan. Svatko će se suočiti sa svojim novim životom na najbolji mogući način.

Napuštanje

Nakon što je saznao ishod svog pokušaja upisa na najpoželjnije sveučilište u Pernambucu, Clodoaldo nikada nije prestao sažalijevati sebe, patnje i povećavati unutarnju pobunu protiv svoje obitelji, sa samim sobom, s Bogom i moćnom rukom sudbine. Nevjerojatno tužan, nazvao je Marcia i pozvao je na hitan sastanak, jer mu je u ovom trenutku trebala grudi i naklonost nekoga posebnog. Dogovorili su sastanak na poznatom trgu, koji se nalazi u istoj četvrti u kojoj je živio Clodoaldo, udaljenom oko 2 km.

Nakon dogovora, uputio se na mjesto i stigao u isto vrijeme. Kad su se upoznali, hodali su jedno prema drugom, što je kulminiralo velikim zagrljajem i poljupcem između njih dvoje. Nakon što je došao do daha, Clodoaldo je započeo dijalog:

"Ljubavi moja, pozvao sam te ovdje s namjerom da se otvorim. Prolazim kroz iznimno škakljivu situaciju. Upravo sam saznao da sam pao na prijemnom ispitu i zbog toga mi se svijet potpuno srušio. Nemam ničiju podršku. Nisam uspio i moram priznati da sam pokušao, ali nešto je nedostajalo. Od sada ne znam što da radim. Što kažeš?

"Slažem se s vama, ako niste uspjeli, to je zbog nedostatka predanosti s vaše strane. Razmišljajući bolje, ja sam bio uzrok tome, i oprostite. Imate samo jednu šansu, ponovno pokreni bez mene.

"Što? Ne mogu vjerovati onome što čujem. Zar dobri trenuci koje smo proveli zajedno nisu ništa značili? Nije li ti važno ljubav koju imam u svom srcu prema tebi?

"Bit ću iskren s vama. Priznajem da se osjećam dobro uz tebe, ali te ne volim. Nikad mi nije palo na pamet da imam nešto ozbiljnije s tobom. Iz tog razloga, bolje je da prekinemo prije nego što netko izađe iz ove veze teško povrijeđen.

"Vrlo dobro. Shvaćam da sam izgubio svoje putovanje i smjer u životu. Neću te više gnjaviti.

Rekavši to, Clodoaldo je otišao s mjesta bez pozdrava sa svojom bivšom djevojkom. Neko je vrijeme besciljno hodao prometnom ulicom i malo razmišljao. Što će se dogoditi s njegovim životom od tog trenutka nadalje? Osjećao je kako mu svi okreću leđa zbog neuspjeha. Roditelji su bili razočarani i obećali su mu još financijske pomoći, brat ga je pokušao utješiti, ali iznutra je osjetio bol i ljubav ga je napustila. U teškoj odluci, nekoliko trenutaka kasnije, odlučuje da se ne vrati u stan u kojem je živio i ostane na ulici. Počeo je lutati uokolo, tražeći hranu i sklonište, tražeći pomoć od ljudi, a neki su mu dali sitniš. Pojeo je sendvič, nastavio hodati i na kraju pronašao rupu ispod vijadukta, gdje se privremeno sklonio, samo s odjećom koju je nosio. Dovoljno će se odmoriti i sutradan će bolje razmisliti o tome kako postupiti u svom novom i sablasnom životu, izborom ili sudbinom, zaronit će bez razmišljanja u mračnu i opasnu "Tamnu noć duše", kroz koju svako ljudsko biće mora proći, za svoju osudu ili čudesno spasenje.

Život na ulici

Clodoaldu nije bilo lako početi se prilagođavati svom modernom stilu života na ulici, jer je bio naviknut na blagodati, udobnost i *status* sina moćnog jazbine. Osjećao se prljavo, inferiorno, usamljeno i nije uspio. Ljudi koji su prolazili pored njega osjećali su sažaljenje prema njemu i to je bilo nešto što nije želio ni u kome probuditi. Malo po malo uspio je izbjeći svoje poteškoće, osjetio glad, naučio lukavstvo prevare ljudi da dođe do novca, počeo krasti, krati, pušiti drogu i imati loše tvrtke. Malo po malo srce mu je postajalo tvrdo, a on nije vjerovao u ljubav, u prijateljstvo, u dobre vrijednosti, etiku i potpuno je zaboravio svoju obitelj, a to je bilo najgore. Ne razmišljajući da ga ludo traže, nisu dali znak života, niti su ostavili nikakve vijesti. I tako, tjedni su prolazili frenetičnim tempom u jezivom životu.

Kad god bi se osjećao umorno, vratio bi se u rupu na vijaduktu i proveo sate spavajući zbog droge i depresije. Tu i tamo prisjetio se svog prošlog života, gdje je bio mladić koji je želio postati liječnik i izliječiti bolesti tijela i duše, ali nije uspio. Ironično, sada mu je trebao liječnik koji će ga voditi i tko zna izliječiti, ali nije se imao kome obratiti. Nitko nije obraćao pažnju na njega, niti su ga pitali što mu treba. Samo im je davao milostinju ili ga ignorirao. Jer većina ljudi vrijedila je manje od životinje.

Svakim danom koji je prolazio, postajao je sve ranjiviji na sile tame, koje su ga potpuno progutale. Najveći problem bio je u tome što nije mogao skupiti snagu da reagira, unatoč svim poteškoćama s kojima se suočavao, jednostavno zato što nije imao podršku nekoga tko bi djelovao kao ventil za bijeg koji bi podržao težinu njegovih problema. Već nije računao ni na koga: ni na svoju obitelj, ni na svoju bivšu ljubav, ni na svoje kolege, ni na prijatelje, jer su oni pružali dovoljan dokaz da ne ulijevaju nikakvo povjerenje. To je bila teška stvarnost s kojom se morao svakodnevno suočavati, kao i drugi milijuni ljudi, stanovnika ulica, koje su elite i društva općenito tretirali kao prljavštinu.

Zločini se nastavljaju

Svakim danom mržnja, mržnja i prezir koje je Clodoaldo osjećao prema svojim roditeljima i životu postajali su sve veći. To ga je potaknulo da nastavi svoj kriminalni život, gotovo nemilosrdan. Nastavlja krasti, obmanjivati, pljačkati i vršiti krađu. Situacija se pogoršavala, jer je njegova mračna noć postajala sve jača i već ga je potpuno progutala. Što se dogodilo s tim sretnim obrazovanim mladićem s ambicijom da postane liječnik? Postoji nekoliko teorija: Jedna je da su ga neprijateljsko okruženje na ulicama i loše tvrtke možda kontaminirali. Druga je mogućnost da je na takva djela bio prisiljen skrivenim instinktom okrutnosti koji je cijeli život bio neaktivan. Bez obzira na razlog, stvarna situacija je bila zabrinjavajuća i s mogućnošću da ga odvede u propast.

Ali nije sve izgubljeno i dok je još bio živ, mogao se oporaviti. Međutim, većina ljudi koji su intenzivno živjeli iskustvo tamne noći duše imaju poteškoća u reagiranju i činilo se da je to bio Clodoaldo slučaj. Brzo je prihvatio da je propala osoba, da živi na ulici i da se ne bori da postane bolji, bez traženja pomoći. Prvi korak za izlazak iz tame, prema mom vlastitom iskustvu, je prepoznati pogreške, ispraviti ih, postati novi čovjek i približiti se svjetlu. To je ono što sam učinio. Nakon razdoblja provedenog u pustinji, griješajući, zavodeći i iskušavajući, pobunio sam se protiv svoje situacije i oprostio mi je netko tko posjeduje tu vlast. Od tada sam prihvatio svoj križ, svoju spisateljsku misiju svoju sudbinu. Počeo sam biti sretan. I nadao sam se da će se nešto slično dogoditi s Clodoaldom, koji nije bio loša osoba. No, vratimo se njegovoj priči i iskustvima na ulici.

Od početka svog ulaska u ovo okruženje, Clodoaldo je naučio sva prljava pravila podzemlja i uspio ih slijediti. Glavno pravilo je laganje. Koristio je ovu lukavstvo u svim situacijama, kako bi sa sobom dobio osobnu korist i grupu ljudi, nepopravljivo izopačujući njegov karakter, njegovu etiku i vrijednosti. To je također pridonijelo da se malo po malo pretvori u okrutnog čovjeka, nemilosrdnog i krvoločnog. Uz sve ove činjenice, može li biti da još uvijek postoji mogućnost oporavka? Pa, sve je moguće, ali sada to nije bilo lako, jer je bio tvrdoglav u uništavanju, ozljeđivanju i oštećivanju ljudi, potaknut mračnom silom, moćnom i obvijajućom. To je bilo stanje osobe uronjene u tajanstvenu "Tamnu noć duše", koja je imala potpunu kontrolu nad njim i učinila ga manje ljudskom osobom, manje razumnom i više iracionalnom. Što će se s njim dogoditi u budućnosti? Nastavi pratiti, čitatelju.

Provizorno ubojstvo

Oni koji stalno žive na ulici znaju za poteškoće s kojima se suočavaju i stereotipe koji su im nametnuti, trčeći s tim ozbiljnim rizicima. To je ono što se svake noći događalo Clodoaldu kada je odlučio provesti noć na klupi na prometnom trgu u Recifeu. Dok je spavao, u određenom trenutku prišla su tri kukavica, fanatična i s kapuljačom, pokušavajući ga zapaliti. Nisu uspjeli zbog drugih prijatelja koji su bili budni i spriječili počinjenje zločina. Uplašen, Clodoaldo se vratio u rupu na vijaduktu i više nije mogao spavati u javnosti, bojeći se za svoj život. Nakon ovog incidenta, bijes i mržnja su se povećali zbog čega je još dublje potonuo u mračnu "Mračnu noć duše". Ukratko, nasilje stvara više nasilja.

Što se tiče pobune povezane s činjenicom da je usvojen, postao je osjećaj još intenzivniji i opasniji, odvodeći ga potpuno od njegove lažne obitelji. Sve što je proživio tijekom djetinjstva i početka svoje odrasle faze predstavljalo je samo prošlost koju je pokušao zaboraviti. Za njega je bitna samo njegova sadašnjost i njegov iskrivljeni pogled na svijet i ljude.

Čak i ako ga društvo i svijet nisu razumjeli, ono što je radio imalo je veze s preživljavanjem na ulicama, morao se braniti od nepravednog svijeta, u kojem ima mjesta samo za moćnike; Morala su ga poštovati njegova uvjerenja ili ga se barem bojati. Sve je to predstavljalo njegov oblik postojanja. Osjećao se kao da ga je učinila manjina koja diktira pravila društva i zbog toga je zadržao toliko mržnje, nezadovoljstva i pobune. Njegovi zločini predstavljali su samo njegovu borbu da bude primijećen i saslušan, iako su njegovi stavovi štetili nevinim ljudima, bio je spreman platiti tu cijenu. Pokušao bi biti dio pobjednika, čak i u najgoroj mogućoj formi. Hoće li zauvijek nastaviti razmišljati na ovaj način? Nastavimo s pripovijedanjem.

Sastanak

Vrijeme je prolazilo, a Clodoaldovi stavovi ostali su isti. U svakom činu nastavlja se potvrđivati kao pasivan i okrutan kriminalac. Ali što ga je natjeralo da se ponaša na ovaj način? Svakako ne samo pitanje preživljavanja, već i neprestana pobuna svega što je neko vrijeme nosio u srcu. S njom se njegova "tamna noć" sve više zgusnula i uzrokovala da tone u opasnu ovisnost.

Je li moguće da će sadašnja situacija prevladati dugo vremena? Pa, sve je dovelo do vjerovanja da je tako, jer nije mogao skupiti snagu da reagira i nije razmišljao o tome da zatraži pomoć od svoje obitelji ili bilo koga drugog. Od obitelji se želio distancirati i radije je nastavio svoj uzbudljiv i opasan ulični život, izvan zakona, čak i ako bi to donijelo tragične posljedice za njegov život.

Život se nastavio sve dok se nije dogodilo nešto neočekivano. Jednog dana otišao je promatrati kretanje bankarske agencije s namjerom da identificira žrtve. Među ljudima je izabrao ženu bespomoćnu i prišao joj. Otišao je iza nje, izvukao oružje i najavio napad. Čak i uz strah, žrtva je ostala mirna i zatražila minutu vremena od napadača. Clodoaldo je mislio da je to čudno, ali je pristao poslušati je. Pohvalila je njegov pristup i ponudila mu partnerstvo u obližnjoj faveli, uključujući trgovinu drogom. Objasnila je detalje poslovanja i jamčila da je to nešto sigurno i održivo. Malo je razmislio, analizirao prednosti i nedostatke i došao do zaključka da je to dobra prilika da zaradite puno lakog novca. Prihvatio je prijedlog i zamolio ženu koja se predstavila kao Selma da ga odmah odvede na mjesto i upozna ga s odgovornim ljudima. Pristala je na njegov zahtjev i oboje su se uputili u favelu propasti, najpoznatiju u gradu.

Predgrađe

Nakon dva sata iscrpnog hodanja, njih dvoje su stigli u stambeno naselje Propast, zajednicu od oko osamdeset tisuća stanovnika, smještenu na sjevernoj strani glavnog grada. Prvi dojmovi koje je Clodoaldo stekao o tom mjestu bili su dojmovi o neprijateljskom, ružnom i siromašnom mjestu, s velikim sličnostima s onim gdje se nalazio. Stoga ne bismo imali poteškoća u prilagodbi. Nakon šetnje neasfaltiranim uskim ulicama, njih dvoje se penju na padinu brda i stižu do Selmine kuće. Clodoaldo lože, kako je dogovoreno, razmišlja o svom izboru i ne žali zbog toga. Nakon što je sve bilo organizirano, njih dvoje napuštaju kuću, penju se na padinu brda malo dalje tražeći kuću šefa prometa u tom području, kako bi razgovarali s njim.

S još nekoliko koraka stižu na odredište, do kuće koja je izgledala kao vila, imovina stečena na ilegalan način. Pokucaju na vrata, osoba ih susreće i prepoznajući Selmu poziva ih unutra. Ulazeći, Clodoaldo osjeća drhtavicu, loš znak. Ali u tom trenutku svog života uopće se ne brine. Osoba koja ih je upoznala vodi ih u poglavičin salon gdje ih upoznaju, Clodoaldo, Selmu i Flavija Cintru, poglavicu. Novak je podvrgnut ispitivanju o svom osobnom životu i svojim ciljevima. Na kraju je podvrgnut opasnom testu, koji prolazi. Nakon testa integriran je u trgovinu ljudima i dio je opasne mreže razbojnika, koji su se cijelo vrijeme usuđivali na policiju. Nakon dogovora, Clodoaldo i Selma su se oprostili, zahvalili na prilici i otišli u njezinu kuću. Njegove aktivnosti odvijale bi se samo za nekoliko dana. Selma je ljubazno ponudila svoj dom i Clodoaldo ju je imao priliku bolje upoznati, svaki od njih ispričao je svoju seksualnu priču, što je bilo prvi put za Clodoalda. Iako je bio neočekivan i nije onako kako je sanjao, bio je zadovoljan tom razbojnicom i od tada si je obećao da više neće gubiti vrijeme. Nastavio bi ovim krivudavim putem, izlažući se veće rizike i tonući bez straha i bez razmišljanja o posljedicama, u tami svoje "Tamne noći" koja se činila beskrajnom.

Uključenost

Tri dana nakon sastanka s poglavicom Flaviom, Clodoaldo je počeo obavljati svoju funkciju, a to je distribucija ilegalnih droga po prodajnim mjestima u glavnom gradu. Nisam dobro razumio ovu granu, imao sam poteškoća i suočavao se s otporom u početku, ali postupno je uspijevao uspostaviti svoj prostor, proširio šefov posao i popeo se prema mišljenju svojih prijatelja, jer se dobit povećala od njegovog dolaska. Kako je vrijeme prolazilo, Clodoaldove ambicije su rasle i mogao se vidjeti u ne tako dalekoj budućnosti da postane šef trgovine ljudima, drugačije od njegovih prošlih ciljeva, što je bilo samo biti liječnik i volja za liječenjem bolesti, već nije predstavljala ništa u njegovom životu. Potpuni obrnuti broj vrijednosti u tako kratkom razdoblju. Što je bio uzrok tome?

Mnogo toga je imalo veze s pobunom protiv njegovih roditelja i neuspjehom na ispitu. A drugi dio krivnje bio je zbog toga što je on oslabio i ostavio otvorena vrata kako bi njegova tama u potpunosti dominirala njegovim bićem. I to je gotovo postajao put bez povratka u slučaju da ne reagira na vrijeme.

Nesvjestan materijalnog i duhovnog rizika koji je predstavljao, Clodoaldo je nastavio živjeti svoj život sa Selmom sada kao svojom ženom, živeći na ljudskoj slabosti, ali nevjerojatno imajući dobar obiteljski odnos. Unatoč tome što je nije volio, divio joj se i to je bilo važnije od iluzije ljubavi. Na teži način naučio je da se ne isplati posvetiti svoje vrijeme nekome tko to nije zaslužio i došao do zaključka da je skup interesa koji ga povezuju s njom nešto mnogo važnije, iako se to ne može usporediti sa srećom koju je želio u svom životu. I tako je prošlo vrijeme u kriminalnoj rutini, koja je trajala već šest mjeseci.

Odlučujuća činjenica

Rutina favele malo po malo učila je Clodoaldo da postane čovjek koji je sve nemilosrdniji, okrutniji i krvoločniji. To je po njegovom mišljenju bilo nužno, kako bi nametnuo poštovanje, divljenje i strah svojim prijateljima. Međutim, postajao je vrlo udaljen od mladića iz prošlosti, pun snova, etike i vrvi vrijednostima. Je li moguće da bi takva promjena bila trajna? Sada se ništa nije moglo tvrditi, jer je njegov život ušao u fazu klackalice, a sudbina kao da nije pokazala jasan smjer. U međuvremenu je počeo planirati akcije za pobjedu na bilo koji način i pod svaku cijenu. Primjenjivao bi ih u praksi kad god bi njegov život bio u potpunosti uspostavljen.

U određenom trenutku njegove rutine, sudbina je postavila drugu situaciju: skupina policajaca upala je u favelu, a idući ulicama i stigavši do brda, suočila se sa skupinom trgovaca ljudima. Razmijenili su vatru i bacili granate, od kojih je jedna pogodila šefa krijumčarenja. Snagom sudbine bio je smrtno ranjen. U policijskoj operaciji uhićeni su i drugi trgovci ljudima, zaplijenjena je velika količina droge, a Clodoaldo je samo pobjegao, uz pomoć supruge, koja ga je sakrila. Kad je mir vraćen, Clodoaldo je izašao iz skrovišta, susreo se s nekim od svojih prijatelja, održao sastanak i odlučio je da će nastaviti nasljeđe bivšeg poglavice. Na kraju, dok je bilo ranjivih ljudi bez jake volje, shema droge će ostati. Trgovina bi preživjela pod drugim imenima.

Promocija

Nekoliko dana nakon sukoba u faveli, Clodoaldo je izabran za novog šefa trgovine ljudima većinom glasova. To je bilo sve što je poželio i došlo mu je u ruke bez da je pomaknuo slamku. Nakon što je izabran, počeo je crtati svoje vladajuće planove i nakon puno razmišljanja uveo neka nova pravila. Jedna od njih bila je povećanje postotka prihoda od prodaje droge i korištenje dijela novca za podmićivanje policajaca, kako bi bio upozoren na policijske akcije. Na taj se način nadao da će minimizirati rizike i gubitke poslovanja.

Od tada, svojim statusom šefa trgovine ljudima, Clodoaldo je počeo činiti i poništavati ono što je oduvijek sanjao. Biti dio zločinačke elite ispunilo ga je ponosom, ambicijom i drskosti. Je li moguće da je postojala granica njegovom ludilu? Ne, jer je njegov zločest stav to potvrdio i natjerao ga da ležerno u "Tamnu noć duše", potiskujući njegove dobre osjećaje. Sada bismo ga mogli klasificirati kao beskarakternog. Može li biti ikakve nade? Nastavimo priču.

Živjeti "tamnu noć"

Kako vrijeme prolazi, Clodoaldova duhovna situacija postaje sve gora, jer se počeo ponašati hladno, čak i sa svojim prijateljima i ženom. U tom trenutku, tamna noć koja ga je kontrolirala bila je jedna od najperverznijih i ako ne reagira uskoro, bit će osuđen bez odgode. Međutim, reakcija se u takvom slučaju mogla dogoditi samo na dva načina: neočekivana činjenica ili čudo. Može li to još uvijek biti moguće? Nadajmo se.

Dok se to ne dogodi, nastavio bi maltretirati, ponižavati i kršiti prava bez razmišljanja. Sve to u ime lažne moći i neograničenog ponosa. Je li moguće da je taj put koji je odabrao bio vrijedan toga? Pa, u svakom slučaju, činilo se da ga nije briga za budućnost. To se dogodilo jer su ga prevarili obitelj i djevojka. U čemu je bio problem govoriti istinu ili ga podržati u vrijeme neuspjeha? Da su to učinili, on ne bi slijedio sadašnji put, unatoč tome što je također imao dio krivnje. Sa svime što se dogodilo u njegovom kratkom životu, njegovo spasenje ovisilo je o dva iskonska čimbenika: ruci sudbine i sili koja pokreće sve i onome što obično nazivamo Bogom. Još je bilo nade.

Nova važna činjenica

Vrijeme je prolazilo i Clodoaldov život bio je sažet u vođenju trgovine drogom. Sa svakom novom odlukom njegova je slava rasla, a s njom i zarada. Međutim, u ovoj opasnoj poslovnoj grani stekao je razne neprijatelje, među njima policajce i članove suparničkih bandi, koji su počeli djelovati protiv njega. Svjestan toga, Clodoaldo se počeo ponašati opreznije, izbjegavajući često pojavljivanje u javnosti i odlučio decentralizirati svoju poslovnu administraciju. S više uključenih ljudi, organizacija bi postala jača i bilo bi je teže uništiti. Osim toga, bio bi manje izložen.

Međutim, čak ni sve mjere opreza nisu uspjele izbjeći najgore. Jednog dana, članovi suparničke bande napali su njegovu favelu operacije i kako su napredovali, došlo je do razmjene vatre i strašnog sukoba s njegovim timom. Čak i uz njihov poseban napor, neprijatelj se pokazao jačim, izbjegao je njihov otpor i nastavio se penjati na brdo. Kad je shvatio da je sve izgubljeno i da mu je život u opasnosti, napustio je svoj stožer, skupio nešto odjeće, zauvijek se oprostio od svog suputnika i pobjegao. Napuštajući favelu, obećava sebi da se više nikada neće vratiti, a kako nije imao kamo otići, opet je završio na ulici. Od tada nastavlja svoj put kao stanovnik ulice, čineći male zločine kako bi preživio, ubrzo zaboravljajući na Selmu, koja ga je naučila o seksu i druženju. Može li to biti početak radikalne promjene? Nastavi pratiti, čitatelju.

Nova prilagodba

Ponovni susret s uličnim okruženjem nije promijenio buntovnički osjećaj koji je osjećao Clodoaldo, niti njegovo ponašanje. Ono što se promijenilo bio je njegov način djelovanja, sada sam i u potrazi za vlastitom sudbinom, poput onog sanjara koji se prije nekog vremena popeo na planinu tražeći čudo. Tu i tamo imao je sumnje, razmišljao o obitelji i vlastitoj mračnoj noći koja ga je mučila cijelo vrijeme. Bi li bilo moguće promijeniti se i potpuno oporaviti?

Pa, prognoza mu je bila pomalo ohrabrujuća. Izlazak iz favele i vrijeme praznog hoda koje je sada dobio, natjerali su ga da razmisli i napravi određeni napredak. Napustio je ustaljenu ideju veličine i naučio prakticirati vlastitu pravdu, unatoč tome što je to bilo u suprotnosti s pravnim pravilima. Osim toga, počeo je imati određenu kontrolu nad vlastitom mržnjom i pobunom. To se odrazilo na njegovu rutinu, djelovao je samo kada je to bilo potrebno i kako bi preživio.

Ovaj povratak na ulicu označio je novu fazu u njegovom kratkom životu: posljednji pokušaj da pronađe starog Clodoaldo, dobro odgojenog mladića koji sanja o tome da postane liječnik. Međutim, trenutno je taj cilj bio iznimno daleko, jer sadašnji Clodoaldo još uvijek ima ožiljke svog puta kriminala i netolerancije. Da bi prevladao sve što je prošao, trebala mu je Božja pomoć, anđeo ili čak čudo. Zajedno s tim morao je imati unutarnju snagu, koja se nije potpuno probudila.

Psiholog

Jednog dana, u jednoj od svojih izoliranih akcija, Clodoaldo, ostao je uz aveniju, promatrajući automobile, i odabrao najatraktivniji, a kad je promet stao, prišao je pištolju u ruci, zahtijevao da se zaraženi prozor spusti, poslušao ga i primijetio da je vozač mlada smeđokosa osoba sa zategnutim usnama. Žrtva je pokušala uspostaviti dijalog s njim, savjetujući mu da odustane od akcije jer to nije ispravan stav za muškarca. U početku ga to nije pomaknulo, ali kad je ušao u auto i uzeo djevojčine stvari, ljubazno ga je pitala treba li mu pomoć. Iznenađen, rekao je da, ali nije imao spasenja i nitko mu nije mogao pomoći. Djevojka je odgovorila, a čak i kad su ga opljačkali, dala mu je komad papira koji je držao u džepu.

Nakon toga, Clodoaldo je otišao s ukradenim stvarima. Odmah je otišao na tržnicu i nabavio nešto novca za njih, dovoljno da ga uzdržava oko tjedan dana. Iako je glumio samo da bi preživio, s vremenom se osjećao krivim zbog načina na koji se ponašao prema djevojci i iz znatiželje je pogledao komad papira koji mu je dala, a na njemu je pisalo Clarice, psihologinja, i adresa. U to se vrijeme smijao iznutra i mislio da je to farsa. Kako mu je mogla pomoći? Na koji je način sve što jest učinio u svom kratkom životu? Nitko, apsolutno nitko nije mogao razumjeti bol, pobunu, frustraciju zbog laži koju je živio cijeli život i neuspjeh. U to je vrijeme odbacio mogućnost da je upozna, unatoč znatiželji. Ali zadržao je komad papira za slučaj da se predomisli ili mu zatreba. Tko zna, možda jednog dana ode u njezine ordinacije, ako ne samo da se malo zabavi. To je bila mogućnost, jer je u novije vrijeme postao nepredvidiv.

Sklonište

Prošlo je neko vrijeme i Clodoaldo je nastavio djelovati s vremena na vrijeme, čineći zločine kako bi održao svoj životni stil. Danima je provodio šetajući uokolo, a noću tražeći skloništa jer je bilo sigurnije nego na ulici.

Jednom prilikom razmišljao je o svojoj budućnosti i sudbini. Snagom uma vratio se u prošlost i zapitao se je li bila vrijedna izbora i iskustava kroz koja je prošao. Nakon što je neko vrijeme razmišljao, zaključio je da nije, jer je svojim postupcima samo uspio zakomplicirati svoj život u svakom pogledu. Na primjer, ostavio je život na ulici i tražio više moći, razmetljivosti i statusa u faveli i samo beskorisno riskirao život. Kakva bi korist bila od novca i moći da je do sada mrtav? Ono što je učinio zapravo se nije isplatilo. Jednako je dobro da je s vremenom odustao od trgovine drogom, vratio se na ulice i sada preispitivao svoj put s mogućnošću promjene.

Iskustvom i suživotom s drugim ljudima otkrio je novi svijet i jednom prilikom ponovno se dočepao komada papira, pročitao ga i donio neočekivanu odluku: upoznat će djevojku po imenu Clarice, psihologinju koju je napao prije nekoliko mjeseci. Bio je na rubu odlučujućeg susreta, koji bi u njemu mogao pobuditi dobre osjećaje i osloboditi ga "tame", poznate pod "tamnom noći duše", koja ga je kontrolirala otkako je napustio stan i brata, kako bi proživio nova iskustva. Budući da je već bilo kasno, ostavio ga je za sljedeći dan.

Prva sesija

Dan je osvanuo s prvim zrakama sunca koje su milovale Clodoaldovo lice. Sa svjetlinom se probudio, polako otvorio oči, uz malo napora, ustao i istegnuo se. Uputio se u kantinu skloništa, stao u red, doručkovao i otišao uživati, sjedeći za jednim od stolova, sam kao i obično. Nakon jela osjetio je obnovljenu snagu i odlučio je odmah otići u susret psihologinji Clarice. Ustao je od stola, krenuo prema izlazu, a kad je izašao, otišao je do najbliže autobusne stanice kako bi uhvatio autobus koji će ga odvesti do mjesta naznačenog na komadu papira koji je imao, istog susjedstva u kojem je živio. Malo je čekao i kad je autobus stigao, vrlo brzo je ušao, s drugim ljudima koji su također čekali, i tražio prazno mjesto. Pronašao je jedan straga, sjeo i vozilo je krenulo. U početku mu je bilo pomalo pozlilo, jer je prošlo mnogo vremena otkako je koristio ovu vrstu prijevoza. Može li to biti dobar znak?

Budući da nije bio vidovnjak, nije bio siguran ni u što, unatoč tome što je bio prilično tjeskoban i usredotočen. Jedino u što je bio siguran bila je da je to jedina prilika koju mu je sudbina pružila da pronađe svoju pravu sudbinu i tko zna da se ponovno rodi. Na putu, kako bi se opustio, Clodoaldo je razgovarao s drugim putnicima i vozačem o raznim pitanjima kao što su politika, sport, računalstvo, gradovi i tračevi. Svi su bili vrlo pristojni, unatoč tome što su bili nepoznati, pa je tako vladala dobra atmosfera. To je pomoglo da prođe vrijeme, a čak i uz gust promet, Clodoaldo je stigao na odredište za nešto više od sat vremena. Pozdravio se i izašao iz autobusa. Sišao je ispred odredišta, skromne, ali impozantne zgrade, krenuo tamo, razgovarao s recepcionarom i dogovorio sastanak. Kako je to bilo istog dana, ostao je čekati svoj red. Nakon dva sata čekanja, konačno su ga pozvali. Izuzetno nervozan, krenuo je u sobu i kad je bio u blizini, otvorio vrata i ušao u sobu. Naišao je na istu djevojku koju je upoznao prije nekoliko mjeseci, obasipajući prekrasnim osmijehom. Pozvala ga je da sjedne na slobodnu stolicu i započela dijalog:

"Kako je dobro što si ovdje, ali iskreno, nisam očekivao tvoj stav. Vrlo je neobično za nekoga tko je imao sjaj u oku kao što ste vi pokušavali reagirati. Pa, možete li mi reći nešto o svom životu i što vas je natjeralo da se okrenete životu kriminala?

"Pa, moje ime je Clodoaldo i Ja sam sin gospodara iz područja Pesqueiru, glavnog grada rajčice. Poznata i kao zemlja meda i mlijeka. Od rođenja, sve do početka adolescencije, uvijek sam bio sretan zajedno s roditeljima i bratom Rogeriom, sve dok se u mom životu nije dogodila neka tragedija, znajući da sam posvojeni sin. Uistinu, moji biološki roditelji bili su samo doseljenici koji su se davno odselili. Nakon što sam spoznao istinu, mogao sam razumjeti mnogo o svom životu, ali nisam prevladao traumu, čak ni kako je vrijeme prolazilo, i postao sam vrlo ljut na njih, na život i na sudbinu. Izdržao sam to neko vrijeme, završio srednju školu i zajedno s bratom došli živjeti u glavni grad, pohađati tečaj i pokušati položiti prijemni ispit na Federalnom, najboljem sveučilištu u državi. Proveo sam godinu dana radeći pripremni tečaj i stječući druga iskustva, sve dok nisam napisao ispit i pao na njemu. Moj san da budem liječnik i liječim ljude koji su zalutali sada je bio voda ispod mosta, dok je moj brat preminuo i uskoro će studirati pravo. Nisam prevladao neuspjeh, pobuna se povećala i na kraju sam napustio kuću. Otišao sam živjeti na ulicu, upoznao ljude s pogrešne strane i naučio nešto o tamnoj strani života. Počeo sam polako krasti i varati bez ograničenja. Na ulici sam sreo nekoga tko mi je ponudio dobar posao u faveli, prihvatio sam i otišao živjeti od trgovine drogom, od slabosti ljudi i postao sam gora osoba. Više nisam imao vrijednosti, etiku, dobrotu niti bilo kakav razlog za život i zbog toga nisam osjećao grižnju savjesti što sam povrijedio mnoga srca. Tamo sam proveo neko vrijeme, popeo se u hijerarhiji, postao šef, osjetio moć u svojim rukama i svidjelo mi se. Odustao sam samo zato što su me okolnosti prisilile, a onda sam opet završio na ulici. Jednog dana kad sam te upoznao, dotaknuo si me, a danas sam ovdje, šest mjeseci kasnije, da pronađem svoju pravu sudbinu i dam konačan smjer svom životu.

"Prva stvar koju želim reći je da mislite da su vaši pojedinačni neuspjesi bili jedan od prevladavajućih čimbenika za vas da slijedite put tame, potpuno ste u krivu. Svi mi stalno imamo probleme, a ono što je važnije je način na koji se nosimo s njima. Svakako, u trenutku bijesa osjećali ste se povrijeđeno i odlučili istražiti opasne granice kao oblik osvete, samopotvrđivanje svog ega. To je bila velika pogreška i tek sada ste to primijetili. Ali prvo, morate imati veliku snagu volje da se promijenite, ponovno rodite i izbrišete prošlost.

"Znam to, ali iskreno, ne vidim rješenje za svoj slučaj. Puno sam griješio, nanio sam štetu sebi i drugima. Osim toga, ne mogu se riješiti sile koja me natjerala da maltretiram svog susjeda. To je postala neka vrsta ovisnosti.

"Razumijem kroz što prolaziš. Mnogi kritičnu fazu života nazivaju "tamnom noći duše". Iznimno je jak i može se pobijediti samo uz puno upornosti. Ali moguće je. Mnogi su to već uspjeli prevladati. Isus Krist je prošao kroz to prije svoje misije i porazio je te otvorio vrata kako bi i mnogi drugi to mogli učiniti.

"Ovaj primjer je nadahnjujući, ali ne možemo usporediti sveca s običnim smrtnikom. Mislim da će mi trebati čudo.

"Već je bilo čudo što dolazite ovdje. Shvatite ovo kao znak promjene. Ne brini. Pomoći ću ti. Kontrolirajte svoje mračne instinkte, nemojte više nikome nauditi i prakticirajte dobro i milosrđe. Za početak, uzmite ovaj novac i nemojte više napadati ili pljačkati.

Rekavši to, Clarice otvara ladicu, uzima snop bilješki i daje ih Clodoaldu. Dirnula ga je ta gesta, zaplakao, zagrlio dobročinitelja, a kako nije bilo drugih stvari o kojima bi mogao razgovarati, oprostili su se i dogovorili da se nađu drugi put, na neki drugi datum. Clodoaldo je napustio čekaonicu svjetliji i sa zrakom nade u srcu zadržao da je ponovno pokrenuta, unatoč svoj svojoj mračnoj prošlosti. Novac bi koristio za kupnju hrane, odjeće i odlazak u hotel koji je bio ugodnije mjesto. Iskoristio bi slobodno vrijeme da malo razmisli o sebi. I tako je to učinio, napustio sklonište i otišao u obližnji hotel.

Odrazi života

Već u hotelskoj sobi Clodoaldo je slijedio svoje instinkte i počeo analizirati cijeli svoj život. Prisjećajući se svakog jezivog čina koji je počinio, osjetio je mješavinu žaljenja, kajanja i ogorčenja što je bio tako glup. Pita se kako je mogao počiniti toliko zvjerstava i tražio opravdanje, ali nije našao uvjerljivo, čak ni neuspjehe koje je nakupljao cijeli svoj život. Ali morao je prevladati prošlost. Prepoznao je da je grešnik, kao i svaki drugi, i nije očekivao oproštenje. Razmišljajući malo bolje o svemu što je proživio, u trenutku nadahnuća obećao je sebi da će slijediti savjet anđela

Clarice. Od sada više nikome neće nauditi. Tražio bi posao i ne bi ga trebalo biti teško pronaći, jer je završio srednju školu i nije imao policijski dosje, unatoč svemu što je učinio. Dakle, započeo bi povratak na put svjetla i dobra.

S tim ciljem na umu, Clodoaldo je počeo kupovati novine, tražiti oglase za posao. Odabrao je neke i otišao saznati više o njima. Na mjestima koja je posjećivao, obavljao intervjue i dijelio životopise te nakon duge potrage prihvatio posao konobara u užurbanom baru u centru grada. Plaća nije bila velika, ali je bila dovoljna da ga uzdrži. Na kraju će imati pošten i pristojan život, a to je bio idealan početak za kojeg ne tako davno nije imao apsolutno nikakve izglede za bilo što. U kratkom vremenu počeo je raditi, zadovoljio klijente i šefa te prošao tromjesečni probni rok. Postao je učinkovit. Uz stabilnost, iselio se iz hotela i unajmio jednostavnu sobu, u siromašnoj četvrti na periferiji grada. S vremenom se sprijateljio sa susjedima koji su mu u svemu pomogli.

Kako je vrijeme prolazilo, osim što se koncentrirao na svoj novi posao, Clodoaldo se odlučio uključiti i u društvene projekte, u nevladinu organizaciju koja se brinula o napuštenoj djeci. Počeo je posvećivati vikende ovom plemenitom cilju. Čak i uz ovu predanost, s vremena na vrijeme, još uvijek je osjećao grižnju savjesti uzrokovanu mukama tamne noći. Kako se potpuno riješiti ove sile? Pa, to je bilo nešto što će pokušati saznati i činilo se da je vrijeme na njegovoj strani u ovoj potrazi.

Uz svu tu transformaciju i angažman u promjeni, već se osjećao dobro, jer je bio koristan, nešto što nikada nije doživio. Ne tako davno, osjećao je samo mržnju, bol i pobunu, i jednako dobro što je reagirao. Sve se dogodilo zbog čudesnog susreta s Clarice i s njom je saznao da mu se život još uvijek može zakrpati. Ali još uvijek je bio na početku značajne promjene i da bi još više napredovao u njedrima dobra, ponovno će je sresti i uz pravilan tretman, tko zna, potpuno se riješiti svojih duhova.

Druga sjednica

Na dan planiran za drugi sastanak s psihologom, jake zrake sunca udarile su mu u lice i probudile ga kao i obično. Uz malo napora, otvorio je oči, ustao, istegnuo se i krenuo u kupaonicu kako bi se jutarnje okupao. Na putu su mu unutarnje sumnje opustošile srce, natjerale ga na razmišljanje, ali uvjerio se da je povratak psihologu strogo neophodan, jer njegov problem nije u potpunosti riješen.

S još nekoliko koraka, ušao je u kupaonicu, zatvorio vrata, skinuo se, a kad je uključio tuš i kontaktirao hladnu vodu, to ga je natjeralo da putuje kroz vremena i prostore svog života. Posebno se prisjetio svog djetinjstva, sretnog na Farma vodopada, uz brata i lažne roditelje. Šteta što je sve što je proživio bila samo velika laž, razmišlja on. Ali čak i tako bilo je važno. Nakon toga proživio je nestabilnu fazu, otkrio dubinu "tamne noći", ali je konačno povratio zdrava razuma i sada je bio u potpunom procesu oporavka.

Nastavlja s tuširanjem, prisjeća se još malo svog života, osjeća žaljenje, plače i obećava sebi da više neće pasti u iskušenju ili slabosti. Već oporavljen, nastavlja se potpuno čistiti, a kad je spreman, zgrabi ručnik, osuši se, obuče čistu odjeću i konačno napusti kupaonicu. Odlazi u kuhinju, pravi brzi doručak, jede ga i odlazi prema izlazu. Prolazi kroz vrata, zatvara ih i odlazi do najbliže autobusne stanice.

Dvadesetak minuta kasnije, stiže transport, on se penje, odlazi straga i ustaje jer su sva mjesta zauzeta. Vozilo odlazi, razgovara s putnicima o stvarima općenito, a kako je vrlo pristojan, stječe puno prijatelja. Time vrijeme leti, a oni napreduju unatoč gustom prometu u glavnom gradu. Kad se najmanje nada, stiže na odredište, autobus se zaustavlja i on izlazi. Kad izađe iz autobusa, hoda još nekoliko metara i ulazi u zgradu u kojoj Clarice trenira. Odlazi u čekaonicu, uzima kartu, a kad dođe njegov red, odlazi u privatnu sobu, gdje ga ona čeka. Kad ju je ponovno vidio, učinio ga je sretnim, laganim, a njih dvoje pozdravljaju se nasmijanim licem i zagrljajima. Psiholog ga poziva da sjedne, on prihvaća i dijalog započinje:

"Prije svega, želim znati kako ste počeli prevladavati svoje traume. Jeste li nastavili činiti zločine?

"Ne, nema šanse. Dosta sam razmišljao i shvatio sam da me put koji sam odabrao u prošlosti neće odvesti nigdje, niti do bilo kakvog konkretnog rezultata. Tada sam odlučio zauzeti stav koji će mi promijeniti život. Tražio sam posao, uspio sam ga pronaći, unajmio sam skromnu kuću, ali svoju, počeo sam pomagati u nevladinoj organizaciji. To mi je puno pomoglo, ali nisam uspio u potpunosti prevladati grižnju savjesti i pritisak "Tamne noći". Što moram učiniti?

"Među bivšim kriminalcima prilično je čest osjećaj krivnje za pogreške iz prošlosti. Važno je, u tim slučajevima, dati vremena na vrijeme i nastaviti imati stav koji donosi korist vama i vašem bližnjem. Samo na taj način moguće je napraviti malu naknadu učinjenom zlu.

"Razumio sam. Slijedit ću vaš savjet i još više se angažirati u društvenim ciljevima. Nadam se da će s vremenom rane potpuno zacijeliti i da ću na neki način platiti za svo zlo koje sam učinio sebi i drugima.

"Tako je. Učinit ćete to. A ljubav?

"U životu sam imao dva negativna iskustva zbog kojih sam malo posumnjao u ljubav. Prva se zvala Marcia i od početka se nikada nije stvarno obvezala. Unatoč tome sam se uključio u nadi da ću je osvojiti, proživjeli smo nekoliko dobrih vremena i kada mi je trebala njezina podrška, prepustila me mojoj sudbini. Druga se zvala Selma, naučila me o seksu, druženju, suučesništvu, ali je bila odgovorna za moju umiješanost u trgovinu ljudima i odlučila sam pobjeći od nje kako bih izbjegla loše utjecaje. Želio sam zaboraviti svoj stari život. Sada sam sam i sudbina će reći što je najbolje za mene.

"Svako iskustvo je valjano, čak i ako je bolno. Ali ne smijete prestati vjerovati u ljubav. Ja sam živi primjer da postoji. Već sam se nekoliko puta zaljubio, flertovao i razočarao. Upoznao sam Andrela i živio s njim tri godine na vrlo intenzivan način. Putovali smo, flertovali, uživali u društvenim događajima i zabavama, a također smo naporno radili. Određenog dana, na putu do posla, doživio je prometnu nesreću i umro. Pobunila sam se, puno plakala, ali prihvatila Božju volju. Sada osjećam njegovu prisutnost sve više, u svakom trenutku, štiti me, voli me, ali također znam da moram ponovno pokrenuti i tko zna otvoriti se novoj ljubavi.

"Kako lijepo. Čestitam, divim vam se još više. Uzet ću inspiraciju iz vaše priče i ako Bog da, i ja ću imati puno ljubavi. Hvala vam na priznanju, na povjerenju. Slijedit ću vaš savjet i nastavit ću se boriti da postanem još bolji.

"Vrlo dobro. Kad god želite razgovarati, ja sam na raspolaganju. Sada moram vidjeti drugog pacijenta. Želim vam prekrasan dan, gospodine Clodoaldo Cavalcanti.

"Želim i tebi isto. Da, vratit ću se i donijet ću dobre vijesti. Zagrljaj.

Držali su se za ruke i zatim se oprostili. Clodoaldo je izašao iz privatne sobe, prošao kroz čekaonicu, pozdravio recepcionarku i konačno otišao. Otišao je do najbliže autobusne stanice, čekao neko vrijeme i kada je stigao prijevoz vratio se u svoju rezidenciju. Od tog dana još će više razmišljati o svojoj situaciji.

Odvajanje od materijalnih stvari

Nakon drugog susreta s Clarice, Clodoaldo je svaki dan mogao napredovati u evoluciji prema njedrima dobrote. Jasan primjer bio je ono što se dogodilo u određeno vrijeme, u toplo utorak ujutro, kada mu je jadna žena pokucala na vrata, tražeći sitniš, da kupi ručak. U tom trenutku, po prvi put, osjetio je u sebi veliko suosjećanje prema potrebnom i u činu odvojenosti dao je ženi dobru svotu novca. Zahvalila mu je i zamolila anđele da ga blagoslove, ali on je rekao da još uvijek ne zaslužuje taj dar. Oprostili su se i od tog trenutka shvatio je da život nema smisla ako se ljudsko biće ne otvori milosrđu u korist braće, zaključivši da je život velika razmjena davanja i primanja. Nastavio bi raditi kao konobar i u nevladinoj organizaciji, a ako bi netko trebao, nastavio bi pomagati.

Osim milosrđa, počeo je u svakodnevnom njegovanju i vrline strpljenja, tolerancije i poštovanja prema sebi i drugim ljudima. Taj ga je stav dodatno razvijao i svake minute bol iz prošlosti imala je sve manji utjecaj na njegov život. Već ga je prevladavao i gledao na život na jedinstven način. Što ga je tjeralo na tako radikalnu promjenu? Svakako, ista sila koja je uzrokovala susret s Clarice, nevidljivom i svemoćnom, koju svi obično nazivaju Bogom. Samo je to moglo objasniti čudo preobrazbe koje se malo po malo događalo u njegovom životu. Ova sila je svima nadohvat ruke, iako je malo tko odlučuje slijediti. A jedan od tih rijetkih bio je Clodoaldo. Sila ga je već odvela od kandži "Tamne noći duše" i sada ga je vodila putem evolucije. Može li postojati ograničenje? Nastavi pratiti, čitatelju.

Treća sjednica

Prošao je mjesec dana od posljednje seanse s Clarice, a Clodoaldo je odlučio da je vrijeme da je ponovno sretne. Imajući to na umu, probudio se, ustao, jutarnji se okupao, doručkovao, obukao se i stavio parfem provokativnog mirisa. Kad je bio spreman, otišao je od kuće, pozvao taksi, čekao neko vrijeme i kad je stigao transport, otvorio vrata, ušao, pozdravio vozača po imenu Charles, predstavio se, rekao vozaču kamo da ide i počeo čavrljati s njim. Nonšalantno su razgovarali o raznim i sadašnjim stvarima. Po njegovom sadržaju moglo se vidjeti da je Clodoaldo sada imao vrlo vedar pogled na život i druge ljude, što je bilo drugačije od njegovog stava od prije nekog vremena. Dio ove iznenadne promjene bio je posljedica Clarice, njezinog prijateljstva i psihološkog liječenja. Od prvog susreta s njom osjetio je poriv da postane novi muškarac (dostojanstven, etičan, iskren i pošten). I zašto to? Jednostavno zato što ga je smatrao fascinantnom.

Njih dvojica nastavili su razgovarati, napredujući promet, a kad je najmanje očekivao, stigli su na odredište. Clodoaldo je platio vožnju, pozdravio se i izašao iz auta. Prošetao je još nekoliko metara i ušao u zgradu, prošao kroz čekaonicu, uzeo kartu, malo pričekao i kad je došao red na njega, uputio se u privatnu sobu. Kad je otvorio vrata i ušao, ugledao je Clarice s istim osmijehom kao i uvijek. Uzvratio je osmijeh, sjeo na stolicu, okrenut prema njoj, i dijalog je započeo:

"Kako si? Jeste li uspjeli evoluirati i prevladati svoje kajanje?

"Napredovao sam u nekim aspektima i svakim danom osjećam se sve zadovoljnije svojim osobnim i profesionalnim životom. Što se tiče kajanja, ono je gotovo prevladano, a ja se svakim danom razvijam u tom smjeru.

"Vrlo dobro. Nisam očekivao ništa drugo od tebe. Bilo je dobro probuditi vas u tom trenutku vašeg života. A sada, što želite od budućnosti?

"Želim se nastaviti oporavljati i tek kada se osjećam spremnim, pravit ću planove za svoju profesionalnu, ljubavnu, društvenu i ljudsku budućnost. I bit ću sretan jer svi to zaslužuju.

"Vrlo dobro. Nastavite hodati ovim putem svjetla i ne dopustite sebi da ponovno propadnete. Do sada ste kontrolirali svoju "tamu", ali zapamtite da je ona prisutna u vama, jer čovjek je takav, dijelom svjetlost, dijelom tama. Ono što ga definira je kontrola, a sveci i drugi prosvijetljeni ljudi uspjeli su pronaći tu ravnotežu. Želim vam sreću i sreću na vašem putu. Nadam se da sam vam pomogao.

"Oh, kako si pomogao. Ti si bio anđeo kojeg mi je Bog stavio na put da me spasi. Prije sam mogao vidjeti samo tamnu stranu života. Sada sam drugačija osoba. Hvala vam puno na svemu, na savjetu, revnosti i strpljenju sa mnom.

"Nisam učinio ništa više od svoje profesionalne dužnosti. Sada ste spremni živjeti svoj život bez mojih uputa. Ali nećemo izgubiti kontakt. Kad želiš razgovarati s nekim, tu sam.

Clodoaldo joj se još jednom zahvalio, njih dvoje su se dugo grlili i emocije su preuzele oboje. Providonosni susret između njih uzrokovao je još jednu pobjedu dobra u njegovom dvostrukom postojanju. Nakon zagrljaja, konačno su se oprostili i dogovorili da se ponovno nađu neki drugi dan. Clodoaldo je izašao iz privatne sobe, prošao kroz čekaonicu, oprostio se od prisutnih, napustio zgradu i ponovno pozvao isti taksi.

Vratio se u siromašnu četvrt u kojoj je živio i nastavio je svoj život kao i obično.

Otkriće nove ljubavi

Clodoaldo se vratio svojoj uobičajenoj rutini, sa svojim radovima, upoznavanjem novih ljudi i izlascima s prijateljima vikendom. Od posljednjeg susreta s Clarice, nije mogao prestati misliti na nju. Ono što se u početku činilo velikim prijateljstvom, postalo je jače i već mu je predstavljalo izvanredno snažan osjećaj? To je doista bila ljubav, ali on je nastavio u obrambenom raspoloženju, jer je već bio jako povrijeđen prijašnjim iskustvima. Unatoč tome, odlučio ju je ponovno sresti i razgovarati o tome što osjeća i vidjeti kako će se situacija između njih razvijati. Da bi to učinio, nazvao je njezin ured i dogovorio kratki sastanak na mirnom trgu u svom susjedstvu.

Na dogovoreni dan i vrijeme, oboje su otišli na dogovoreno mjesto i prvo što su učinili kad su se upoznali bilo je da se pristojno zagrle i poljube. Clodoaldo ju je bez odgađanja uzeo za ruku i zajedno su sjeli na slobodnu klupu. Bez daljnjeg odlaganja govorio je o njezinoj važnosti u svom životu i s vremenom je postao svjestan velike ljubavi koju osjeća. Pomalo iznenađena Clarice ga je pitala je li siguran u ono što osjeća, a on je to potvrdio i stavio svoje snažne i muževne ruke oko njezina struka. Pristala je na milovanje, a Clodoaldo je zaključio da je njezin stav bio "da" njegovom pristupu i još se više usudio, duboko ju je poljubio. Prihvatila je, dugo su razgovarali, otišli zajedno na ručak, a kad su se oprostili, obećali su vječnu ljubav. Vratili su se svojim kućama zabrinuto sanjajući o sljedećem susretu. Od tog dana počeli su živjeti osjećaj koji je rođen na najnevjerojatniji održiv način.

Zatvor

Ne znajući za Clodoaldov napredak i evoluciju, policija je istražena o njegovom odlasku iz favele i prikupljanju podataka iz različitih izvora, konačno su imali snažne naznake o tome gdje se nalazi, tada poznati šef trgovine ljudima. Odmah su nacrtali plan i zapovjednik operacije odlučio je odmah djelovati iznenađeno. I to je upravo ono što su učinili. Jednog dana, Clodoaldo se mirno odmarao u svojoj sobi, nakon iscrpljujućeg radnog dana, kad mu je netko snažno pokucao na vrata. Nesvjestan opasnosti u koju bježi, pristojno je otišao do vrata, a kad ih je otvorio, odmah su ga uhitila tri policajca. Stavljene su mu lisice i bez žalbe odvedene u policijsku postaju, gdje je uzeta izjava. Nakon toga odveden je u zatvor gdje će čekati svoju presudu.

Čim je saznala što se dogodilo, Clarice ga je otišla posjetiti, utješila ga, podigla mu raspoloženje, ali Clodoaldo je bio spreman platiti za svoje pogreške iz prošlosti i razgovor s Clarice, zatražio je neodređeni prekid između njih, jer bi sigurno proveo mnogo godina u zatvoru. Razumjela je njegove razloge i prihvatila situaciju, jer se zapravo ništa nije moglo učiniti. Nakon što su se zagrlili, puno su plakali i posljednji put razmijenili milovanja i konačno se oprostili. Svaki od njih trebao je slijediti svoju sudbinu, odvojeno. Bi li to bio kraj tako lijepog osjećaja? Nastavi pratiti, čitatelju.

Osuda

Prošlo je neko vrijeme i stigao je očekivani dan suda. Okupili su se svi svjedoci optužbe i obrane, sudac, tužitelj i na kraju pravosudni službenici, mnogi znatiželjnici, prijatelji optuženog i njegova bivša djevojka Clarice. Obrana je uložila herojski napor u njegovu obranu, ali je tužiteljstvo lako uzvratilo nekoliko povoljnih argumenata, jer su inkriminirajući dokazi bili primjetno jasni. Clodoaldo se gotovo nije branio i sa svakom riječju tužiteljstva drhtao je od tjeskobe, unatoč podršci Clarice i prijatelja. Agonija je trajala cijeli dan, sve dok nije došao trenutak za presudu sucu, nakon savjetovanja s porotom. Bez ikakvog iznenađenja, osuđen je na trideset zatvora, bez žalbe, u zatvoru s maksimalnom sigurnošću na udaljenom otoku, bez ikakvog kontakta ni s kim osim s drugim zatvorenicima. Unatoč šoku, Clodoaldo se pomirio i nasmijan se konačno oprostio od svih onih kojima je bilo stalo do njega.

Nakon presude, Clodoaldo je odmah odveden na odredište. Tamo neće imati šanse za bijeg, niti će uopće sanjati o bilo kakvoj budućnosti. Živjet će u paklu 30 godina kako bi platio za vlastite pogreške, unatoč tome što je bio rehabilitiran. Međutim, on se u svakom trenutku pobunio protiv Boga ili protiv života, jer je smatrao da je pošteno platiti za ono što je učinio. Bio je samo tužan zbog Clarice, zbog prilike da izgrade zajednički život, zbog patnje koja joj je bila nametnuta zbog razdvojenosti koja se činila neodređenom. Bila je to doista šteta, jer se činilo da su istinski zaljubljeni jedno u drugo.

Trideset godina osamljenosti

Početak kazne bio je prilično težak, jer nije bio naviknut na neprijateljsku atmosferu zatvora s maksimalnom sigurnošću. Bio je dužan pridržavati se strogih pravila, čiji je cilj bio poniziti osobu. Ali kao i sve u životu, nastavio je prihvaćati svoju situaciju, učeći da je vladajući zakon u zatvoru zakon jačeg i uspijeva se prilagoditi okolini kao sredstvo preživljavanja. Da bi se opustio, odlučio je većinu vremena raditi, a to mu je pomoglo da malo zaboravi na svoje probleme. Trebalo je biti trideset dugih i nepredvidivih godina. Je li moguće da će izbjeći sve opasnosti? U tom trenutku nije bio siguran ni u što. Vjerovao je da će sve ovisiti o njegovom ponašanju i strpljenju.

I tako, godine su prolazile, ostao je integriran u svoje vrijednosti i svakim danom vrijeme za njegov povratak u punu slobodu se približavalo i prva stvar koju bi učinio kada bi napustio taj pakao bila je potražiti Clarice i saznati kako je provela sve ovo vrijeme tako daleko od njega. Je li moguće da je postojala ikakva mogućnost ponovnog rasplamsavanja ljubavi iz prošlosti? Nije imao pojma, jer je trideset godina bilo predugo da bi se čekalo, čak i na pravu ljubav. U svakom slučaju, riskirao bi još jednom i još uvijek je imao nadu u sreću, čak i uz svu propast koju je proživio u zatvoru. Svaki pokušaj se isplatio. Vrijeme je prolazilo još više i Clodoaldu je ostao samo jedan dan da povrati slobodu. Što bi se dogodilo? Nastavi pratiti, čitatelju.

Kraj vizije

U ovom trenutku, vizija je postupno izgubila svoju živost, postajala je slabija dok nije potpuno nestala. Potpuno vraćam savjesnost i impulsom se Odmaknem se od Clodoaldova tijela. Iznenađen me pita jesam li dobro, a ja odgovaram da jesam, da ga smirim. Trenutak kasnije, imam priliku malo razmisliti i kada sam spreman, ponovno započinjem dijalog s Clodoaldom i Renatom:

"Upravo sam završio s jednom od svojih impresivnih vizija. Vidio sam se u tvojoj priči Clodoaldo, naučio sam iz iste, jer nisam zamišljao da je serijski zločinac u stanju prevladati mračnu "Tamnu noć duše". Možete li mi reći kako ste pronašli snagu za to?

"Uspijevam zahvaljujući pritisku Clarice. Nakon što sam je upoznao, vidio sam svoje pogreške, obećavši sebi da ću pokušati, posljednjim naporom, u znatnom vremenskom razdoblju, i tako sam se oporavio. Pa čak i nakon što sam bio u zatvoru, nisam izgubio svoje vrijednosti. Danas sam novi čovjek.

"Vjerujem ti. Mi smo poput kiše koja redovito pada, poput jednogodišnjeg voća s drveća, poput travnjaka, na kraju smo putujuće metamorfoze, uvijek sposobne mijenjati se na bolje. Uvijek je potrebno ponovno se roditi. To je moguće kada si u potpunosti damo nevidljivu i svemoćnu silu svemira zvanu Bog. – Filozofira Renato.

"Tvoje riječi čine mojima, Renato. Kako mudrac, unatoč tome što je tako mlad. Ali što namjeravaš raditi od sada, Clodoaldo?

"Prvo, kada izađem, pokušat ću reorganizirati ono što je ostalo od mog života. Želim pronaći Clarice, pokušati saznati kako je provela protekle godine i kakva je. Saznajte i o mojoj posvojenoj obitelji, koju dugo nisam vidio.

"Razumijem. Možemo li pratiti u toj avanturi? Predlažem.

"Da, naravno. Opušteno, prijatelji.

Nakon odgovora, nas troje smo se zagrlili, kako bismo zapečatili pakt i atmosferu suučesništva koja je uslijedila i obnovila stare nade. Što će nas čekati pred nama? Jedina sigurna stvar koju smo znali bila je da je sudbina nas troje u pitanju.

Izlaz s otoka

Sutradan je vrlo brzo osvanuo i kad smo se najmanje očekivali, stražari su se pojavili, otvorili teška vrata ćelije, odveli nas i otpratili do zatvorskih vrata. Već vani ostavili su nas, a mi smo krenuli sami u šetnju: ja, Clodoaldo i Renato, trojica mušketira prema otočnoj plaži, gdje je svaki dan bio čarter brod. Tijekom šetnje oprostili smo se od svega tog čarobnog mjesta koje nam je pružilo toliko doživljaja i, malo razmišljajući, dolazim do zaključka da sam donio ispravnu odluku izlažući se riziku na tako opasnom putovanju, na otok koji je većini ljudi potpuno nepoznat, osim što je tajanstven i opasan, otok na kojem je živjela kraljica anđela. Na kraju, proživljenim iskustvom, shvatio sam glavne grijehe koji su mi pomogli razotkriti tajne tamne noći. Sada sam bio spreman za još jednu avanturu, tko zna još uzbudljivije.

Zaboravni na brige i budućnost, nastavljamo hodati i nakon više od sat vremena ujednačenim i sigurnim tempom konačno smo stigli na plažu. Na naše iznenađenje, ponovno smo sreli poznate ličnosti koje su nas pratile na putovanju do otoka, točnije kapetana Jackstone i ono što je ostalo od njegove posade. Došao nam je u susret, zagrlio nas, upoznali smo ga s Clodoaldom i svi su bili vrlo pristojni. Dugo smo razgovarali o svemu što smo prošli, o blagu, vijestima i saznali da je bio uspješan u svojoj misiji. Bili smo nevjerojatno sretni i na kraju nas je pozvao da ga pratimo u njegovom novom brodu za Recife. Prihvatili smo, bez odgađanja, i nakon ručka na plaži, konačno smo se ukrcali. Ja, Renato i Clodoaldo smjestimo se u jednu od kabina pokušavajući biti pristojni i pomoći kad god je to potrebno. Čekali smo neko vrijeme i kad je sve bilo spremno brod je isplovio.

Povratna putovanja

Prvi dani putovanja prošli su normalno, a mi smo radili od svega pomalo, da ubijemo vrijeme. Tijekom tog vremena imao sam priliku bolje upoznati kapetana Jackstone i Clodoaldo. Bio sam uvjeren u oporavak obojice, a to je bilo posebno dobro, jer je to bilo nešto iznimno rijetko ovih dana. Zašto su njih dvoje bili iznimke? Prvi jer je postigao sve svoje ciljeve i gospodin gusara ga više nije mamio. Drugi zato što je imao čaroban i čudesan susret sa zemaljskim anđelom, koji ga je probudio. Obojica su bili savjesni u svojim pogreškama i jedan od njih je već platio svoj dug kod pravde. Sada će imati novi život, daleko od utjecaja "tame". Nastavili smo u moru, dani su prolazili, a točno 20 dana nakon napuštanja otoka ugledali smo tvrtku Terra. Kad smo se približili, brod je bacio sidro i tada smo se uspjeli iskrcati. Pozdravili smo se sa svima, poželjeli im sreću, razmijenili kontakte, zagrlili se i na kraju se rastali. Samo smo ja, Clodoaldo i Renato nastavili. Dogovorili smo se da ćemo prvo upoznati Clarice, krećući se na njezino staro radno mjesto. Što bismo pronašli? Nastavi pratiti, čitatelju.

Zbogom

Napustili smo luku i nazvali taksista kojeg smo poznavali, da dođe po nas i odveze nas do našeg prvog odredišta. Čekali smo neko vrijeme i kad je stigao prijevoz, sjeli smo u auto, pozdravili vozača, počeli razgovarati o raznim stvarima, da se malo opustimo. Unatoč tome, Clodoaldo, pokazao je intenzivnu nervozu, što je normalno u njegovoj situaciji. Pokušali smo ga smiriti svim sredstvima, ali naši su napori bili uzaludni i odlučili smo ne inzistirati. Morali smo shvatiti da je tamo, uz nas, čovjek koji je trideset godina patio zbog izgubljene ljubavi, da je to vrijeme prošlih razočaranja i da će u roku od nekoliko trenutaka imati definitivnu odluku, može li je dobiti natrag ili ne.

Taksi nastavlja napredovati, razgovor također, a kad smo najmanje očekivali, konačno smo stigli na odredište. Platili smo vožnju, oprostili se od vozača, otvorili vrata i izašli iz auta. Prošetali smo nekoliko metara i ušli u zgradu u kojoj se u prošlosti nalazila ordinacija psihologinje Clarice. Htjeli smo riskirati. Dolazimo do prve sobe i Clodoaldo komentira koja izgleda isto kao i prije trideset godina. Razgovarali smo s recepcionar, pitali za psihologinju Clarice i na naše olakšanje smo obaviješteni da ona još uvijek radi tamo i da je u tom trenutku prisutna. Clodoaldo je uzeo kartu i čekao svoj red. Nakon što smo čekali sat i pol, pozvali su ga i čekali smo u čekaonici, poštujući njegovu privatnost. Njihov ponovni susret trajao je tridesetak minuta, a nakon toga su njih dvoje izašli zajedno, sretni i rekli da su konačno pogodili. Clodoaldo koristi priliku da nas upozna sa svojom djevojkom. Nakon dugog razgovora, odlučili smo ručati zajedno, jer smo bili gladni. Nas četvero smo se uputili u jednostavan restoran, ušli smo, sjeli, opustili se i imali priliku popričati. Kad smo jeli, Clodoaldo je spomenuo da će se vratiti potražiti svoje roditelje i pokušati riješiti ovaj privjesak u svom životu. Bili smo nevjerojatno sretni zbog njega, a kada je razgovor došao do kraja, odlučili smo se oprostiti, jer smo morali ispuniti mnoge obveze i čeznuli smo za domom. Ostavili smo kontakte s parom i obećavamo da ćemo stupiti u kontakt u budućnosti. Izlazeći iz restorana, malo sam razmišljao i bio sretan jer je sve bilo riješeno, "tamna noć" je konačno razbarušena i pod kontrolom. Renato i ja smo uzeli gradski autobus i krenuli prema autobusnom kolodvoru. Po dolasku, čekali smo još malo, a kada smo se konačno ukrcali, osjećali smo se ispunjeno što smo postigli još jednu fazu u evoluciji vidovnjaka i bili smo nestrpljivi upoznati svoje voljene.

Ponovno susret sa čuvaricom i hinduistom

Putovanje je prošlo normalno i nakon tri iscrpna sata stigli smo u Pesqueiru. Odmah smo uhvatili autobus za Mimoso i trideset minuta kasnije bili smo u podnožju drage planine Ororubá, okrenuti prema planinskom lancu Mimoso. Smatram ga svetim mjestom, jer sam se ostvario kao osoba i pisac. Kako sam se ponovno počeo penjati, osjećam iste emocije kao i prije, unatoč tome što sam već bio realiziran. Što je zapravo imalo posebno? Osim što je bio svet, služio je kao dom dvama posebnim bićima u mom životu: ženi čuvarici i hinduistu, moja dva stručnjaka i duhovnih vođa. Da ne spominjem čudesnu špilju, najopasniju špilju na svijetu, u koju sam imao priliku ući i početi ostvarivati svoje snove. Razmišljajući o njegovim atrakcijama, nastavljam hodati i prvi put se osjećam umorno. Odlučujem stati na neko vrijeme i zamoliti Renata da učini isto. Iskoristili smo ostatak da se hidriramo i malo popričamo o našoj neizvjesnoj budućnosti. Uvjeravam ga u kontinuitet našeg prijateljstva i da ćemo uskoro putovati, samo ću se malo odmoriti i pobrinuti se za neke obiteljske privjeske. Nakon što je sve sređeno, nastavljamo hodati, jer je sunce već bilo visoko na nebu.

Hodali smo malo dalje dvadesetak minuta, konačno smo stigli do vrha i ubrzo smo zajedno sreli čuvaricu i hinduistu. Vraćam Renata i oni započinju dijalog:

"Kako je bilo putovanje, sine Božji? Jeste li napokon uspjeli razumjeti mračnu noć? - Pitajte damu skrbnicu.

"Da, moje je putovanje bilo uspješno. Stigao sam do obećanog otoka; Pronašao sam svoju mračnu noć. Nakon toga sam uspio razumjeti i tuđu osobu. Sada sam spreman za nove izazove.

"Kako dobro. Uvijek sam vjerovao u tvoj potencijal. Trebali biste znati da bi sljedeća faza evolucije mogla biti još kompliciranija od ove. Unatoč tome, namjeravate li nastaviti sa svojim lutanjima, sa svojim *gospodinom* kao piscem i nastaviti ozbiljno riskirati život? – pita hinduist.

"Da. Obećao sam sebi da ću poštovati talent koji mi je Svemir dao, unatoč velikim poteškoćama s kojima se svakodnevno suočavam kao pisac početnik. Nadalje, što bi svijet bio bez vidioca? Nakon mog veličanstvenog ulaska u špilju, sigurno ne bih bio isti. Nikada neću odustati. Činim to za sebe, Svemir i čitatelje. Međutim, sada ću imati odmor, a vratit ću se tek nakon nekog vremena, kada se pojavi zanimljiv izazov. Želim vam oboma zahvaliti na predanosti da mi pomognete, hvala vam puno na svemu i do sljedećeg puta.

Nas četvero smo prigrlili i obećali vječno prijateljstvo. Kad je zagrljaj završio, konačno sam se oprostio i žurno se počeo spuštati niz planinu, tražeći ponovno upoznati svoju obitelj. Nekoliko sati kasnije, stižem kući, upoznajem cijelu svoju obitelj i ispričam im sve detalje svog putovanja. Bili su pretjerano impresionirani i počeli su me podržavati u mojim ciljevima. Nešto kasnije, dobio sam vijest od Clodoaldo, oženio se Clarice, živio je u Recifeu i konačno se pomirio sa svojim posvojiteljima, kao i poznavanjem svoje biološke obitelji. Sve je završilo kako je planirano.

Zaključak.

Nakon mog povratka na planinu i kasnijeg putovanja na izgubljeni otok, počeo sam dalje vjerovati u oporavak onih koji su iz ovog ili onog razloga zalutali od dobrote i potonuli u "Tamnu noć". Nakon svih iskustava kroz koja sam prošla, mogu reći da je sve moguće kada postoji žaljenje i iskrena promjena. Clodoaldo je bio samo jedan od primjera toga među mnogim slučajevima koji se događaju u svijetu. Najvažnije je da moramo izbjegavati osuđivanje nekoga tko je prošao kroz težak trenutak, ali podržati ga, kako bi mogao ponovno ustati.

Nadam se da će moja knjiga biti inspiracija za one koji još uvijek inzistiraju na zločinu i posljedično na "Tamnoj noći". Moramo imati na umu da je čovjek dostojanstven samo kada se bori za pravedne i egalitarističke ideale. Nadam se da će se mnogi oporaviti i živjeti život u miru i sreći. Zagrljaj, čitatelji, do sljedeće avanture. Budite u miru.

Kraj

www.ingramcontent.com/pod-product-compliance
Lightning Source LLC
LaVergne TN
LVHW012039070526
838202LV00056B/5542